U0543922

字文燭照未來
TopBook

THE AMAZONS:
THE REAL WARRIOR
WOMEN OF
THE ANCIENT WORLD

［英］约翰·曼 著
王 金 周 敏 刘晓丹 译

亚马孙女战士

陕西新华出版 陕西人民出版社

图书在版编目（CIP）数据

亚马孙女战士/（英）约翰·曼（John Man）著；王金，周敏，刘晓丹译. -- 西安：陕西人民出版社，2024.3

ISBN 978-7-224-15169-5

Ⅰ.①亚… Ⅱ.①约…②王…③周…④刘… Ⅲ.①神话—作品集—英国—现代 Ⅳ.①I561.73

中国国家版本馆CIP数据核字（2023）第221359号

著作权合同登记号：25-2024-029

Copyright @ john Man, 2017
First published as Amazons by Bantam Press,an imprint of Transworld Publishers. Transworld Publishers is a part of the Penguin Random House group of companies.

出 品 人：赵小峰
总 策 划：关 宁
出版统筹：韩 琳
策划编辑：王 凌 晏 藜
责任编辑：刘 龙 王 倩
装帧设计：哲 峰 杨亚强

亚马孙女战士
YAMASUN NÜ ZHANSHI

作　　者	［英］约翰·曼（John Man）
译　　者	王金　周敏　刘晓丹
出版发行	陕西人民出版社
	（西安市北大街147号　邮编：710003）
印　　刷	陕西隆昌印刷有限公司
开　　本	889毫米×1194毫米　1/32
印　　张	9
字　　数	140千字
版　　次	2024年3月第1版
印　　次	2024年3月第1次印刷
书　　号	ISBN 978-7-224-15169-5
定　　价	59.90元

如有印装质量问题，请与本社联系调换。电话：029-87205094

不朽的传奇

①公元前 4 世纪的希腊花瓶。描绘了战斗中的亚马孙女战士，图中的骑手手握缰绳，但无马鞍或马镫。

②公元前 5 世纪的希腊花瓶。描绘了激战中的亚马孙女战士。

③公元前 6 世纪伊特鲁里亚青铜器显示，一个骑着光背马的亚马孙女战士取出一支箭，向后发射，此招式被命名为"帕提亚回马箭"。

④这幅来自土耳其乌尔法（古埃得萨）的五六世纪的马赛克拼图，比希腊的图像晚了 1000 年。画中的亚马孙女王彭忒西勒亚用藏在手中的拇指环拉弓。

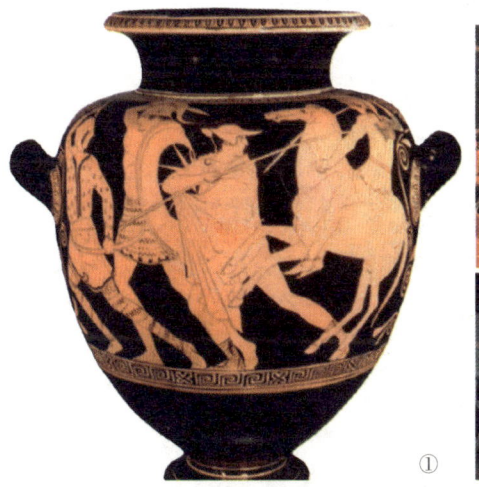

希腊人与从古到今的亚马孙人

①公元前 5 世纪巴赛的阿波罗神庙,2001 年因修复而关闭。
②在巴赛的浮雕中,一名希腊战士跌倒在亚马孙女战士脚下。

两副罗马棺椁上画着希腊人与亚马孙女战士激战的场景。希腊神话流传了700多年后，成为罗马富有阶层石棺装饰的时尚主题。上图的主题从2世纪开始流行，描绘的是希腊英雄阿喀琉斯将亚马孙女王彭忒西勒亚从马上拽下的场景。下图的主题从3世纪开始流行。

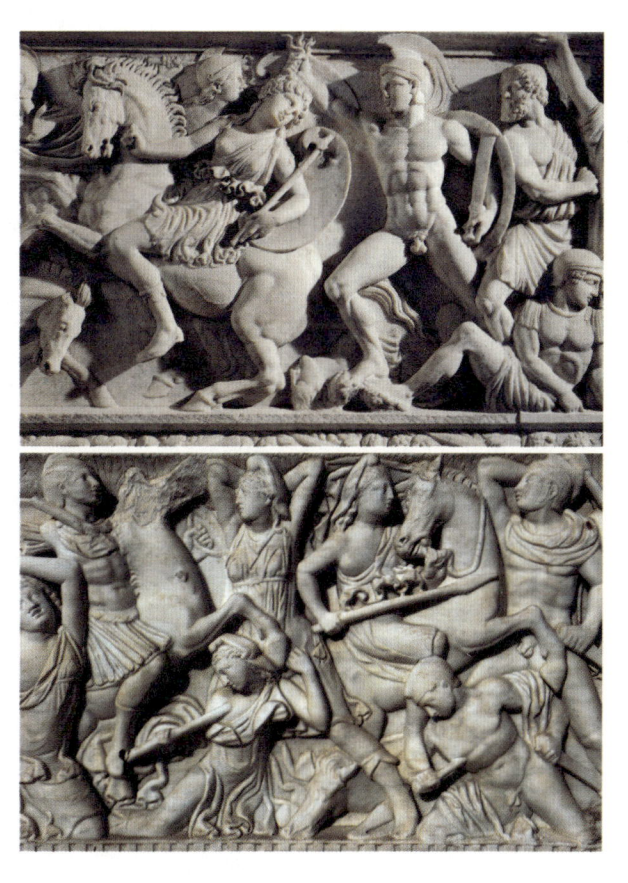

埋葬于图瓦和西伯利亚的亚马孙女性

①俄罗斯阿尔泰共和国靠近蒙古国边境的巴泽雷克墓。
②阿尔然2号冢的"皇室夫妇"的肖像,配以金色的头饰、披风、短上衣、匕首和靴子。注意女人的尖帽子,这是许多中亚民族共同的服饰之一。
③俄罗斯和德国考古学家打开了位于图瓦的巨墓——阿尔然2号冢。
④在阿尔然2号冢的马葬遗址上工作。

⑤此图显示了文身的位置和动物风格的主题。
⑥"冰封少女"（也叫乌科克公主）皮肤上的文身。
⑦阿尔然2号冢中一名妇女头饰上的镀金马。
⑧在艾米瑞格发现的一个女性头骨，刀伤揭示了其死于暴力。

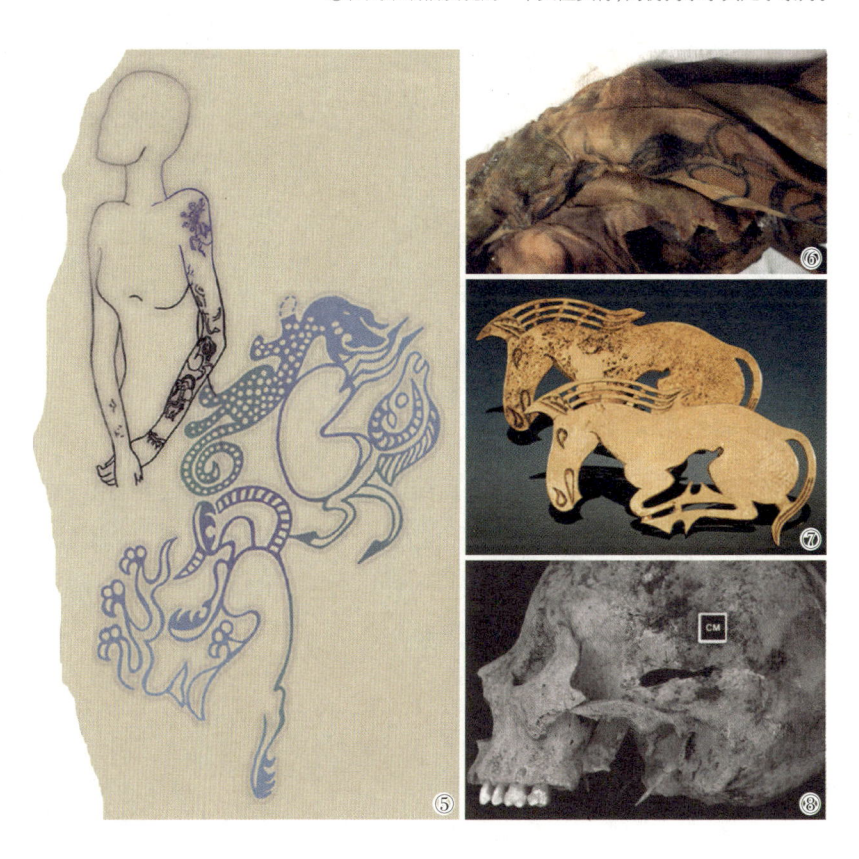

斯基泰王室黄金墓葬中的物品

乌克兰库尔干人收藏品,时间约为公元前 7—公元前 4 世纪

①一把梳子,上面是正在战斗的斯基泰人。

②一只牡鹿,鹿角已经变成了设计特征,沿着鹿的脊柱延伸,以其他动物形象装饰鹿的脚踝。

③公羊头形状的马鞍装饰。

④鹿角扭曲的牡鹿

⑤耳环

⑥一把剑及其装饰着狼头和缠绕的野兽的剑鞘。

⑦一块牌匾,上面画着一名猎人在追赶一只野兔。

⑧一块由众多牡鹿图案拼成的牌子,应为牌匾顶部的一块。或许它对宗教仪式或标明身份地位有重要意义。

黄金人

抑或是黄金女人?

黄金人已成为哈萨克斯坦的象征。不过,黄金人身材瘦小,可能是位女性,其所戴的高耸头饰是中亚贵族妇女的标配。

加利福尼亚

新世界亚马孙的神话岛屿

16 世纪初,一群西班牙人陶醉于欧洲小说中关于加利福尼亚女王及亚马孙女战士的故事,认为她们生活在新世界的某个岛屿上,于是开启了对美洲西海岸的探索之旅。后来,他们猜测下加利福尼亚半岛(位于现在的墨西哥)就是女王所居住的岛屿(如上图 1676 年的地图所示),便以女王之名加利福尼亚为小岛命名。

亚马孙
一个传说，一条河流，一种想象

①奥雷拉纳（Orellana）面对的挑战之一：亚马孙河深入内陆1200公里，在这里，安第斯山脉沉积物丰富的"白色"水域与营养贫乏的里奥内格罗河（Rio Negro，俗称黑水，因水中腐殖质太多，水的颜色近乎深茶色）汇合。1542年6月，奥雷拉纳作为亚马孙河的第一位探险者来到这里，他注意到这里的水"黑得像墨汁一样"，并据此给该河命名。

②这幅名为《交配季节的亚马孙人》的木版画(1598)中,我们可以看到民间传说完全超越了现实。尽管人们深信亚马孙人应该住在雨林里,但这幅画描绘的情景却与雨林毫无关系。

③奥雷拉纳面对的挑战之二和之三分别是人与环境。在热带雨林生活需要专业知识。20世纪80年代,瓦欧雷尼人特迪卡瓦生活在纳波以南的热带雨林中。他用喷枪和毒镖杀死了一只夜间活动的凤冠鸟(他所使用的这些工具和技能已经存在并发展了几个世纪)。

④多年来,亚马孙人成了戏剧中的常客。图中是一个19世纪的舞台,亚马孙人穿着"传统"服装:宽松的裙子、十字吊袜带,戴着弗里吉亚无边帽,手持弓箭。

⑤一张19世纪末的法国巧克力包装盒内赠送的有教育意义的小卡片,上面画着亚马孙人。

鲁本斯描绘的恐怖的战争场面

鲁本斯的《亚马孙人之战》(1622年版),展现了三十年战争(1618—1648)的混乱与暴力。

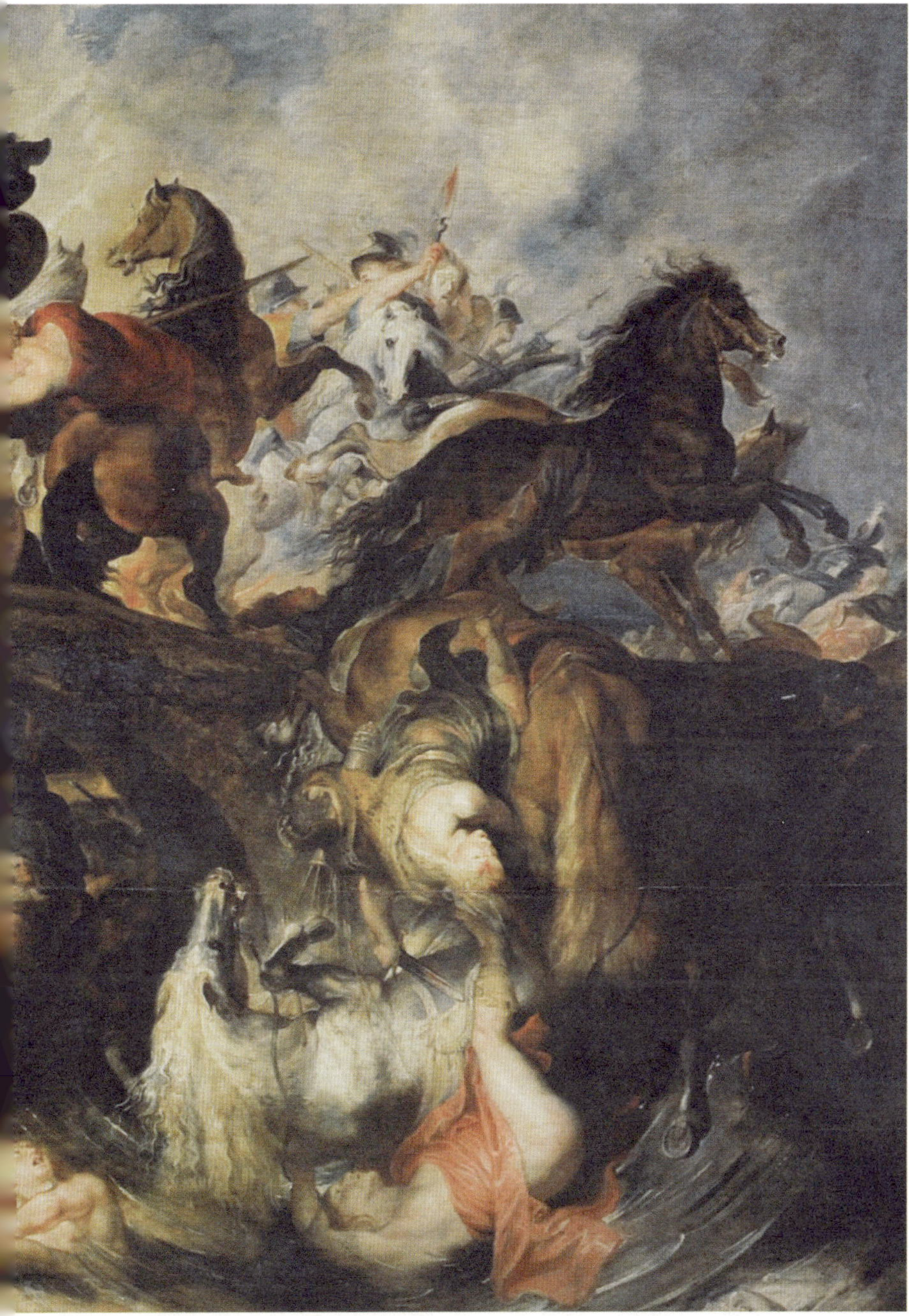

过去和现在的女战士

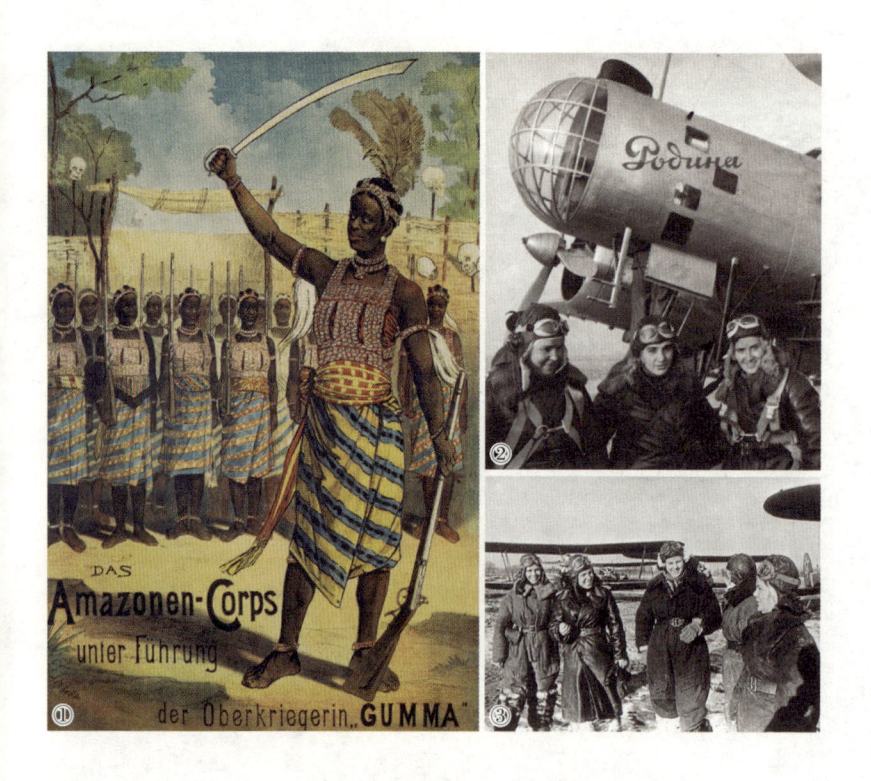

① 1890 年的一幅德国石版画展示了达荷美的"亚马孙女战士军团"。

② 1938 年,三名女飞行员准备从莫斯科起飞,飞越苏联前,她们在远程轰炸机"罗迪纳"(Rodina)前合影。右边是俄罗斯空军女子中队的创始人玛丽娜·拉斯科娃(Marina Raskova)。

③ 一队"夜间女巫",后面是她们的佩-2俯冲式轰炸机。

①拉约什·卡萨（Lajos Kassai），匈牙利人，他使马背射箭得以复兴和普及。他在欧洲和美国训练过许多女性学员，这些女性认为学习骑射让她们感受到自身的强大，因而深受鼓舞。

②扎娜·考辛斯·格林伍德（Zana Cousins-Greenwood），伦敦西部哈梅尔·亨普斯特德马术训练中心的联合创始人。

③佩德拉·恩戈兰德（Pettra Engeländer），师从卡萨，目前在德国法兰克福东北约100公里处经营自己的骑射中心。

015

一位拯救世界的亚马孙公主

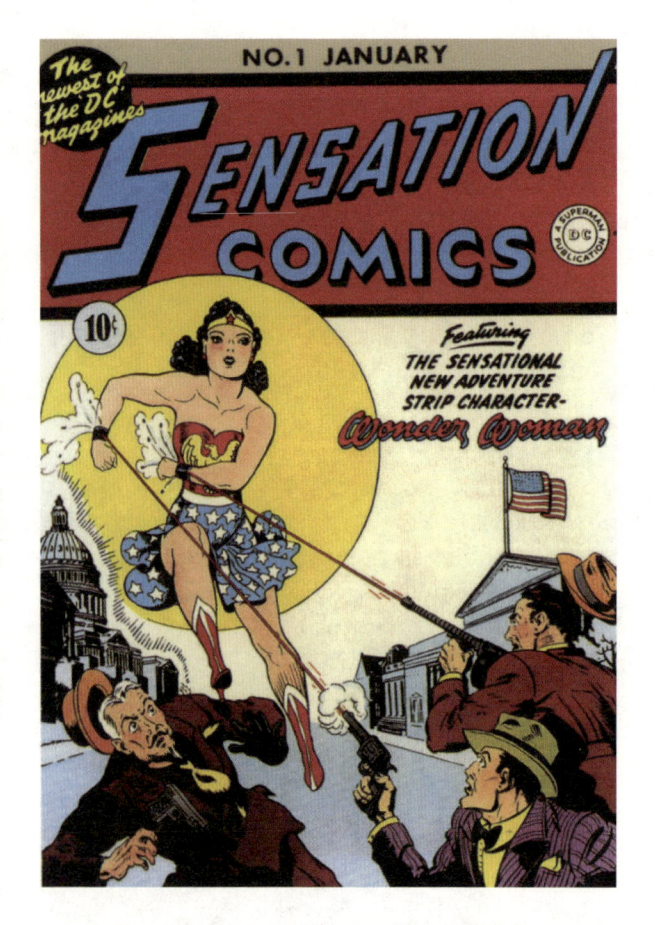

1941年12月,神奇女侠首次出现在《全明星漫画》第8期中,一个月后这张图又被用作该杂志的封面。亚马孙公主戴安娜迅速成为全美国的女英雄,意在号召人们投入反法西斯斗争中去。

如若男人能够遇到一个比自己更强大、更迷人的女性,
他们将臣服于她,
并将自豪地、心甘情愿地成为她的奴隶!

——威廉·莫尔顿·马斯顿

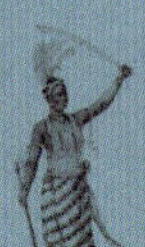

Perface
前言

神迹改写　真理再临

六岁那年,父母带我去伦敦看了舞台剧《彼得·潘》(Peter Pan)。当彼得在舞台上空自由地穿梭时,我惊呆了,并且羡慕极了他那些朋友(彼得把飞行技能传授给了身边的小伙伴)。我起初寄希望于我母亲,希望她能够告诉我如何飞行,母亲建议我直接问彼得本人。所以,我给他写了封信,在信中向他咨询飞行的相关事宜。令我喜出望外的是,彼得不仅回信了,还认真解答了我的疑惑。他在信中写道,飞行好比练习打字,关键在于不断地练习。母亲提醒我,学会飞行可能需要耗费很长时间。一切准备就绪,我斗志昂扬地站上父母的床,再跳起来落回地面,在此过程中找寻飞行的感觉。母亲一直在一旁鼓励我说,我每跳一次,就能在空中多停留一秒钟。这确实是一项艰苦的练习,我很快就发现了这一点。而且也说不清楚我是否离学会飞行的目标更近了一步。我只记得很快就到了下午茶时间,记忆开始模糊,后来大抵是不了了之。

我生于英国的一个普通村庄，小时候鲜少有什么可看的书，只能靠漫画打发时间。当时的漫画已经从简短的小插画演变成连环画。其中一个漫画的主角名叫丹·达尔（Dan Dare），一位未来世界的飞行员，我对他的存在深信不疑；另一个故事是关于超人的，对他我就只能在心里打下一个大大的问号了。八岁的我相较于两年前有所成长，有所开窍，已经能够根据生活经验判断出人类是无法飞行的，故而超人纯属无稽之谈，他拥有的所谓超能力、透视眼，或者更多别的能力，不过是一场童话式骗局。

我一向跟不上流行文化的步伐，而超级英雄，不论是正派角色还是反派，一直是无数漫画、小说和电影的主角，且丝毫没有失宠的迹象。有一个网站按字母顺序列出了699个超级英雄，吸引我的却只有一个，究其原因，既不是因为她已经存在了70多年，也不是因为她最近在电影《神奇女侠》（Wonder Woman）亮相之后圈粉无数，而是因为她的幕后故事。这位神奇女侠就是宙斯（Zeus）之女，亚马孙公主。

实际上，电影版中的神奇女侠比希腊传说中的亚马孙女战士更具亚马孙人的特质。大约2750年前，希腊人撰写了有关亚马孙女战士的故事，声称她们是卓越非凡的女战士，击败她们被视为一份荣光，更能彰显男人的骁勇善战、孔武有力。然而，即使对手是其他的超级英雄，神奇女侠也是无法被打败的。她拥有独立的人格、高贵的品质，与男人平起平坐，甚至比男人还要优秀。这个古老的寓言在漫长的岁月中传承演变，直到人们呼唤新的女性超级英雄出现，神奇女侠应势而生。但是，亚马孙女战士的故事远不止存在于神话之中。

亚里士多德（Aristotle）将人定义为一种政治动物，这意味着他必须通过城邦生活才能实现本性，比如生活在雅典城中。这一理解在两个层面有失偏颇。首先，从道德层面来说，至少从现代人的视角来看是存在问题的，因为亚里士多德定义中的人不包括妇女。其次，这种理解从意义上来说也是不准确的。在亚里士多德时代之前，人类早已在亚洲内陆的草原上发展起一种与城邦生活截然不同的文明，他们所获得的成就并不亚于希腊人。在那里，不存在城市或国家，人们过着一种更加原始的生活，那里的男性既是牧民又是战士，女性也是如此。

多亏了考古学家，我们现在对亚马孙女战士的了解要比亚里士多德多得多。回溯悠久的历史，我们能在亚洲腹地找到神奇女侠的成千上万个沉睡的祖先，长眠于斯基泰人（Scythians）建造的坟墓。斯基泰人是几个游牧文化群体的统称，他们主要活动于匈牙利至蒙古高原一带的草原地区。大多数亚马孙女战士的坟墓都被盗墓贼光顾过；万幸，仍有部分珍宝，因为极端的寒冷被冰冻在墓穴之中留存至今。迄今为止，考古学家已经发掘出不少盗墓者所遗漏的东西，如黄金、饰品、衣物、遗骸。随着时间的推移，考古学家将逐步完成对墓穴的发掘工作。在这一过程中，考古学家还发现一些女性墓主的随葬品中包含武器，她们的遗骸也多呈现出因暴力冲撞而致死的迹象——这是真正的亚马孙人，真正的亚马孙女战士。她们过着一种与希腊人想象中截然不同的生活方式，一种更为复杂的生活方式。

这个神话流传了几个世纪后，分化出了新的支流，对艺术、文学和流行文化都造成了深远的影响。亚马孙这个名字，不再属于个别英勇的女战士，而是泛指无数为事业奋斗的女性，更准确地说，是指这群非常罕见的女战士。神话与现实世界互为喻示，相互作用：在现代社会中，亚马孙雨林和亚马逊网站同属一个分支，神奇女侠则属另一分支。在神奇女侠创造者 [不是宙斯，而是威廉·莫尔顿·马斯顿（William Moulton Marston），在1941年的全明星漫画编剧（All star Comics）中排名第八] 的想象中，亚马孙女战士就如希腊传说中描述的那般强壮性感，且注定要统治男人（而非屈服于男人）。他相信，这是实现两性之间稳定的和平关系的必经之路。他说："如若男人能够遇到一个比自己更强大、更迷人的女性，他们将臣服于她，并将自豪地、心甘情愿地成为她的奴隶！"亚里士多德若是听见这话，一定会无比震惊。

Contents

目录

1
传说及其意义
001

2
走近斯基泰人
029

3
关于"割胸"
042

4
墓葬中的宝藏
048

5
冰封少女
074

6
萨尔马提亚人：传说之源
086

7
弓骑兵归来
096

8
亚马孙女战士：从旧梦到新景
112

9
一幅画、两部戏剧和一桩自杀事件
148

10
被誉为"黑色斯巴达"的亚马孙女战士
183

11

长着翅膀的亚马孙女战士：俄罗斯的夜间女巫

205

12

神奇女侠：一位亚马孙公主的神秘起源

232

致谢

254

1

传说及其意义

想象一下,你是位知识渊博的学者,穿越到 2500 年前的雅典去感受其历史。在一个春光明媚的日子,你爬上了古雅典城邦的最高法院所在地——阿雷奥帕古斯(Areopagus)。众所周知,这座山叫阿瑞斯山(Ares),得名于战神阿瑞斯[1]。其间,你碰到一位穿着束腰外衣的老人,他躺在一块大石头上,头枕一根棍子。他对历史颇有了解,也很高兴遇见你这样的朋友。闲聊中,你问道:"当年的议会果真是在那块著名的岩石上召开的吗?""当然了。"他解释道,"这和阿瑞斯毫无关系,这里没有人崇拜过阿瑞斯。这座山实际上得名于'诅咒'一词,因为在山脚下有可怕的复仇女神欧墨尼得斯[2](Eumenides)的洞穴,她专门追捕并诅咒罪犯。议会之所以设在这里,是因为这儿自古以来就是通往城市的要道,早在卫城建成之前就如

---

[1] 阿瑞斯:古希腊神话中的战争之神。
[2] 欧墨尼得斯:希腊和罗马神话中专司复仇的女神。

此。这里是阻止亚马孙女战士进攻雅典的地方。""这么说来，真的存在亚马孙女战士？我原以为只是个传说罢了。""当然是真的，这些女战士生活在东方，就在文明世界的边缘。故事代代相传，早在有文字记载之前，在围攻特洛伊城之前，在荷马史诗之前，就有远古英雄拜访她们的记录。亚马孙女战士和众神一样，在希腊历史上占据重要地位。"

"那么，你相信神的存在？"

"当然。尽管没有人真的见过神，至少在我的时代没有，但我们祖先讲述的故事，以及所有的神殿、仪式、祭祀、神谕、梦想和人们的行为方式都证明了神的存在。你知道男人在战场上是什么样的吗？你见过失去亲人的女人的野性吗？她们如同着了魔一般！我们都受神的驱使，因此我们向他们祷告，用祭祀来取悦他们。怀疑众神就等于怀疑希腊人的身份，所以我们当然相信神是真实存在的，亚马孙女战士也是。"

身处21世纪的我们感到纳闷，对于这些事情，人们为何要如此认真严肃呢？因为它们在某种程度上证明了一个消失已久的社会及当时人们的想法，而这些至今依然植根于我们的思想、艺术和戏剧之中。在我们心目中，这些神（愤怒之神、爱神、嫉妒之神、忠诚之神和背叛之神等）代表着一些真实的心理状态。也许传说也暗示了一些历史真相，正如荷马史诗中的传奇战争指向现实中的特洛伊城——你今天仍可以参观它。这些传说有助于我们了解历史，了解我们自己。

早在有文字记载之前，亚马孙人的故事就存在了。公元前

5世纪前是希腊人的辉煌时代。当时，希腊人的祖先统治着地中海东部，蒂林斯（Tiryns）、阿尔戈斯（Argos）和迈锡尼（Mycenae）等大城市都归他们统治，他们的青铜时代文明就是以这些城市命名的。大约在公元前1250年，迈锡尼的希腊人在爱琴海与一个民族交战。他们可能是卢威（Luwians）人，其文化与土耳其中部的赫梯人（Hittites）有关[1]。总之，他们不是希腊人，他们的主要城市是特洛伊，也就是现在的希沙利克（Hisarlik），一个以特洛伊废墟为特色的旅游景点。根据传说，战争的起因应归咎于一个特洛伊人，因为他从希腊人那里偷走了美艳动人的海伦。故事的讲述者给特洛伊人取了些希腊名字：帕里斯（Paris）、普里阿摩斯（Priam）、赫克托耳（Hector）、赫克犹巴（Hecuba）等。荷马在改写《伊利亚特》时提到了蒂林斯城那巨大的城墙。和它的姐妹城市迈锡尼一样，蒂林斯城过去和现在都真实存在的。当年那巨大的城墙至今仍是巨大的石块群，石头的形状尽管不规则，但却错落有致，相映成趣，看起来和谐又舒适。

我们的第一个故事与欧律斯透斯（Eurystheus）有关，关于他的身份说法不一，有人说他是阿尔戈斯之王，也有人说他是迈锡尼或蒂林斯之王。这些听起来都有可能，因为不管是过去还是现在，这些地方都真实存在。但欧律斯透斯是否真实

---

[1] 卢威语是用楔形文字和象形文字书写的。楔形文字出现于现在的伊拉克地区，在当时被广泛使用，而象形文字则来自埃及，两者都比希腊字母文字早了3000多年。（原书注）

003

存在就不得而知了，更不用说他是否曾统治希腊，因为当时希腊没有文字，也没有留下其他记录。相传，大力神赫拉克勒斯（Heracles）[1]神勇无比，力大无穷，他在盛怒中杀死了自己的孩子，因此需要赎罪。于是，他接受了欧律斯透斯提出的挑战：完成12项只有最英勇的希腊人才能完成的任务，他做到了。公元前1100年迈锡尼灭亡，经历了之后300年的黑暗时代，赫拉克勒斯成了古希腊的开国元勋之一。

第九项任务是由国王欧律斯透斯的女儿阿德米特（Admete）提出的，她是赫拉（Hera）女神的女祭司，赫拉总是想伺机毁灭赫拉克勒斯。阿德米特则觊觎亚马孙女王希波吕忒（Hippolyte，后来写为Hippolyta）的权力，女王的希腊名希波吕忒在希腊语中的意思是"脱缰之马"。显然，女王的名字别有寓意。当然，这个名字和其他许多亚马孙女战士的名字一样，含有马的元素（Hippo意为河马或水马）。希腊人深知这些女战士是驭马好手。

像许多传说中的半神形象一样，希波吕忒腰系金色腰带，这种腰带可能是用来装匕首或剑的。腰带就是这个故事中的"麦高芬"（MacGuffin），电影导演阿尔弗雷德·希区柯克（Alfred Hitchcock）将"麦高芬"定义为"每个角色都想争夺的东西"，它能推动电影情节的进展，在这个故事中也是如此。为什么需要"麦高芬"，谁也说不出明确的原因，但有时

---

[1]赫拉克勒斯：希腊神话中最伟大的英雄，被妻子害死后升入奥林匹斯山，成为大力神。

候,"麦高芬"的用处真的很大,就像《夺宝奇兵》(Raiders of Lost Ark)中的方舟。在这个故事中,腰带更像《指环王》(Lord of Ring)中的戒指,它本身没有力量,但却能让人发疯般地想要得到它。这腰带是希波吕忒的父亲送给她的,她的父亲就是战神阿瑞斯(宙斯的儿子),她作为最高神的孙女,拥有这些东西,意味着她拥有无上权力。阿德米特想得到它,认为它对迈锡尼人有益;赫拉克勒斯也想得到它,觉得它会使希腊人受益。

传说中,赫拉克勒斯从希腊出发,沿着黑海的南岸,一路向东挺进。这次赫拉克勒斯和他的同伴到了土耳其中部赫梯人的领土附近。在黑海沿岸,赫梯人的统治非常薄弱,那里似乎是荒蛮之地,由一个女性部落占据着,这是最令人恐惧的,因为在一个男性为主导的社会里,还有什么能比未被驯服的女性更具有威胁性呢?对男性战士来说,还有什么比驯服女性更具有挑战性呢?

当广为流传时,谣言就变得可信;当传说故事有了明确的时间和地点时,人们就对它深信不疑。希腊人把这一区域与大草原上的塞默顿河[Thermodon,现称为泰姆河(Terme)]联系起来。亚马孙女战士曾经有一个都城叫泰米西拉(Themiscyra)[1],即现在位于泰姆河河口附近的白梅斯小镇。镇上的人们很感激亚马孙女战士,据网站消息,他们有一个纪

---

[1]此词经常被误拼写为"Themyscira",网络上更是如此。它的词源是"Themis"(原本含字母i),意为"历史悠久的",再加上"cyra"(原本含字母c, a, y),与"kyros"同源,意为"领主"。对希腊人而言,这个都城的名字意味着它是历史悠久的政府所在地。(原书注)

念她们的节日，每年都会举行庆祝活动——只有女性才可以参加的射箭、骑马、烹饪和划船比赛。

亚马孙女战士久负盛名，后来的许多作家都这样描述：这个女性部落擅长战争，孩子出生时，她们杀死男孩，只留下女孩并养育她们长大。公元前1世纪，西西里（Sicily）历史学家迪奥多鲁斯（Diodorus）写道："亚马孙女王向邻近地区发动了一场又一场的战争，且所向披靡，无愧为战神阿瑞斯的女儿。但是她让男人们从事纺羊毛的活儿。"迪奥多鲁斯还描述了女王训练亚马孙女孩狩猎、打仗、征服邻国的场景，女王修建了大量的宫殿，把王位代代传给女性。她的统治特色鲜明，卓有成效，亚马孙女战士声名远扬，盛极一时。多年之后，因为赫拉克勒斯的到来，这种盛况一去不复返。

赫拉克勒斯风餐露宿，希波吕忒女王来看望他。他俩相处得很好，或许像某些版本所说的那样，他们彼此吸引。他说起了女王的腰带（似乎并没有受到语言差异的困扰），女王居然心甘情愿地同意把腰带给他。但是，在赫拉克勒斯的死敌赫拉女神的鼓动下，一些亚马孙女战士担心他会劫持女王，于是发动军队围攻赫拉克勒斯。最终，赫拉克勒斯杀死了女王，夺走她的腰带，匆忙撤退时，把腰带放在了赫拉神庙。

这只是一种说法。许多其他版本还详细说明了细节。说法之一是，赫拉克勒斯对毫无戒心的亚马孙女战士发动了突袭。另有一种说法是，赫拉克勒斯和希波吕忒进行了一场旷日持久的决斗（两军之间展开了一场恶战。与赫拉克勒斯交手的第一个女子阿埃拉（Aella）因奔跑如风，人称旋风姑娘，可是赫拉克勒斯比她跑得更快，她败下阵来逃跑时，被赫拉克勒斯追上杀死。第二个女子刚一交手，就被打倒。第三个女子名叫珀洛特埃（Prothoe），她在个人对阵中七次获胜，可是这次也被打死。之后又上来八个女子，可是在这场战斗中她们却大失威风，都被赫拉克勒斯击中。最后一个女子是立誓终身不嫁的阿尔奇泼（Alcippe），她也倒在战场上。在这次战斗中，英勇善战的亚马孙女战士惨遭失败。

亚马孙女战士的黑海家园不只是传说，也是现实世界的一部分。希腊人开始进一步探索时发现，根本就不存在亚马孙这个国家。为了保持传说故事的可信度，就需要为亚马孙女战士另寻家园。公元前5世纪中叶的作家希罗多德（Herodotus）多次提到了这一点。

当希腊人乘船离开塞默顿河时，他们带走了一群亚马孙女战士。出海后，这些久经沙场的女战士刺杀了俘虏她们的希腊人，并夺取了船只。场面混乱，她们顺风漂到了黑海以北400公里外的亚速海——这是一片泥泞的浅海，希腊人称其为马尤泰（Maeotis）——最后在顿河口的沼泽地附近登陆。那里是游牧民族斯基泰人的领地。亚马孙女战士们偷了一些马，并开始寻找战利品。斯基泰人起初准备抵抗，但发现这些新来者都是女人，所以他们尝试口头劝说。斯基泰年轻小伙子们就在附近宿营，他们看到这些亚马孙女人在草原上随意大小便。一个小伙子走过去，与其中一名女性发生了关系。语言差异并非障碍，她打着手势:"让我们再相见吧,带上我们的朋友。"消息传开后,两个阵营融为一体。女孩们开始学习斯基泰语。"跟我们回去吧,我们会娶你们。"小伙子们说。但按希罗多德的说法,思想独立的女孩们对此表示反对:

> 我们的生活方式有太多差异。我们生活在马背上,弓和矛是我们的事业,但在你们这儿,女人不会去做这样的事。你们的女人都待在家里,马车里堆满了要女人做的杂活儿,但她们从不出去打猎或做别的事。我们不会答应嫁给你们。

亚马孙女人劝说小伙子们回家去带上家产,到顿河的对岸安家。他们照做了,和亚马孙女人一起向东走了三天,又向北走了三天,组成了一个新的部落(后面会详细介绍)。亚马孙女人仍然保持着她们的传统,骑马、打猎、战斗,有时和她们的男人一起,有时独自进行。当时的制度规定,女子只有在战场上杀死敌人后才能结婚。就这样,亚马孙作为一个遥远的国度留在希腊的传说中。

下一章会讲到传说中的雅典创始人忒修斯[1](Theseus)的故事。公元1世纪的作家普鲁塔克(Plutarch)[2]严肃地对待

---

[1] 忒修斯:传说中的雅典国王。
[2] 普鲁塔克(约46—120):罗马帝国时代的希腊作家、哲学家、历史学家,以《希腊罗马名人传》一书闻名后世。

这个故事，试图从传闻中梳理历史。这项工作毫无完成的希望，因为即便真有其事，也会被淹没在大量彼此矛盾的民间传说中。后来普鲁塔克自己也说："在如此古老的事件中，历史是混乱无序的，这不足为奇。"他搜集了很多信息，但彼此龃龉，根本无法确定这些大事件到底发生在何时。

只有一点是公认的，那就是亚马孙人入侵了希腊。

这得归罪于忒修斯。他前往亚马孙人的领地，也许是和赫拉克勒斯一起，也许是晚些时候去的。不管情况如何，他都受到了热情款待。一位名叫安提奥普（Antiope）的美女爱上了他，而另一个名叫索洛伊斯（Solois）的男孩又爱着安提奥普，男孩遭到拒绝后为爱溺水而亡，故事情节因此变得更加复杂。为了纪念这个男孩，忒修斯以他的名字命名了一条河，并在河边建了一座城。忒修斯和安提奥普生下一个儿子，名叫希波吕托斯（Hippolytus）。但是后来忒修斯有了新欢费德拉（Phaedra），随即遗弃了安提奥普。后面还会谈到，费德拉爱上了她的继子，两个人的下场都很悲惨。

亚马孙人对赫拉克勒斯杀死希波吕忒女王的事情耿耿于怀，对安提奥普的遭遇也愤愤不平。于是，她们进军雅典，攻破城墙，直逼阿雷奥帕古斯山（Areopagus）。罗马帝国时代的传记作家普鲁塔克认为，这一切都曾真实发生。当地遗留的地名、坟墓和祭祀活动都证明了这一点。当然，许多其他作家也认可这一点。埃斯库罗斯（Aeschylus）是与希罗多德同时代的剧作家，也是《俄瑞斯忒亚》（Oresteia）三部曲[1]的作者，他描绘了在仁慈的众神和英雄的帮助下历经战争洗礼的雅典。亚马孙人的入侵是雅典的灾难，双方交战了四个月，雅典的城门、河流和山丘之间都留下了鏖战的痕迹，雅典人对这一切耳熟能详。最终，雅典人占了上风，亚马孙人投降，而安提奥普站在进步与文明的一边，与本族人对抗，最终也战死沙场。

在《俄瑞斯忒亚》三部曲的第三部《报仇神》（Eumenides）的结尾，雅典娜站在亚马孙人曾涉足的岩石上，宣布推翻了复仇女神，新时代的黎明已经到来：

> 这里将是法官统治的法庭。
> 这里是阿瑞斯岩，亚马孙女战士
> 怒不可遏地向忒修斯进军时，
> 就在这里搭起了帐篷。

在一个难以区分传说与历史的时代，谁还会怀疑亚马孙人是否真的存在呢？

若干年后，特洛伊战争爆发，亚马孙人再次走进传说。这将我们带向了有文字记载的历史。假如特洛伊战争真的发生过，大约应是在公元前1250年。在民间以及吟游诗人那里，传说的版本不断变更，直到公元前750年，口头传说故事经荷马

---

[1]《俄瑞斯忒亚》三部曲：为古希腊作家埃斯库罗斯根据神话故事改编的戏剧。三部曲分别为《阿伽门农》《奠酒人》《报仇神》。

（Homer）提炼后被记载下来，当时使用的是 1000 年前埃及人发明的一种按字母顺序排列的文字，自那以后，这种文字一直被使用。

这是关于特洛伊战争传说的最终版本。让我们跟着荷马进入特洛伊城，来回顾一下当时的情况。战争已经持续了九年，美艳动人的海伦（Helen）和国王普里阿摩斯（Priam）一起走上城墙俯瞰战场。他们看到了伟大的希腊战士，普里阿摩斯惊讶于希腊军队的浩大规模，荷马称他们为亚该亚人（Achaeans，得名于传说中他们的祖先 Achaeus）。这一幕使国王回想起他年轻时与弗里吉亚人（Phrygians）在土耳其中部大草原上对抗敌军的场景。特洛伊人和弗里吉亚人是邻邦也是天生的盟友：国王的妻子赫古巴（Hecuba）就是弗里吉亚的一位公主。当年的弗里吉亚人驻扎在现今的萨卡里亚河（Sakarya）流域，并寻求到了外援：

当亚马孙女人下来时，
我成了她们的盟友。
这些女战士与男性旗鼓相当，
但她们还是比不上精锐的亚该亚军队。

亚马孙人是希腊人的宿敌，如今作为特洛伊人的盟友，重新走进希腊传说。

本故事来源于希腊诗人昆图斯（Quintus），他生活在公元3世纪的今土耳其西海岸的士麦那（Smyrna）。他笔下的传说故事是荷马史诗的补充，比如，关于特洛伊战争接近尾声的时候，昆图斯还讲到了特洛伊木马以及奥德修斯（Odysseus）的冒险故事。

昆图斯从《伊利亚特》（Iliad）的结尾开始讲述这个故事。特洛伊英雄赫克托耳死在阿喀琉斯（Achilles）手里，他的遗体被阿喀琉斯的马拖着四处游荡多日后才得以焚烧并埋葬。特洛伊人因为英雄赫克托耳的战死而陷入绝望，此时，亚马孙女战士在女王彭忒西勒亚（Penthesilea）的带领下赶赴特洛伊城，帮助特洛伊人对抗希腊人。在这个版本的故事中，希波吕忒并不是被赫拉克勒斯杀死的，而是被妹妹彭忒西勒亚误杀的，因为后者的矛没有击中目标——一只雄鹿，反而击中了姐姐。为了赎罪，彭忒西勒亚带着十二名女战士前往特洛伊，希望能帮助特洛伊人，并摆脱如影随形的可怕的复仇之魂。她是光辉与荣耀的化身，在整个军队中是那么光彩夺目，如同皓月之光穿透乌云。特洛伊人从四面八方赶来，对女王的美貌惊叹不已：

> 她仙气飘飘，神情是那么美艳动人，
> 嘴边挂着迷人的微笑，
> 长睫毛下那双明眸
> 如太阳般闪烁着充满爱意的光芒。

真是久旱逢甘雨！国王普里阿摩斯就如盲人奇迹般地见到

了光明（昆图斯和荷马一样，喜欢用比喻），他把女王带进宫殿，宴请了她，并得知女王此行的目的：杀死阿喀琉斯，征服希腊人，烧毁敌人的战船！赫克托耳的遗孀安德洛玛（Andromache）听到她的话，嘀咕着："天啊，她不会疯了吧？她难道不知道自己不是阿喀琉斯的对手吗？"

不过，她信心满满，决心大干一番。她开始装扮自己：穿上金光闪闪的护胫、胸甲、头盔，拿起盾牌、错银的牙镶利剑、双刃斧，还有两支长矛。打扮停当，她骑着马，英姿飒爽，如同羊群中的公羊，率领特洛伊人杀向希腊人，其气势如同顺风蔓延的丛林之火。毕竟，她是战神的女儿，是宙斯的孙女！希腊人见状，也涌出战船，奋力迎战。

军队像食肉的野兽般疯狂撕咬，大量的希腊战士倒在血泊中，剩余的则与亚马孙女战士继续殊死搏斗，激战的细节无比血腥：

帕达尔克斯（Podarkes）的长矛
迅速击中女战士克罗尼亚（Klonie）的腹部，
她的鲜血和内脏立刻喷涌而出。

女王立马反击，她用矛刺穿了帕达尔克斯的右臂。他的动脉被割破，鲜血直喷，最后倒在同伴的怀里流血而亡。女战士布雷穆萨（Bremousa）被击中右胸部位，她如同樵夫斧头下的山灰一般迅速坍塌，倒下时连关节都松开了，因为长矛利剑足以刺穿人的心脏、腹部和锁骨。另两名女战士阿尔基比（Alkibie）

013

和德里马切亚（Derimacheia）被狄俄墨得斯（Diomedes）一剑砍去了脑袋，犹如遭到屠杀的小母牛。

这两名女战士死在堤丢斯[1]（Tydeus）之子狄俄墨得斯手下，被丢在特洛伊平原，身首分离。

无数战士倒在血泊中，如同秋叶或雨滴一样迅速落下，他们的姓名、出身和出生地，像脱落的谷粒般被碾碎在沾满鲜血的大地上。女战士们能在这样的环境中奋勇激战，真称得上奇迹了。孤独的女王彭忒西勒亚追逐着她的猎物，犹如海浪在汹涌咆哮的大海上追赶着破浪疾行的船只。她浑身充满力量和勇气，四肢轻盈，就像一头小牛跃入春天的花园，渴望得到带着露水的小草。特洛伊人无比惊讶，有人说，她不仅是一个女人，而且是一个女神——这个特洛伊人真是愚蠢，他不知道一场可怕的灾难正在逼近。

不过灾难尚未带来。此刻，两位希腊英雄——阿喀琉斯和他表兄埃阿斯（Ajax）正在朋友帕特洛克罗斯（Patroklos）的墓旁哀悼，战斗的喧嚣声还未传到他们的耳中。

在特洛伊城内，女人们也渴望加入战斗，她们像冬天即将结束时的蜜蜂一样，生发了战斗欲望，直到精明的主妇希阿诺（Theano）提醒大家：战斗是男人的事情。

---

[1] 堤丢斯：希腊神话中的英雄，卡吕冬国王。

至于亚马孙女战士，

她们从小就喜欢和男人一样骑马射箭，

并在战场中厮杀。

所以，希阿诺呼吁城内的女人们："远离战场，回家织布去吧！"昆图斯作为希腊的男性作者，绝不允许这里成为女权主义思想的沃土。

终于，阿喀琉斯和埃阿斯听到了希腊人倒在女王矛下时的喊声，那凄惨的声音大得犹如呼啸的风连根拔起大树。他俩立刻全副武装，加入战斗，如同狮入羊群，杀戮无数。

看到两位英雄到来，女王愤怒地朝他们扑过去。她先朝阿喀琉斯投出长矛。阿喀琉斯举起盾牌抵挡，长矛顿时弹落在地。她又投出第二支长矛，刺在了埃阿斯的银色盔甲上。埃阿斯闪到一边，留下女王和阿喀琉斯二人决一死战。

阿喀琉斯嘲笑女王："我和埃阿斯是世界上最伟大的战士，敢和我们斗，你这是以卵击石，你的末日已到！"说着，他朝这位亚马孙女王掷出了他的长矛。长矛刺中女王的右胸，顿时血流如注。女王眼前一阵发黑，战斧也从手中掉落，她挣扎着挺在马上：到底是拔剑抵抗，还是向他求饶？可是为时已晚，阿喀琉斯挺起长矛，连人带马把她戳翻在地。（细节没必要揣摩，因为这毫无意义。）人仰马翻后，她枕着马儿，颤抖着死去，犹如烤叉上的肉，又如被北风吹断的冷杉。特洛伊人看到女英雄已死，纷纷逃回城里，留下阿喀琉斯在那儿庆祝胜利。

接着，阿喀琉斯摘下了女王闪闪发光的头盔，打量着她的面容。尽管女王的脸上沾满了血迹和尘土，可是她死后的容貌依然妩媚动人。希腊人围着尸体，都对她的美貌惊叹不已。阿喀琉斯也深感痛心，他久久地注视着女王，心想：他不该杀死这个绝色美人，而应该把她俘获，带回去做自己的妻子。这时，一个叫忒耳西忒斯（Thersites）的战士也来围观女王的尸体，他对阿喀琉斯的反应无比震惊：难道他想娶一个死去的亚马孙女人？这也太变态了吧？他嘲笑呆呆站在那儿的阿喀琉斯：

见到美色就忘记自己的身份和行为，
真是个该死的好色之徒！
对凡人来说，
还有什么比在女人床上寻欢作乐更有害？

阿喀琉斯听到他的话，勃然大怒，挥起拳头击在他的下巴上。忒耳西忒斯的牙齿全被打落，他口吐鲜血，倒地身亡。围观者都拍手称快，不过忒耳西忒斯的表兄狄俄墨得斯除外。如果不是大伙儿拦阻，他俩免不了会展开一场决斗。

国王普里阿摩斯要求对女王彭忒西勒亚进行厚葬。双方达成停火协议。阿喀琉斯和埃阿斯怀着怜悯和钦佩之情把她的遗体交了出去。特洛伊人在城前垒起一座高大的柴堆，将女王的遗体放在上面，在周围放了许多珍贵的陪葬品，柴堆点燃后，烈焰腾空。遗体焚化完毕，特洛伊人用香甜的美酒浇熄了余烬，然后捡起她的骸骨，用香油浸泡后，放入棺材，再装上最好的牛脂，将她埋葬在特洛伊城外，城墙边就是普里阿摩斯的父亲拉俄墨冬（Laomedon）国王富丽堂皇的墓穴。十二个战死的亚马孙女战士埋葬在她旁边。希腊人也掩埋了阵亡士兵，战争之初被女王刺死的帕达尔克斯被埋葬在一个土堆里。然后，希腊人通宵欢宴，直到黎明。

这些故事版本众多，从公元前7世纪开始流行了几百年。许多作家都认为，战胜亚马孙女战士和杀死女王是有关希腊起源的关键事件。神话和历史经常难以辨别。人人都"知道"希腊人曾经战胜了亚马孙人，就如人人知道希腊人战胜了波斯人（公元前490年至公元前478年）一样。然而，前者是神话，后者是事实，但我们无法区分事实和虚构，因为两者看起来都令人信服。

不仅故事流行，与亚马孙女战士相关的战争在绘画、陶瓷和建筑领域也同样流行，这一主题的无数表现形式都被称为"亚马孙之战"，这是广为流传的三大战争之一，另外两个也同样具有传奇色彩：对抗半人马的战争以及对抗泰坦[1]（Titans）的战争。在世界各地博物馆展出的花瓶、中楣、绘画中，经常能见到这些主题。

在希腊帕特农（Parthenon）神庙里，曾经供奉着一尊高达12米的雅典的保护神雅典娜女神的雕像。此雕像由黄金和象

---

[1] 泰坦：希腊神话中曾统治世界的古老神族。

牙装饰，是希腊最著名的雕塑之一。它出自古希腊最伟大的雕刻家菲迪亚斯（Phidias）之手，作为财富和权力的象征，它在希腊屹立了大约 1000 年，后被罗马人偷走。其翻版的小型雕像常见于硬币上的图样以及许愿物一类的小物件上。1990 年，重制的雅典娜神像出现在美国田纳西州的纳什维尔（Nashville）。现在我们关注的并不是雅典娜本身，而是她的盾牌，盾牌的外侧用银或铜雕铸了 30 个希腊人与亚马孙女战士作战的场景。在雅典人看来，没有什么比这更能说明战争这一主题的意义了。

大英博物馆展出的大理石再次印证了这一主题的重要性。这些大理石已经展出了 200 年，是大英博物馆的镇馆之宝。这一主题之所以重要，是因为它涉及一系列谜团，甚至是谋杀，也存在颇多争议。

故事大约开始于公元前 430 年，地点位于雅典西南约 160 公里处斯克里罗斯（Skliros）的阿卡迪亚村（Arcadia），那儿四周有墨西尼亚（Messinia）森林环抱。公元前 429 年，雅典暴发了瘟疫，死者无数。而在荒无人烟的阿卡迪亚，却几乎无人死亡。那里群山环绕，海拔 1226 米的科蒂利翁山（Kotilon）上有个地方叫巴赛（Bassai，如今其拉丁语的拼写方式"Bassae"更为常见），那里有一个岩石平台，从平台俯瞰，大海的壮丽景色尽收眼底。一些极具天赋的建筑师纷纷来到这儿，其中可能包括帕特农神庙（Parthenon）的设计者之一伊克蒂诺斯（Ictinos）。为了感谢"拯救者"阿波罗（Apollo）把他们从瘟疫中解救出来，建筑师们在巴赛的平台上为他建造了一处圣所，取名阿波罗·伊壁鸠鲁神庙（Apollo Epikourios）。这个名字说明这座神庙始建于瘟疫发生的那一年，但也许还有尚未发现的其他证据能证明这一点。作为对阿波罗的致谢之作，阿波罗神庙与帕特农神庙有很多相似之处：38根石灰石柱子、大理石横梁支撑的大理石屋顶，等等。500年后，希腊旅行家、作家保塞尼亚斯（Pausanias）在他的《希腊指南》中写道："在伯罗奔尼撒半岛（Peloponnese）所有的神庙中，阿波罗·伊壁鸠鲁神庙因其石头的美丽和比例的匀称而名列第二。"排在第一的神庙在阿波罗神庙向东40公里的泰格亚（Tegea）。

在接下来的1500年里，人们对这座神庙并无太多深入的了解，在山丘连绵、林木茂密、疟疾肆虐、地处偏远、土匪出没等因素的共同影响下，这里一直与世隔绝。直到1765年11月，巴黎建筑师约阿希姆·博彻（Joachim Bocher）在监督建设扎金索斯（Zakynthos）岛上的别墅的间隙来此处小憩，随后便开始探索位于伯罗奔尼撒半岛的阿卡迪亚山脉（十八九世纪时，人们常用它中世纪时的名字"莫雷"/Morea称呼它）。一次偶然的机会，他惊奇地发现了这座被毁的神庙。辨认清楚之后，他做了一些笔记，打算下次再来调查。但他没能如愿，在第二次前往途中，他无缘无故地失踪了。1798年，一位名叫弗朗索瓦·波奎维尔（François Pouqueville）的法国旅行家听说了该地区发生的事情，他写道：

当地人会向所有陌生人讲述，三十多年前曾有一位游客在参观"救世主"阿波罗—伊壁鸠鲁神庙废墟时遭到了暗杀……说到他的死,当地人个个记忆犹新,仿佛这场灾难就发生在几个月前一样。当地人还说,他们想尽办法试图找到凶手,但没有成功。我想这个游客很有可能就是建筑师博彻,他曾经成功地穿越伯罗奔尼撒半岛,但在第二次前往时,他却突然消失了,从此杳无音信。[1]

于是神庙又销声匿迹46年。1811年,一支由四名考古学家组成的队伍带着武装警卫、帐篷和炊具抵达巴赛,希望能有大的发现。他们遇到了一群提着花(果)篮的"年轻的阿卡迪亚人"。但当地的土耳其行政长官——当时希腊处于土耳其统治下——并不欢迎他们,指责他们没有得到授权,命令他们离开。第二年,他们取得了许可证,带领更多人来到巴赛——团队里足有200名工人。他们与当地的土耳其总督签署了发现分享协议,可能以银结算。

---

[1] 源自1813年英文版的《莫雷、阿尔巴尼亚和奥斯曼帝国部分地区旅行记》,法文原版于1805年出版。波奎维尔是法国探险家、外交家及学者,曾做过牧师、医生,也参加过革命。他曾跟随拿破仑前往埃及,与纳尔逊舰队就交换战俘之事进行谈判,后被海盗抓获,移交给了阿里帕夏。阿里帕夏统治着土耳其半独立的欧洲区域,波奎维尔成了他的医生,因而获得足够的自由在这一区域进行探索(他的书中和此段引文都提及此事)。在瘟疫肆虐时期,他在君士坦丁堡的监狱度过两年,期间写了一本秘密日记,后因医术而获释。他专注于研究瘟疫,发表了一系列文章及一本自传,名利双收。后来,他成为法国派往阿里帕夏处的特使,开始研究希腊考古学,对希腊的一切饱含热情。他把自己的旅行和研究成果详细地写成了六卷书,因此成为巴黎的知名人士。他于1838年去世,享年68岁。(原书注)

刨去数米厚的碎石，神庙宝藏神秘的面纱终于被揭开：它们是高达 23 米的巴赛大理石浮雕，曾遍布于神庙周围的石灰岩柱子之上。它不是浅浮雕，而是高浮雕，描绘了希腊人与亚马孙人以及与半人马之间的战争。这显然是意义非凡的重大发现，但土耳其总督却很失望，放弃了他该得的那一份，换取了 750 英镑。后来，新帕夏[1]上台，派人去扣押大理石浮雕，但已经来不及了，浮雕被运到扎金索斯港。一艘英国炮艇在那里待命，以保护帝国的特使免受土耳其政府和一艘虎视眈眈的法国海盗船的攻击。这是危险的水域，也是危险的时期，因为拿破仑治下的法国人刚被赶出埃及，正在向莫斯科挺进——不过很快被凛冬击退。在港口，大英博物馆的一名代表以六万西班牙币购买了这些浮雕。

后面发生的事情一波三折。对于这次重大发现，探险队队长查尔斯·科克雷尔（Charles Cockerell）并无记录。一位德国人卡尔·哈勒·冯·哈勒斯坦（Carl Haller von Hallerstein）以绘画的方式详细记录了这次的发现，可惜的是，这些画作毁于一次海难。他试图重新绘制，但还没完成就去世了。他留下的作品被送到巴伐利亚的路德维希王子（Prince Ludwig of Bavaria）那里保管，但后来又遗失了。50 年后，这些画作出现在一个拍卖中购得的橱柜里。尽管探险队的其他成员和后来的游客也做了自己的记录，但信息彼此矛盾，并无

---

[1]帕夏：奥斯曼帝国行政系统里的高级官员，通常是总督、将军或高官。

确切答案。如今,那组巴赛大理石浮雕陈列在大英博物馆16号展厅里,人们可以前往一睹其风采。

值得思考的是,六万西班牙币的现金都去了哪里?这可是一笔惊人的数目,相当于当年的两万英镑或现在的1000万英镑(当年一个家庭一年100英镑就能过上舒服的生活)。当地的希腊人和他们的土耳其统治者都没有见到这笔巨款。整个事件如同此前十多年帕特农神庙和卫城的埃尔金大理石雕像(Elgin Marbles)遭遇的翻版——究竟是被盗还是获救,见仁见智吧。到目前为止,希腊还没有要求英国将巴赛的大理石浮雕完璧归赵,不过神庙本身仍在进行秘密修复,我们会关注后续的进展。

浮雕呈现的艺术之美着实震撼人心。赤裸的希腊英雄正与长裙飘飘的亚马孙女英雄激战,人物身姿优美自然,栩栩如生。不过也有点程式化,似乎是运动员在表演战斗场景,不像真正的战士。这些浮雕就像一本图画书,讲述着一个古老的传说,但谁也无法理清事件的前因后果。大英博物馆将这些浮雕分为11个半人马和12名亚马孙战士,但各部位如何进一步连接排列,取决于雕刻的细节(比如,位于某个关节处的肘部,似乎也可以放在相邻的空隙处),同时要与插入铜榫的孔洞相匹配,20世纪30年代就是这么去做的。[1] 可23块浮雕有七万亿种排列组合方式!目前被纳入考虑的有十种方案,要达成一致还需时日。

我们还是继续来说说这些大理石浮雕吧。

---

[1] 源自威廉·贝尔·丁斯莫尔(William Bell Dinsmoor)的"巴赛的阿波罗神庙",收录于《大都会博物馆研究》第4卷,第2期(1933年3月),第204—227页。(原书注)

很多人都觉得应该把浮雕上的人物一一辨认出来。但这些勇士并非是独立的个体,事实上,能明确辨认的只有三位。一位是大力神赫拉克勒斯,因为他总是披着狮子皮;一位是太阳神阿波罗;另一位是阿波罗的妹妹,即狩猎、月亮女神阿耳忒弥斯(Artemis,罗马人称之为戴安娜)——根据传说中的金角鹿战车可确认其身份。其余的则令人费解。有一处可能讲述的是阿喀琉斯和女王彭忒西勒亚的故事。女王被打败了,面对死亡,衣衫凌乱,阿喀琉斯猖狂得意,浑身赤裸,挥着剑和盾。果真是他们吗?她正在乞求放她一条生路,而他似乎犹豫不决。就在那一刻,他爱上了她,或者决定杀了她?但这与传说并不吻合。传说中,阿喀琉斯是在彭忒西勒亚死后摘下她的头盔后才看到了她的脸。所以这两人或许是忒修斯和安提奥普?抑或是忒修斯正在帮助他受伤的朋友皮瑞托斯(Pirithous)?那些骑马的亚马孙人是女王还是普通的女战士?要把人名和事件一一对应起来,显然十分困难。

也许这种努力本来就没有必要。毕竟,这些浮雕本来是悬在半空的,没人能辨认出具体的人物,而浮雕展现的主题才更重要。即便隔着一段距离,我们仍能感受到力量与道德的抗衡:五位亚马孙女战士把对手打倒,八个希腊人在反击,战斗似乎难分胜负,战场上有三名士兵受伤了;双方也都表现出同情心,都有阻止战友杀害对方的文明举动。若不是女王举起手臂,阿喀琉斯可能不会发出那致命的一击,尽管那举起的手臂或许是表示屈服,或许是请求宽恕。另一处雕刻中,两名亚马孙女战士逃向祭坛,却遭受到两名希腊人的攻击,明显违反文明的规则。谁能获胜?不清楚。在对抗半人马的战斗中也有类似的场景。

还有一处浮雕中,阿波罗和阿耳忒弥斯驾着鹿拉的战车靠近神庙,这是暗示战争结果的唯一线索。当然,这是阿波罗神庙,阿波罗会带领希腊人走向胜利吧?这似乎是底线:尽管希腊战士和亚马孙战士都富有英雄主义和同情心,但希腊文明一定会战胜野蛮的力量,因为神(在这里是阿波罗)站在希腊一边。

面对这些故事和戏剧性的情节,我们不禁要问:这是为什么?亚马孙女战士究竟有什么吸引力,以至于希腊人对她们如此着迷?

也许,从历史的角度来看,这种想法毫无价值。历史上压根就不存在亚马孙这个国家,就像不存在半人马或泰坦一样。在21世纪的今天,我们之所以这么说,是因为我们对真实与虚幻已经有了清楚的认识。梦是真实的吗,就像我的桌子一样看得见、摸得着?显然不是,梦在我的脑海里,无法再现,不存在于我之外的世界。然而,我可能会被梦吓到,可能会相信梦有意义,可能会通过谈论梦来采取行动,也可能因为梦去接受心理咨询,或花钱去解梦。

所以,梦可以影响现实世界。那么,过去的真实性又怎么体现?它存在于持久的物体中,存在于过去事件对当前产生的影响中,存在于诸如文字、记忆和他人回忆这样的证据中。但有时,这些证据就像落下的雪一样转瞬即逝。有时,我们又被"现实"的本质所迷惑。例如,我母亲一度认为仙女是真实存在的,因为她小时候曾见过仙女的照片，这似乎能证明仙女真的存在。然而事实上，那些照片都是假的。再比如，在一个对进化和彗星的本质一无所知的年代，独角兽和龙的存在似乎确定无疑（事实并非如此）。如果像许多人断言的那样，上帝真实存在，就如许多人曾断言众神存在一样，那么泰坦也许也真实存在，他以闪电为武器在天空中战斗。那些听说过人马可以合一的人不会怀疑半人马和亚马孙人的真实性。

那么，为什么要把亚马孙人视为传说、伪史和艺术的主题呢？

一种说法是，所有这些神话中的战役也许都象征着真正的战役——波斯战争。这种说法肯定站不住脚。一方面，早在波斯战争之前，希腊人就描绘过亚马孙女战士。另一方面，希腊人从不羞于提及波斯人，希罗多德就写过很多关于他们的文章；希腊艺术家也经常描绘波斯人，他们把希腊人描绘成胜利者，把波斯人描绘成劣等人。也没有作家认为亚马孙人就是真正的波斯人。因此，这种假设不成立。

还有另外三种说法，这里先讲两种（我们将在第二章讲到第三种）。

第一种与"时尚"有关。希腊人就是喜欢他们的神话，艺术家或雕塑家无法绕开这一点。多年前，我在厄瓜多尔东部雨林中的一个部落里度过了一段时间。那里的瓦拉尼人（Waorani）很少与其他部落接触，他们用红黑色的线条装饰自己的身体，红色源自胭脂树果实的汁液，黑色源自木炭和一种不可食用的坚硬水果的混合物。大多数情况下，他们在手臂上画锯齿形图案和圆点。男人们在背上画一个纯黑色的点，女人们则画一个烛台形状的点。为什么要这样？当时我正在写关于他们的书，所以很想弄明白这些装饰意味着什么。弯弯曲曲的线条是否象征着蜿蜒的河流？那些小点是昆虫吗？不，这些图案没有任何意义！他们说："我们觉得这很好看，人体就应该这样彩绘。"在古希腊，如果你想创造艺术，你就要关注神话，而非当前的世界。绘画或雕刻时，你要关注如何给建筑物和物体赋予神话的时尚价值。

第二种与"象征"有关。雅典艺术彰显了雅典的价值观——追求文明和高雅文化，反对野蛮。这是一种男权文化，排斥女性，认为女人就应该待在自己的位置：待在家里，待在织布机前。女性的情感会对家庭和国家的稳定产生威胁，在特定情况下，会导致毁灭性结果。比如，美狄亚（Medea）由爱生恨，杀害了自己的亲生孩子[1]；安提戈涅（Antigone）无视国王克瑞翁（Creon）的禁令——克瑞翁扬言，谁胆敢举行葬仪埋葬波吕涅克斯（Polynices），便处死谁——安葬了自己的兄长，以此挑战国家的统治[2]。

亚马孙女战士象征着对希腊男权文化的终极威胁。以希罗

---

[1] 美狄亚：科尔基斯国王埃厄忒斯的女儿。她爱上了前来寻找金羊毛的伊阿宋，帮他获得了金羊毛，并随伊阿宋逃走。伊阿宋后来移情别恋，美狄亚便杀死两人的孩子以报复。

[2] 底比斯国王俄狄浦斯让位给克瑞翁，俄狄浦斯之子波吕涅克斯勾结外邦进攻底比斯而死，克瑞翁将波吕涅克斯曝尸荒野，不允许人给他举行葬礼。波吕涅克斯的妹妹安提戈涅不顾禁令，埋葬了哥哥，因此被克瑞翁处死。

多德关于亚马孙女人和斯基泰人交欢的故事为例,亚马孙女性掌控一切,她们选择与斯基泰青年交欢,但拒绝加入斯基泰部落。相反,这些骑着马的"处男杀手"引诱斯基泰青年,让他们与自己组成一个新的部落——萨尔马提亚(Sauromatians)。看起来,斯基泰青年就如同希腊青年一样,完全受制于自己的亚马孙恋人,因此被困在无尽的青春中,再也无法回到自己的民族之中。这是一个警世故事。

这些"事实"中还夹杂着仇外心理——靠贬低他国文化来提升本国的自我形象。雅典人用剑和长矛徒步自卫,其主要对手波斯人也是如此,但波斯人至少是半文明人。更大的威胁来自亚洲腹地黑海之外的广袤草原。谁也不了解那里的人,只知道他们骑着马,在马背上用小弓作战,战斗力惊人,极有毁灭力。更重要的是,那里的女性和男性一样擅长骑马射箭,并形成了自己的附属部落——萨尔马提亚人。萨尔马提亚人是另一大威胁,尽管他们不会对希腊产生实际威胁(因为他们不会入侵其他部落),但挑战了希腊的价值观。

可见,对希腊男权文化构成终极威胁的是女性。亚马孙女战士尽管性感美丽,但终究还是女性,因此会受到危险情绪的支配。她们也是优秀的战士,必要时可以立刻组建军队。她们拥有女性的气质和好斗的性格,同时也是外来人、野蛮人(操着一口粗俗的俚语),如此种种使得亚马孙女性与希腊的男权文化格格不入。

重点是,希腊人需要亚马孙女战士这个对手,并且要征服她们，哪怕只是在故事中征服了她们也好。当然征服她们并不容易，就像巴赛大理石浮雕展示的那样，亚马孙女战士的战斗力与希腊人不相上下，真正的英雄必须借助神力才能打败她们。亚马孙女战士越厉害，战斗越艰难，就越能彰显希腊男性的英雄气概、战斗力和正义感。从这个角度理解，整个亚马孙产业的存在都是为了支持以男性为主导的希腊文化。

公元前 500 年，人们要在死者的棺材上放一尊战士的雕塑，罗马人继承了这一传统，700 年来一直如此。到了公元二三世纪，富人们在棺材上也追求时尚，这一习俗就更加流行。这些雕像大多从希腊进口，以大理石制成，要么是成品，要么是半成品，然后在意大利完工。罗马客户喜欢希腊神话主题，其中最受欢迎的便是希腊人与亚马孙人战斗的主题。一些学者对这些选择的意义进行了解读，不过，也有人说，选择这些主题，只是用传统的方式来彰显财富和地位。罗马人和希腊人一样具有大男子主义，富有的罗马人也有英雄情结，所以视亚马孙女战士为英雄。

2 走近斯基泰人

亚马孙女战士对希腊人如此重要，首先与时尚、象征有关，除此之外还有个原因不容忽视：她们曾真实存在。在亚洲的众多部落中，这些骑马射箭的女子同时也是部落中的妻子、女儿和母亲。她们出现在传说中的远方，不时闯入希腊世界，犹如闯入地球的外星人。

这些马背上的女子并非希腊人所认为的亚马孙人，她们并非来自某个单一族群，而是来自斯基泰人的许多亚族群。斯基泰人是人类学家对那些史无记载的游牧部落的统称，这些部落是社会长期发展的产物，比古希腊人出现还早3000年。

众所周知，早期文明兴起于大陆边缘和大河沿岸。而欧亚大陆的中心地带是一望无际的草海，从远东一直延伸到匈牙利，涵盖北部森林、沙漠和广袤的山脉，这里有羚羊、野马之类的食草动物可供猎人们捕杀，在水源充足的山谷里，青铜时代的人们过着安定的生活，留下了大量岩石建造的墓葬，这些墓葬上矗有大石板和柱子，石板和柱子上雕刻着动物形象（以鹿为主）。如今，当你在蒙古国的乡村开车兜风时（在干燥的天气里这样做很轻松，因为那里既无道路，也无围栏），常会遇见公元前2000年留下的石堆和鹿石。

公元前3500年左右，人类学会了骑马，一切就此改变。骑马者仅凭嚼子和缰绳就能牧养马、牛、羊、骆驼、鹿等。他们会用到马鞍，但马鞍并非必需品。可能出现于公元2世纪的铁马镫更是可有可无，因为将绳圈绕在脚趾上就可以充当马镫了。人们在放牧时仅需一顶帐篷——现在演变为冬暖夏凉、可遮风挡雨的蒙古包——和一辆放置帐篷用具的马车。牧草和畜群为人们提供食物、燃料、衣服等。最初，这种游牧文化发展缓慢，但到了公元前1000年左右，气候愈发和煦，牧场愈加肥沃，牧群和人口也随之增加。游牧部落一路向西，迅速开疆拓土。那时，他们已懂得如何锻造铁（因为剑和箭头要用铁制造）。佩着威力强大的小弓，骑马者可以前往任何地方，扫清沿途的所有障碍，包括其他游牧部落、商队，甚至村庄和城市。定居者对其防不胜防，因为这些偷袭者总是来无影去无踪。两千年来，中亚一直是人类文明"海啸"的源头，各部落或彼此融合，或相互取代，有些变革并未载入史册，但这些变革掀起的一波波浪潮有时会波及周边的定居社会，比如东方的长城区域、西方的多瑙河区域。

公元前1世纪初，居住在大高加索山脉和黑海以北的俄罗斯草原上的游牧民族——辛梅里安人（Cimmerians）成了希腊人的远亲。当时，一些游牧民族有了自己的定居点，他们在那里生产精美的艺术品，尤其是黄金饰品。亚述人（Assyrians）记录了公元前714年他们与辛梅里安人的战争，但辛梅里安人没有文字，所以，除了神秘的墓葬之外，没有任何其他东西能说明他们是如何被斯基泰人取代的。虽然希腊文明于公元前六七世纪兴起，但对此也没有记载。双方接触后，希腊人开始对斯基泰人有所了解。有时，斯基泰商人或雇佣兵前往雅典，希腊人会嘲笑他们醉醺醺的样子、粗鲁的举止和蹩脚的希腊语。在希腊喜剧中，斯基泰人常常戴着尖顶帽，说着"洋泾浜"希腊语，充当异国乡巴佬的角色。

古希腊历史学家希罗多德的著作是我们主要的资料来源。约公元前460年，他前往位于布格河（Bug）和第聂伯河（Dnieper）河口的奥尔比亚（Olbia）（在今乌克兰），那里曾是繁华的希腊边境城市，现在则是一处考古遗址。在希罗多德的时代，希腊人尚未到过奥尔比亚。斯基泰人的贸易商队从奥尔比亚出发前往中亚，随后神秘消失。当时的斯基泰国王，即所谓的斯基泰人的皇家统治者，同意将奥尔比亚置于自己的保护之下。国王在当地有一名使者，此人后来为希罗多德提供了很多信息[1]。

因此，希罗多德对斯基泰人的故乡略知一二。他提到了大河和牧场，并特别欣赏第聂伯河的碧水和游鱼。第聂伯河的下

---

[1] 奥尔比亚的繁华又持续了500年，随后它逐渐衰落，最终被斯基泰人的继承者哥特人摧毁。（原书注）

游芦苇丛生、布满沼泽,对此他有所了解,上游水流湍急、无法通航,他从未去过——那里直到20世纪30年代才修了大坝。所以于他而言,斯基泰人的故乡在何处仍是个谜。他坦言,"没有人敢说自己亲眼看到过这个草原世界"。

关于斯基泰人的故乡,我们的了解如下:

斯基泰人的活动范围甚广,北面绵延着6500公里的草场,从喀尔巴阡山脉往东,延伸至所谓的庞蒂克大草原(Pontic Steppe,希腊人称其为黑海),直至阿尔泰山,再往北则是无边无际的森林。这片土地并不规则,往南尽是荒漠与连绵的群山,即现在中国西部的天山和青藏高原的雪域高峰。和许多其他草原文化一样,斯基泰人不仅需要草原,也需要森林。森林可以为弓、箭、马车和帐篷架提供木材;还能提供动物皮毛,像貂皮这样奢华的毛皮,不仅是身份的象征,也是重要的贸易品。

在外人看来,大草原是令人沮丧的,即便在夏天也是如此:那是一片草的海洋——艾草、黄芪、乳草、鼠尾草、薰衣草、葛缕子、薄荷等一望无际,随风翻滚。契诃夫在其短篇小说《草原》中描述了19世纪80年代夏天犁耕之前的景象:

> 你不停地走,但就是无法分辨起点和终点。在遥远的前方,在天空与大地相接的地方,有一条宽阔明亮的黄色带子在地面爬行,靠近古老的墓地,有一座风车,远远望去,像是个小孩在挥舞着手臂……突然,整个大草原抛下了黎明的半影,露出了微笑,闪耀着

露珠……海燕欢快地鸣叫着,地鼠在草地上彼此呼唤,从左边很远的地方传来田凫的哀鸣……蚱蜢、知了、田蟋蟀和蝼蛄在草地上摆弄着单调的叫声。随着时间流逝,露水蒸发了,空气凝固,大草原呈现出七月的疲惫景象。小草枯萎了,万物失去了生机。晒黑的山脉,素雅的色调,模糊的地平线,天空在头顶赫然拱起,深邃而透明。在这片草原上,没有树林也没有高山,一切似乎是无边无际的,但又是麻木痛苦的。

对于不会骑马的人而言,这种大草原简直是噩梦。数九寒冬,气温骤降至零下40摄氏度,暴风雪给草原披上了冰冻的盔甲;春雨时节,尘土又变成湿答答的烂泥;炎炎夏日,草木凋谢,雨水稀少;即便在晴朗的夏日,云雀在天空歌唱,游客们则忙于拍打苍蝇,好似在用旗语交流。对于骑马人而言,他们会搭起帐篷,用牛粪火对抗冬天的严寒、驱散夏日的苍蝇。大草原给予他们的不仅是安全感,更是无拘无束的自由感。

斯基泰人就这样生活在大草原上。在希腊人看来,其生活方式非常野蛮:斯基泰人不会说希腊语,只会发出连自己也不知其意的"巴—巴—巴"。希腊人认为斯基泰人个个体形肥胖、肌肉松弛、"性"趣不足,这种看法与斯基泰人"勇士"的名声相去甚远。虽然一部分斯基泰人已经开始务农并有了固定的住所,但大多数仍保留游牧的生活方式,住马车、带帐篷。帐篷分为两至三个房间。女人住在马车里,男人骑在马背上,后面跟着他们的牧群。他们每居一处,牧群都要吃大量的水、草,吃得差不多的时候,就必须迁徙。

希罗多德列举了斯基泰人特有的习惯。他们弄瞎奴隶的眼睛,强迫他们卖力地搅拌牛奶,将奶制成数十种乳制品(当今蒙古族人仍在食用):酸奶、乳清、凝乳、各种发酵饮料以及温和但有点苦的马奶酒、骆驼奶和白兰地之类的烈酒[1]。他们以牲畜作为祭品,将之勒死后置于火上烧烤(骨头用作燃料)。他们砍断囚犯的四肢,割开他们的喉咙,将他们献给战神阿瑞斯。在战争中,他们会饮下自己杀死的第一个敌人的鲜血,并将敌人的尸体献给国王,国王会将其头皮制成柔软的手帕。有时他们会剥下整张人皮,铺在木架上,骑马时随身携带。他们用敌人的头盖骨制成酒杯招待贵宾,并自豪地向其介绍酒杯的来历……这一切都是他们勇气的证明。宣誓或立约的时候,斯基泰人会先以血酒涂抹武器,随后将血酒一饮而尽。据说,有一个叫阿吉帕伊(Argippaei)的斯基泰部族天生就秃顶,男女都一样。

希罗多德提到了斯基泰人八个不同的亚族群(包括萨罗马特人,Sauromatians),其中一个名为陶里(Tauri)的部落生活在黑海海岸,他们的祭祀方式让希腊人不寒而栗:所有因海难流落至此的水手和被捕的希腊人,在简单的仪式后,都会被木棍击头而亡。其首级会被固定在木桩上,以祭奠少女神——

---

[1] 希罗多德提到了一种叫"aschy"的烈酒,这是一种由水果和牛奶混合而成的酒。这个词与现代蒙语的"arkhi"相似,"arkhi"是一种蒸馏酒。(原书注)

伊菲革涅亚[1]（Iphigenia），即阿伽门农[2]（Agamemnon）的女儿。对一个非希腊部落而言，这么做似乎很奇怪。

希罗多德也提到了斯基泰国王的遗体处理方式，他笔下的防腐处理过程犹如烹饪菜肴：切开腹部，清空内脏，填满各种香料（如碾碎的大蒜、欧芹籽和茴香），缝合，以蜡覆盖。如此处理后的国王遗体被带到不同的部落接受哀悼。在哀悼仪式上，人们拱手作揖。最后，遗体与陪葬的仆人、马匹一起入葬。一年后，还会有50个仆人和50匹马被勒死，掏空内脏，塞满谷壳，用木桩固定在坟墓周围。

当非王室成员老去时，斯基泰人的做法如下，至少马萨格泰部落（Massagetae，稍后会详细介绍）是这么做的：

他们只用一种方法来决定死亡时间，那就是，当某成员年纪够大时，众亲属为其举行仪式，用他和牛一起献祭，然后将他的肉和牛肉烹熟食之，大家认为这是最好的死法。若某成员死于疾病，则将其遗体埋葬而非食之。斯基泰人认为，能活到被献祭的年纪是一种幸运。

在其他部落中，死者的遗体被马车运到亲戚身边，放置四十天左右，最后焚烧。之后，亲戚们要洗一次"杂草桑拿"——将三根木杆搭在一起，用毛毯覆盖起来，接着，在毯子下面的正中位置挖个坑，把烧红的石头扔进去，再把大麻的种子撒在

---

[1] 伊菲革涅亚：古希腊神话中迈锡尼国王阿伽门农的女儿，被阿伽门农作为祭品献祭给狩猎女神阿尔忒弥斯。

[2] 阿伽门农：古希腊神话中迈锡尼国王，特洛伊战争中希腊联军的统帅，后来被其妻子谋杀。

炽热的石头上——受炙烤的大麻种子会散发出许多蒸气。希罗多德说,斯基泰人非常享受这种桑拿浴,经常在蒸气浴时发出兴奋的叫嚷。斯基泰人从来不会用水洗浴,这种蒸气浴便是他们清洁身体的方式。妇女们还会在洗浴前先在身上涂抹由乳香、柏木和雪松制成的膏体,这样她们的皮肤在浴后就会变得干净有光泽,还会散发出香味。

如今,通过相关遗迹(详见第4章),或阿卡德语——新亚述帝国时期(前911—前612)美索不达米亚地区使用的楔形文字,我们对斯基泰人有了更多的了解。

公元前7世纪初,斯基泰人在中亚崛起,驱逐了他们的祖先辛梅里安人。亚述人、吕底亚人(活动于今土耳其)和埃及人都曾记录过与辛梅里安人的战斗。最终,辛梅里安人战败,并退出历史舞台,将大草原留给了斯基泰人。斯基泰人经历了三个阶段,历时约1000年:

1. 公元前700年至公元前550年,位于黑海东北部的库班河地区。

2. 公元前550年至公元前3世纪,位于顿河和第聂伯河之间。希罗多德写过这段历史,他提到了十几个统治者的名字,并记录了斯基泰人与希腊城市和地区的多次互动。

3. 公元前170年至公元3世纪,位于克里米亚。

希腊人与斯基泰人交往频繁,尤其是在商业领域。但想征服斯基泰人简直是异想天开。居鲁士大帝(Cyrus the Great)建立波斯帝国后,逐步向北部和东部扩张,最后来到了斯基泰人的地盘。居鲁士大帝吃尽苦头,直到公元前530年才发现,他无法征服斯基泰人。

马萨格泰人(斯基泰人的一个部落,也可能是一个联盟)的生活方式使希腊人相信亚马孙人真实存在。喝马奶酒的马萨格泰人以男女平等著称,当时,该部落的统治者是女王托米丽司(Tomyris)。部落里无论男女都骑在马背上,手持战斧和弓作战。这一点让以男性为主导的希腊人和波斯人颇为震惊。

据希罗多德的描述,居鲁士发现要打败马萨格泰人非常困难,于是使用了诡计。他用葡萄美酒设宴,然后伴装战败撤离。马萨格泰人中了圈套,发现美酒盛宴后便大吃大喝,烂醉如泥。波斯军队悄然出击,生擒了托米丽司女王醉酒的儿子,以之作为人质。女王之子酒醒后羞愤交加,自杀而亡。托米丽司立下毒誓:命令波斯人"现在就滚出我的地盘,否则我定要血债血偿!"一场史无前例的大战拉开帷幕。这场战斗异常惨烈。托米丽司以其人之道还治其人之身,假装不敌,带领部队逃跑。居鲁士穷追不舍,结果正好中计。波斯大军闯进了托米丽司设下的沼泽埋伏圈,被马萨格泰人打得落花流水,最终全军覆没。伟大的居鲁士大帝也横尸疆场。愤怒的托米丽司女王找到居鲁士的尸体,砍下他的头,把他的血装进一个容器。"尽管我战胜了你,但你已经毁了我,因为你设计夺走了我的儿子。现在,血债血偿的时候到了!"说罢,她一把将居鲁士的头塞进了盛满血的容器,一泄心头之恨。

居鲁士死后两百年(即公元前330年),亚马孙人又一次在历史中露面。这次与亚历山大大帝有关。当时，亚历山大刚刚征服了波斯，不断向东挺进，扫荡了位于现今里海南岸伊朗的赫卡尼亚地区（Hyrcania）。这次相遇的故事，最初由亚历山大的助手记录下来，不过其文字现已失传，随后出现了许多其他版本（普鲁塔克声称自己知道有 14 个版本）。现存最早的版本可以追溯到公元前 1 世纪，也就是此事件发生后的 200 年，该版本还添加了许多丰富多彩的细节。以下所引出自公元 1 世纪的作家柯蒂斯（Curtius）笔下，我的评论穿插其间。

在赫卡尼亚森林附近，有一个亚马孙民族，她们生活在特尔摩冬河（Thermondon）附近的塞米西拉（Themiscyra）平原上。女王塔勒斯里斯（Thalestris）统治着高加索山脉和发西斯河（Phasis）一带的民众，她怀着觐见亚历山大大帝的强烈愿望，走出了边境。

特尔摩冬河和发西斯河（今格鲁吉亚的里奥尼河）是传说中亚马孙部落最初的边界，以上描述忽略了亚马孙人向亚洲内部的迁徙以及萨尔马提亚人的形成。该地区距赫卡尼亚 1500 公里，两地并非近在咫尺。这意味着亚马孙女战士要疾驰数周才能到达赫卡尼亚，也就是要在亚历山大到达赫卡尼亚前就出发。这听起来有点不对劲。

女王快到赫卡尼亚时，派使者前去向国王通报，说一位女王想要拜见他。她立刻得到了国王的觐见许可。于是,女王命令护卫队停在原地,由三百名女战士陪同觐见国王。国王一出现,她便从马上跳下来,右手握着两支长矛。

柯蒂斯随后增加了一些半色情的细节:

亚马孙女战士的衣服并没有遮盖全身,左半身至胸部都是赤裸的。她们把袍子的褶打在一个结上,膝盖以下的部位也展露无遗。她们左边的乳房完好无缺,以便喂养自己的女儿;右边的乳房则被割掉,方便她们拉弓掷矛。女王毫不畏惧地凝视着国王,仔细地观察着他,似乎很难想象面前的这位男子就是威名远扬的亚历山大大帝……

据普鲁塔克记载,亚历山大大帝身材矮小,酗酒、易怒,对于肉体上的乐趣颇有节制。他并非肌肉发达之人,也不欣赏四肢发达的种族,比如眼前这位强悍、独乳的亚马孙女王塔勒斯里斯,但女王并未退缩。

几乎所有的野蛮人都崇拜威严,相信只有那些被大自然赋予了非凡外表魅力的人才有能力完成伟大的事业。

当国王问她有什么要求时,她毫不犹豫地承认,她是来和他繁衍后代的,他们的后代有朝一日将继承王位。她只要女儿,如果产下的是儿子,她将会把他还给亚历山大。

亚历山大问她是否愿意加入他的阵营,和他一起打仗,她以此行未带卫兵为由拒绝了,并坚持要求国王不要让她失望而归。

这个女人对爱的热情远比国王更加强烈。国王花了13天时间才满足其爱欲。之后,她回到了自己的王国。

从此,她和她的孩子消失在历史长河之中。

实情到底如何?第一位记录此事的人是欧奈西克瑞塔斯(Onesicritus),他是亚历山大在亚洲战役中的随从之一。作为亚历山大的同时代人,甚至是上述史实的见证人,他曾就此事洋洋洒洒地写过一部史书。如果历史上根本就不存在亚马孙王国,这本书又从何而来?

在其著作中,欧奈西克瑞塔斯声称,他是亚历山大与印度哲学家沟通的中间人,也是一位声名显赫的船长。亚历山大任命他为舰队司令,指挥舰队沿着印度河返回波斯。他深谙如何讨好权贵,因此同时也为亚历山大的继任者利西马科斯[1](Lysimachus)效劳。欧奈西克瑞塔斯对亚洲战役的描述夸大

---

[1] 利西马科斯(约前360—?):亚历山大大帝的部将,继业者战争中的色雷斯之王。

其词，遭到许多作家的嘲笑。有人说，他只是一个领航员，根本不是他所声称的舰队司令。

两个世纪后，普鲁塔克也讲述了这个故事，与欧奈西克瑞塔斯的说法大相径庭。欧奈西克瑞塔斯向当时的国王利西马科斯朗读那段历史，读到亚马孙人的那一段时，利西马科斯笑问："当时我在哪里？"其实当时他和亚历山大在一起。利西马科斯知道欧奈西克瑞塔斯夸大了事实，但无意破坏这个美好的故事——它符合大众的趣味，体现了身为亚马孙女王的斯基泰公主渴望与伟大的亚历山大繁衍后代的愿望。

也许可以这样解释：在希腊悠久的英雄传统中，亚历山大是一个英勇的征服者。像赫拉克勒斯和忒修斯这样的英雄都曾遇到过亚马孙女战士，所以大家都"知道"她们真实存在。人们觉得，作为当代版的赫拉克勒斯，亚历山大也应该见过亚马孙女战士。事实可能是，亚历山大遇到了一群斯基泰人，其中有一部分是女性。她们来自附近的大草原，其中一位女性显然是首领。这些斯基泰女人和亚历山大之间语言不通，所以希腊人并不知道她们到底想要什么，但可以明确的是，她们没有敌意。她们逗留了几天，亚历山大对她们也比较热情。有时，斯基泰女首领会单独和亚历山大大帝待在帐篷里，之后她们就回到了草原。欧奈西克瑞塔斯在其描述中有意夸大亚马孙女战士觐见国王一事，意在抬高亚历山大的地位，同时也自我吹嘘一番。

3
关于"割胸"

似乎所有人都"知道"亚马孙女战士为了方便拉弓射箭,会切掉自己的右乳。当我告诉朋友我正在写一本关于亚马孙女战士的书时,他们也会问及这个问题。亚马孙女战士真的会切掉右乳吗?不,绝对不会!这是胡说八道!那么做无论从哪个角度解释都显荒谬!但这种错误的认知早已根深蒂固(即便如今大家仍这么认为),所以迫切需要厘清真相。

早在公元前5世纪,有关亚马孙女战士的神话传说就广为人知,且越来越受到追捧。人们不得不面对一个问题:"亚马孙"这个名字从何而来?为何写成"Amazon"?人们对此众说纷纭,有一种说法认为,这个名字起源于一个叫"Amezan"的女王,之后就有了各种语言的无数个版本,但至今仍无定论。荷马称亚马孙人为"Amazones",以"es"结尾说明此词并非专指女性,但他还补充了"antianeirai"一词,该词则专指男性。也许,亚马孙部落原本就男女平等,或许是能力上平等,或许是地位上平等。

要理解众所周知的"真理",就要填补其漏洞。在类似的情境下,这样的漏洞往往由完全虚假的解释来填补,比如,根据民间词源来解释,其魅力远超真理。例如,"洋姜"被称为"菊芋",是因为英国人不知道它的意大利名字的意思,所以选择了最接近的英文发音的名字。又如,有些人觉得"果酱"(marmalade)一词源自一位厨师为生病的玛丽女王(Queen Mary)制作的菜谱,他称其为"Marie est malade",意为"玛丽生病了",这种说法显然比枯燥乏味的事实——葡萄牙的榅桲酱(marmelada)更具吸引力。再如,在西班牙语中,小过失(peccadillo)意味着"小罪",但如今的解释非常有趣,认为这是来自亚马孙的罕见动物,是美洲野猪(peccary)和犰狳(armadillo)的杂交品种,被西班牙殖民者猎杀,最后灭绝,因此这个名字代表一个小罪行。希腊人认为,从词源的角度来解释,"a"表示"没有","mastos"表示"乳房","Amazon"的意思就是"没有乳房"。这种解释其实并不合理,因为"Amazon"并不等于"Amastos",也不意味着没有其他东西。也许是因为马背上的女性穿着皮甲,掩盖了女性的身材,而皮甲束缚了乳房。无论如何,对于其名的由来,至今都没有很好的解释,更不用说公元前5世纪的时候了。

为了让毫无意义的想法变得更有实际意义,"没有乳房"这种看法逐步流传并发展,令许多人信以为真。女性要割掉一个乳房,这真是个可怕的想法!希腊人口口相传、许多作家不断重复的"事实"就是：如果要切除一个乳房，最好在女孩幼年时期进行，这好像成了一个举世公认的真理。

比如，公元前400年，被称为医学之父的希波克拉底（Hippocrates）在他的《空气、水、地域》(On Airs, Waters, Places)一书中，将疾病与各种外部原因联系起来。在这部著作中，他提到萨尔马提亚人是亚马孙女人和斯基泰人后裔构成的部落，与其他种族有着天壤之别。

> 这个种族的女人骑马、射箭、投矛，只要她们还是处女，就都会投入战斗……她们没有右乳，因为在孩提时期，她们的母亲会加热一种特制的铁（或铜）工具，把它敷在女孩的右乳上。这不仅阻止了右乳的发育，还能让女人将所有的力量都集结到右臂和肩膀上。

当然，希波克拉底的说法可能缺乏充足的证据，毕竟希腊女性以居家为主，并非弓箭手或标枪手。其实只要做点小小的调查，就能证明这种说法有误。希罗多德作为当时的作家，他根据个人经历记录了一些相当可怕的斯基泰仪式，但并未提到这种割胸的做法。

尽管如此，关于亚马孙女战士割胸的说法还是流传了下来。犹斯丁（Justinus）在公元2世纪的作品中重复了这一公认的"真理"：

亚马孙女人通过武力保障自身的安全与和平，为了种族的延续，她们与邻近国家的男人结合。若生了男孩，就杀死他们，若生了女孩，就把她们培养成为骁勇善战的女战士。这些女孩从小就习武打猎，管理马匹，过着与母亲一样的生活；她们在婴儿时期就被烫掉了右乳，以免弯弓射箭时受到阻碍。

但是，希腊的艺术家和雕塑家们对此不以为然，他们创作的亚马孙女战士都双乳俱全。这是问题的关键：亚马孙女战士是英勇的战士，也是完整、漂亮的女人。她们通常只露出一个乳房，但另一个乳房显然也是存在的。否则，她们的美丽就会大打折扣。

也许基于这个原因，关于"割乳"的说法慢慢过时了。艺术家们回避它，作家们也很少提及它，但仍有些人坚持要认真对待此事。17世纪晚期的一位法国人皮埃尔·佩蒂（Pierre Petit）在他名为《论亚马孙女性》（'A Dissertation on Amazons'）的论文中写道，他坚信关于亚马孙女性的传说是真实存在的。既然如此，又是什么原因导致亚马孙女性如此与众不同呢？他的回答是：寒冷的气候、饮食、教育和体育训练。他认为，既然亚马孙女性真实存在，那么她们切除右乳的事也不会是空穴来风。她们之所以要这样做，并非为了让右臂变得健壮，而是为了让整个身体变得健壮。怎么实现身体健壮？显然不是通过切除右乳，否则也太荒唐、太危险了。她们一定是使用了某种药物，这种药物只有她们自己了解，她们避而不谈，以免他人效仿。为了证明自己的观点，皮埃尔收集了尽可能多的明显只有一只乳房的女性照片。其实，他所谓的"证据"只是一个个的传说和谎言罢了。在此问题上，他单凭自己的执迷来解释一切，因此他的说法并未引起太多的关注，只有一两个人把他的答案当作额外的"证据"，用以证明两千年来不断重复的错误说法是如何成真的。

然而，只要上网查询就会发现，关于"割胸"的说法依然存在。有知名网站认为，割去女孩的右乳这种做法听起来很怪，但从亚马孙女性的角度来看，也许是合理的。亚马孙女性在孩提时代，右乳就会被灼热的青铜工具烫掉。这很残忍，但很有必要，因为这样做能够为投矛、射箭扫除障碍。有篇论文从整形外科医生的视角出发，指出这样做的原因所在：首先，切除乳房主要是为了更有效地使用弓箭；其次是出于医学原因，切除可以预防乳房疼痛、肿块或癌症。还有一种说法则认为，出于宗教或社会原因，切除乳房是女战士的荣誉徽章。甚至连古老的、未被证实的词源也搬了出来：希腊语中"mazos"的意思是"乳房"，而"Amazon"的意思是"没有乳房"……

这些都是一派胡言！一直以来，女性遭受着类似于切除乳房这种令人震惊的折磨，比如，在非洲、中东和印度尼西亚的许多地区会切除女孩的生殖器。在这样的社会里，女性只是被当作一种物品或财产，而亚马孙女性无论在传说中还是在现实中，都是受保护的对象。因此，"割胸"这种说法根本站不住脚，所以，忘掉道听途说的证据吧，忘掉所谓的字典上的定义吧，只要考虑一下实际可行性就能明白：这种摧残会在几岁时发生？亚马孙的母亲们真的会做这么大的手术？有多少女孩会因此丧命？为什么要冒险杀死未来的女战士？

事实上，割胸这种做法也没有任何实际意义。在投矛射箭时，女性不存在任何问题。看过2016年奥运会比赛的人都会发现，女性弓箭手和标枪手并没有受到乳房的妨碍，骑马射箭也一样。如果切除乳房真的有助于提高成绩，那么一部分雄心勃勃的运动员肯定会这么做。很明显，切掉或烫掉一个乳房并不能让手臂或肩膀变得强壮，更不用说让整个身体变强壮了。

总而言之，没有人会这么做，关于亚马孙女性"割胸"的说法毫无根据。

4
墓葬中的宝藏

希罗多德提到,萨尔马提亚人是亚马孙女性和斯基泰人结合繁衍的后裔,他们保留了"古老的方式",也就是斯基泰人的生活方式。为了了解亚马孙女性,我们必须近距离地了解斯基泰人——真正的斯基泰人。在公元前5世纪,没有谁比希罗多德更了解斯基泰人,因为当时资料匮乏,没有手稿,也没有历史书。希罗多德记录了一些部落的名字和几位神灵,如塔比提(Tabiti)、帕佩乌斯(Papaeus)、阿比(Api),但都还不够深入。如今,通过研究墓葬群中的坟墓、遗骸和陪葬物品,我们对斯基泰人有了更深刻的了解。

这墓葬群究竟囊括了多少座坟墓?没人数过。至少是几万座,也可能是数十万座。它们从黑海北部开始,经过现在俄罗斯南部和哈萨克斯坦,绵延至蒙古高原和西伯利亚南部。其中很多坟墓中都有巨量的陪葬物品(这么做大概是希望来世能够大富大贵),所以几个世纪以来,它们成了盗墓者的金矿。

18世纪早期，在彼得大帝（Peter the Great）的率领下，俄罗斯开始向东扩张到西伯利亚，向南扩张到现在的乌克兰和中亚的哈萨克斯坦、吉尔吉斯斯坦、塔吉克斯坦等。殖民者和探险家们显然不会错过这些墓葬（俄罗斯人称墓葬所在地为"库尔干"）。盗墓者并没有拿走所有的物品——1716年，有60件陪葬品被献给彼得大帝，自此斯基泰黄金收藏开始流行。如今，在圣彼得堡艾尔米塔什博物馆的黄金陈列室里，这些黄金让游客们眼花缭乱。在19世纪下半叶，考古学家开始对黑海的墓葬展开认真的研究，发现了大量的遗骸、金匾和大锅。当时，历史学家们也以怀疑的眼光看待希罗多德，因为他并没有去过他所记录的遥远的地方，而且他对资料来源语焉不详，似乎有剽窃嫌疑。后来，考古发现证明希罗多德所述属实，他的诚实和勤勉赢得了人们的尊敬。正如他的传记作者之一约翰·迈尔斯（John Myres）在1953年所写的那样："他的信息真实可靠，他是一个聪明而又善于观察的人。"考古学家们也都认同这一点。他们在更偏远的地区发掘了数百座墓葬，经过记录、推理、论证，揭示了学者们所说的斯基泰世界。

截至目前已发掘出了1000多座墓葬。关于斯基泰人及其相关地区和民族的真相逐渐浮出水面。他们并非希罗多德想象的那么野蛮，又远比他的想象更丰富复杂。例如，在斯基泰人中，女性的地位高于男性（这与男性占主导地位的雅典很不一样），她们中有真正的亚马孙女战士，也有比女战士更厉害的人。

"斯基泰"不是民族国家，没有首都和中央集权的政府；

不是帝国，不由中央直接控制；不会用马匹传信联络东方与西方。斯基泰是不同文化的集合体，横跨整个中亚，在以下方面具有共同特征：墓堆、马匹、兵器以及动物艺术（涉及的动物很复杂，有真实的，也有想象的）。每一个斯基泰部落都会与其近邻进行贸易、通婚、战斗。在数世纪的时间里，其观念和习俗慢慢变化，部落也逐步发展、迁徙、融合。希罗多德提到了好几个部落的名字：阿里马斯巴[1]（Arimaspians）、伊赛多涅斯（Issedones）、马萨格泰、萨卡（Sacae）——哈萨克斯坦至今仍在使用萨卡这个名字，他们称古斯基泰人为萨卡人。此外，斯基泰神话中还出现了能保护黄金的"狮鹫"（Griffins），它是狮子和鹰的结合体，是斯基泰艺术中常见的形象。

一些铭文和出现于其他场所的文字表明，斯基泰有很多种语言。据说，黑海沿岸的斯基泰人与遥远的阿里马斯巴人贸易往来时，一路上需要七名翻译。学者们普遍认为，这些语言属于庞大的印欧语系，特别是东伊朗语，其遗存奥塞梯语（Ossetian）仍在俄罗斯和格鲁吉亚的边境地区使用。上述贸易往来在很大程度上取决于当地的条件，无意间加强了各地的联系：黑海北部没有发现金矿，但墓葬中多有黄金，这些黄金来自西伯利亚南部和阿尔泰山脉，以贸易形式进口而来。黄金将阿尔泰山与蒙古人联系在一起，这也许可以解释为什么在传

---

[1] 阿里马斯巴人是一个偏远的族群，据传，他们住在樱桃树下，个个秃顶，在特殊神灵的庇佑下过着和平的生活。（原书注）

说中，狮鹫的家园就在阿尔泰山中。假如几个斯基泰人奇迹般地来到数千公里外黑海北部的斯基泰人部落，那他们得有好翻译，否则肯定会不知所措。

19世纪晚期，在乌克兰中部第聂伯河支流流域的一座墓葬中，发现了一位公元前4世纪的斯基泰女性遗体。遗体脚边是一位十八岁左右的年轻男子的遗体，后者或许是前者的仆人。这位女性显然是一名女战士，因为她身边放着两个铁矛尖、一个装有47个三羽箭头的木箭筒和两把青铜刀。在乌克兰港口比尔哥罗德第聂斯特罗夫斯基（Belgorod-Dnestrovskiy）——此地曾是希腊殖民地，后由土耳其统治——的一座墓葬中，发现了另一名女战士，她身上带着一个装有20支箭的箭筒、四支长矛和一条用铁条包裹的沉甸甸的腰带。

起初，大家以为上述女性只是妻子、女儿、母亲，或只是男性战士的附属者，出于某种未知的原因而与武器同葬而已。然而，这两位女性的骨骼上都有伤痕，第二位甚至头骨破碎，膝盖处留存着一个青铜箭头，估计死得相当惨烈。显然，她们凭借自己的力量成为战士，在战斗中使用武器奋勇杀敌，才会阵亡得这般壮烈。

人们逐渐明白这两名女性并非个案，像她们这样的女战士大有人在。这些女性通常会得到与男性相同的葬礼。在多瑙河和顿河之间发现的女性墓葬中（截至1991年共发现了112个，随后发现的更多），大约70%是16岁至30岁之间的女性。在有些地区，37%的坟墓中是佩带武器的女性。根据20世纪80

年代和90年代的调查,在所有放置武器的墓葬中,约有20%是女性的墓葬。这些女性并非来自上层阶级,她们只是普通的妇女。

西伯利亚南部的墓葬群证实了斯基泰女性(希腊人眼中的亚马孙女战士)的战斗生涯。此类墓葬群之一位于米努辛斯克盆地(Minusinsk Hollow),该盆地横跨200公里,是一片牧场。此地及其周边地区在公元前1000年至公元500年的1500年时间里积累了约30000座墓葬。其中最大的是公元前4世纪的萨贝克墓葬(Great Salbyk Kurgan),该墓葬周围有23块巨石,每块重达40吨,都来自60公里外的采石场。另一个大型墓葬位于盆地东南方200公里处的图瓦(Tuva)。

图瓦现在是俄罗斯联邦的一部分。图瓦人说图瓦语——这是一种突厥语,在蒙古人到来之前,突厥人统治着这一地区——以放牧和骑乘驯鹿而闻名,信奉佛教,与其近邻蒙古人一样,擅长歌唱。30万左右的图瓦人共享着广袤的森林、山脉和草原,这里是西迁之前的斯基泰人最初到达并活动的中心地带。图瓦气温极端(通常在零下50摄氏度至零上40摄氏度之间),远离大海,是所谓的偏远之地。但图瓦人自己并不这么认为,他们觉得自己的家园就是宇宙的中心。的确,在欧亚大陆文化数千年的演变中,他们占据着重要的地位。

关于斯基泰人生活方式的最早证据来自两座巨墓,这两座巨墓以乌约克河(Uyuk River)河谷附近的一个村庄命名,被称为阿尔然(Arzhan)1号冢和2号冢。那片河谷景色美丽、气温宜人，冬天很少下雪，是斯基泰游牧民族几个世纪以来生活的中心地带。夏季时，他们迁徙到山区牧场，冬天来临时，则迁往乌约克河沿岸的河谷牧场。这个河谷呈楔形，有50公里长，底部约30公里宽，周围群山环绕，整个河谷墓冢的数量众多，大约有300座，人们称河谷为"国王谷"（Valley of the Kings）。

乌约克文化中的斯基泰人，绝非靠放牧生存的单纯的游牧民族。事实表明，他们有自己的固定住所，他们吃淡水鱼、种谷粟、建木屋，还建造有穹顶的石墓。他们开采铜和铁，这需要专业的矿工、工具和丰富的地质学知识。石柱上雕刻着螺旋花纹、玫瑰圆花饰、圆圈图案，这表明他们崇拜太阳。斯基泰人相信来世，他们会将首领的遗体妥善保存并带回祖坟安葬，以确保这些首领可以投胎转世。他们把金属加工成动物的形状，如蜷缩着的雪豹、捕食中的鸟，这也许是因为他们敬仰动物的力量、敏捷和警觉。

国王谷中的大多数坟冢显然并非皇家墓葬，因为有多处墓葬更像是家族墓穴的集合。考古学家在这里收集了一些残存的遗物。这些遗物显示，斯基泰女人非常在意自己的容貌，即便死后也是如此，墓中各色各样的物品可以证明这一点。坟墓里有耳环、胸饰、珠子、戒指、用铜丝和金子做的项链、动物形状的皮带扣、装在皮袋里的铜镜、铁或木头制成的梳子，还有铁、铜和骨头制成的别针。一些由兽角制成的圆柱形和锥形的小盒子上雕刻着动物的形象，盒内可能还装有类似化妆品的东西。另外，坟墓里还有很多马具——马缰、马嚼子、马圈及马徽。虽然斯基泰人不太擅长制作陶器，更喜欢木制的器具，考古学家依然在墓葬中发现了很多陶器，还有有特殊用途的敌人的头骨。

至于皇家陵墓，其复杂程度更高，在此不做赘述，因为统治阶级中的女性并非我们所关注的女战士。不过，这两座阿尔然墓冢已然反映出孕育了亚马孙女战士的上层社会的财富及文化。

仅阿尔然1号冢就足以证明国王谷这一称号并非浪得虚名。该墓冢最早可以追溯到公元前750年（当时，荷马正在创作《伊利亚特》和《奥德赛》），是已知的最古老的墓冢。它是一个宽达110米的巨大平台，四周立着墙，其上是一个高达4米的穹顶。当时几乎所有的墓堆都是用木头和泥土做的，而它却由石头覆盖，这使它成了一个巨型"冰箱"。多年来，它多次被盗墓者劫掠，当地人也在它上面举行七月的庆祝活动。20世纪60年代，苏联进行全民垦荒运动，推土机从平台横穿而过。即便如此，考古学家于1971年到达此地时，还是发现了奇观：一个由70间相互咬合的木屋组成的轮状建筑群（尽管有些木屋被推土机推倒了）。这些墓室包围着一座4米×4米长的落叶松建成的墓，墓里的两个棺材中分别有一位男性首领和一位女性（二人可能是夫妻）。或许这位女性才是居统治地位的女王？合葬是为了来世再做伴侣？我们不得而知。棺材周围有八块镂空的原木，里面盛放着仆人的骨头（仆人们将陪伴主人步入来世）。附近是六匹马的骨骼，上面盖满了华丽的金饰（其他未被盗走的幸存物品上也是如此）。

这一切都与希罗多德所记录的相一致。他说，在边远地区，国王的遗体被运往各处，供人们哀悼，最终葬于（有顶的）墓坑里。国王的家庭成员被勒死陪葬在巨大的墓冢中。一同入葬的，还有马匹、金杯和各式各样的宝藏。

为建造此墓，斯基泰人不惜耗费巨资：有为家仆准备的四色貂毛大衣，有呈雪豹和野猪形状的青铜色、金色马饰，甚至还有金丝盘绕的黑豹雕像，处处透着一股动物象形风格，这种风格远近闻名，邻近文化（如黑海地区文化）与其有相似之处。黑豹形象让人想起1000年前的鹿石设计。旁边的墓室里还有160具马的遗骨，几乎都是12—15岁的公马。此外，还有几个马夫，每人都配有大量的匕首、箭镞，一个金属颈环（佩戴在脖子上的一块半圆形金片），镶绿松石的金耳环和吊坠。在盗墓者到来之前，这里原本有多少金银财宝，实在是难以想象。该墓冢是1200—1500人在一周内建成的大工程：6000棵成熟的落叶松，剥皮后被连接成70个墓室，各个墓室由通道连接。围绕整个建筑放置了数千块重达50公斤的石板，形成了一堵高2.5米的墙。除此之外，为了完成仪式，人们又在城墙外举行盛大的宴会（也许是一年一度的盛宴），他们还留下了300匹马和数不清的牛羊遗骨。

1号冢竣工后大约一个世纪，阿尔然2号冢开始建造[1]。事实证明，2号冢更加宏伟，且保存相对完好。正如发掘队在

---

[1] 关于2号冢发现的经过都详细地记录在一本厚达500页的书中，这本书是赫尔曼·帕辛格（Hermann Parzinger）从德国寄给我的。详细信息参见参考书目中的库古诺夫（Cugunov）、帕辛格（Parzinger）和纳格勒（Nagler）的作品。（原书注）

2000年4月发现的那样，建造者们变得更加机智——两个中央坑是假墓，成功愚弄了潜在的抢劫者，真正的中央墓坑位于距离中心20米远的地方。2003年6月，《国家地理》杂志上刊登了一篇名为《黄金大师》的文章，文中称一位名叫帕维尔·莱乌斯（Pavel Leus）的俄罗斯人发现了真相。此人带领一支当地劳工小队，在土堆下挖了近4米，发现了一层落叶松原木。掀起一块后，他瞥见阴影中有两具骷髅和几缕金光。他随即打电话给上司，"伙计们，我们有麻烦了。我们需要警察帮忙"。

圣彼得堡冬宫博物馆的考古队长康斯坦丁·库古诺夫（Konstantin Cugunov）证实了此事，他加入了莱乌斯的行动。他的搭档赫尔曼·帕辛格（Hermann Parzinger）和阿纳托利·纳格勒（Anatoli Nagler）紧随其后，这两人都在柏林的德国考古研究所工作。接下来的三个星期，在严密的保护下，考古学家和100名工作人员发现了一对王室夫妇及其16名侍从的遗骸。后来又找到了23具尸骨，很可能是突厥人。这些遗骨分布在29座坟墓中，女人埋在西半部，男人埋在东半部。除此之外，还有一些价值不菲的珍宝。出土的9300件宝藏中，其中5700件由黄金制成，重达20公斤，至今仍保持着西伯利亚墓葬出土物价值的最高纪录。这位国王年龄在50岁到55岁之间，颈戴一个金属颈环，身穿夹克，夹克上饰有2500头金雕的豹子。裤子上缝着金珠，脚蹬金口靴子，腰带上还挂着一把镶金的双刃匕首。国王身旁的女人看上去比国王年轻20岁，身穿一件红色斗篷，斗篷上也装饰着2500个金雕的豹子。她佩着一把柄部镀金的铁匕首，一把金梳子和一把金柄的木勺。其头饰是一顶金尖帽，其上饰有两匹金马、一头黑豹和一只猛禽。两人葬在一起，以示地位平等。她是为了在死后陪伴国王而被杀，还是相反？又或许，男人和女人是父女关系？他们身旁有数千颗珠子，其中 431 颗为琥珀制成，显然是从波罗的海运到欧亚大陆的贸易物资。

阿尔然墓冢是专门为皇室建造的。在其西南 100 公里处的艾米瑞格（Aymyrlyg）墓地，可以发现更多有关普通亚马孙女战士的信息，该墓地沿着叶尼塞河（Yenisei）的一条支流延伸了 10 公里。这里山丘起伏，远处群山绵延，牧场地势较高。叶尼塞河下游建起了一座巨大的水电大坝，墓地前部因而淹没在水库中。在这里，斯基泰人建起了一片祖坟，在公元前二三世纪时集中埋葬了大约 800 具遗体。此时，斯基泰人逐渐被同化，成为所谓的匈奴—萨尔马提亚人（Hunno-Sarmatians），即萨尔马提亚人和匈奴人的混合体。他们真的是匈奴人的祖先么？至今仍不得而知。

200 年内入葬 800 人次，平均一年四次，这看起来不算多。墓葬——尤其是由原木或石板制成的那些——可能在重大战斗中突击建造，所以遗体都集中在一起。有些坟冢内有多达 15 具遗体，一同入葬的还有武器、动物样式的手工艺品、工具、别针、梳子、镜子、带铜钮的皮带和马具等，这些东西在斯基泰人的墓葬中很常见。一般而言，弓箭很难在墓葬中保存下来，不过有印痕显示它们长约 1.5 米。

1968年至1984年间，考古学家从200座坟墓中收集到了600具遗骸。在水库水位上涨之前，这些遗骸被移至圣彼得堡。它们如同一本百科全书，后人从中可以了解普通斯基泰人所遭受的痛苦、疾病和伤害。随着生物考古学和古病理学的快速发展，学者们可以从遗骸中品阅旧事。头骨的形状显示斯基泰人看起来更像欧洲人而非蒙古人，牙齿上的纹理和凹坑说明了斯基泰人的饮食情况，眼眶的损伤表明他们缺乏维生素（对于一些草原游牧民族来说，此问题当今仍然存在），骨骼的化学结构和亚原子结构暗示着气候和植被的变化，儿童时期的疾病和营养不良会导致牙釉质在发育中变薄（即发育不全），机械应力使骨骼生长不均匀（正如中世纪从小就接受训练的英国大弓手，背部和肩部会严重扭曲）。根据遗骨的形状可推知死因：谋杀、家暴、处决、祭祀、战斗或事故等。从遗骨亦可推测出武器装备的演变，例如在斯基泰时期人常被战斧砍伤，在匈奴—萨尔马提亚晚期刀伤则更为常见。

贝尔法斯特女王大学（Queen's University, Belfast）的艾琳·墨菲（Eileen Murphy）在彼得大帝于圣彼得堡创办的人类学和民族学博物馆昆斯特卡默博物馆（Kunstkammer）中对这些骨头进行了深入的研究。墨菲从未去过图瓦，但她却比任何人都更了解斯基泰牧人和弓箭手日常生活中的危险，这要感谢俄罗斯的考古学家，是他们最先收集并记录了这些遗骨[1]。她分析了其中的 3000 多块遗骨，并将结果发表在一份详细的古病理学分析报告中，这是关于斯基泰人最早的古病理分析之一，涉及铁器时代欧亚大陆人类骨骼的大量标本。该研究为希罗多德的说法提供了诸多直接证据：一些头骨显示死者死前头皮被剥离，另一些头骨显示死者生前首级被打开（可能是为了切除大脑）。在希多罗德的著作中，以上活动是当时战争仪式的一部分。除此之外，正如墨菲所说，艾米瑞格墓葬的挖掘让我们真正深入了解了这些半游牧社会中"普通"成员的生活方式，其中许多人表现出一系列疾病和畸形迹象。例如，一名男子患有先天性髋关节脱位，另一名男子患有股骨近端畸形，这会使他们走路姿态异常蹒跚。还有面部畸形、眼部缺陷、头骨变形，林林总总。一位妇女患有神经纤维瘤，这是一种神经系统内生长肿瘤的病症。

有严重先天性缺陷的人在任何一个社会都会生活困难，更不用说在生活艰苦、以放牧、骑马和打猎为生的社会中了。正如希罗多德所说，这不是一个关爱老人的社会。你或许觉得他们不会容忍任何形式的残疾，但事实并非如此。也许是因为创伤太过普遍，人们似乎更能接受残疾，甚至会为其提供支持系统，以便残疾人在世时能发挥其作用，最终和正常人一起得以埋葬。

墨菲不知道上述研究中根据头骨所做的推测，是否是中亚更遥远地区一些神话的起源：

---

[1] 墨菲在一本长达 242 页的专著中列出了这些考古学家的名字。

对于一个来自希腊世界的游客来说，这些残疾的斯基泰人很可能看起来难以置信、面目可憎（在希腊，这样的残疾人要么一出生就被消灭，要么遭到流放）。可见，关于斯基泰人的奇闻异事，可能并非毫无根据，那些人虽外表异于常人，但仍自由地生活在人群之中。

希罗多德自己也提到过："有个故事，说山中住着一个长着山羊脚的种族，山上再往北住着一群一年睡六个月的人。我不怎么相信，这太不可思议了。"他会不会是将冬眠的熊误认作人？将畸形足看成了动物的蹄子？先天性畸形能解释独眼阿里玛西亚人[1]（Arimaspians）吗？抓获奥德修斯（Odysseus）的怪物库克罗普斯[2]（Cyclops）可能是患有小儿眼—耳—脊椎综合征（Goldenhar syndrome）或猴头畸形的人吗？患有这种疾病的人即使存活下来，也可能会缺失一只眼睛，剩余的一只眼睛甚至长在中央。只要存在一两个有这种缺陷的人，就足以创作出夸张的怪物故事。

对任何人来说，在马背上的生活都不容易。人们总是从马上摔下来，当然，大多不会受伤。但痊愈之后的伤痕表明，一旦从马上摔下来，有1%—2%的概率会骨折，男性摔断骨头的概率是女性的两倍。一名35—45岁的女性遗骸，她的右肩和

---

[1] 阿里玛西亚人：希罗多德《历史》一书中提到的独眼族人。
[2] 库克罗普斯：古希腊神话中的独眼巨人。

前臂骨折，右手的无名指也严重断裂，已经僵成爪状（关节强直），所有的伤都可能是由一次严重的跌落造成的。

也许你认为在一个骑马的社会里，骨折对于男女是公平的。但下背部的伤痕表明，女性在其他方面遭受的伤害更多。斯基泰女性腰椎骨折（即脊椎峡部裂）的比例远超男性，还有"铲土者骨折"，这是一种由于用铁铲劳作而导致的孤立性棘突骨折。如今，年轻的男性运动员（中位年龄为 20 岁）如果做了太多单边运动，比如网球、掷标枪、跳高、划船，就会患上这种病。在现代人口中，约有 5% 的人会患有这种骨折，而斯基泰女人患病的比例是现代人的两倍，罹患该病者四分之三为女性。墨菲说，"这表明，与历史上有关斯基泰女性的说法相反，这些女性并没有花大量时间骑在马上，而是在从事繁重的体力劳动"。

随着时间的推移，由于某些原因，体力劳动变得越来越轻松：后来的女性骨骼显示，脊椎峡部裂状况慢慢变少。想象一下，一位祖母喃喃说着："现在的孩子都不知道他们有多幸运，我像他们这么大的时候，得整天提着马车的轮子，整夜提着大锅的酒，还要骑马、射箭、练剑，我都不知道我怎么会有时间怀孕。"

显然，在这种艰难的生活中也不乏打斗：报复性的杀戮、家庭暴力、青少年之间的争执斗殴等，这些打斗常以致命的攻击告终。一些出土的头骨有被棍棒殴打的痕迹，但数量不多，200 年内共有 12 人遭到棍击，四分之一伤者是成年女性，其余四分之三中男性和未成年人各占一半。大多数骨折位置在额部或颅顶骨的左侧，因为在肉搏中，面对惯用右手的对手时，这两个部位最容易受伤。

后来，面部和下颚的骨折更为常见，这说明在匈奴—萨尔马提亚时期，个体不再使用棍棒，只使用拳头进行攻击。因为他们的骨折通常是由打斗引起的——头部骨折、前臂骨折、手指"拳击手骨折"——所有这些都证明了在斯基泰和匈奴—萨尔马提亚时期都存在人际冲突和群体冲突。在大多数情况下，受伤的都是男性，但一位斯基泰女人出现了多处骨折——包括前臂骨折、右手手指骨折和肋骨骨折——表明她在打斗中已竭尽全力。

战争留下的伤害很多，特别是非致命的箭伤、刀伤和战斧劈在头上形成的窟窿。20个这样的窟窿中，16个都是一招致命。大多数受害者是男人，但有两个是女人。也有幼童受害者，估计是在营地里或马车上遇袭被杀。当然，女性和较年长的未成年人也可能主动参与打斗——一些女性的左臂骨骼损伤，可能当时是举起左臂以自卫。

生活在匈奴—萨尔马提亚晚期的五个人受斩首之刑。其中一位是35—45岁的女性，大腿有伤，被一把"极其锋利"的剑斩落头部。袭击从后方而来（也许来自马背），她没机会逃脱或反击。遗骨上剑痕的角度表明，剑是自左而右劈过来的，攻击者位于受害者后方。头和尸体一起埋葬，并没有被作为战利品带走。墨菲推测，死者的头部并未完全从身体上脱落，但袭击者没有时间把头部分离下来；或者袭击者受到了其他人的干扰没来得及做。另一个女人肩上有刀伤，左耳上方挨了一拳后就死去了，怀里还抱着一个因头部受剑击而死的一岁孩子。分析以上遗骨可以看出：在过去的几个世纪里，作为武器的剑已得到改良。

大量证据表明，普通斯基泰女性也参加了战斗，同时也是战斗的受害者。墨菲总结道："斯基泰女性也会在激战中受到武器的伤害，大概是她们加入了男性和年轻人的行列来保卫氏族及氏族的财产。"就像法医部门出具的报告一样，冷冰冰的科学用语让人联想到热血之战、翻飞的马蹄、闪烁的刀剑、尖叫声以及猝不及防的死亡。

骸骨传达的信息清晰明了：斯基泰女性和她们的后代就是希腊人想象中的亚马孙女战士，但她们并不属于某个虚假的"女儿国"，而是斯基泰社会的普通成员。

接下来我们要谈论的墓葬位于图瓦西南 1500 公里处，哈萨克斯坦主要城市阿拉木图（Almaty，并非首都阿斯卡纳 Askana）以东的山区，发源于天山北坡的河流把山谷变成了优良的牧场（现在成了农田）。哈萨克斯坦有几千个墓地，其中大约 40 个坐落于伊塞克湖（Issyk，哈萨克语为 Esik）附近的美丽山谷中。尽管也叫伊塞克湖，但它与吉尔吉斯斯坦南部边境的那个大淡水湖——伊塞克湖（Issyk-Kul）没任何关系。

1969 年夏天，一位农民在一个六米高的古墓附近耕地时，看到身后新翻的黑土里有东西在发光。农民用脚将犁沟内的泥土推开，发现了一个有花纹的小金块。他没有将这块金子据为己有，而是上报了有关部门。哈萨克斯坦研究所派勘察队进行勘探，由苏联著名的考古学家凯末尔·阿基舍夫（Kemal Akishev）担任领队。阿基舍夫功绩卓越，曾参加过第二次世界大战，在全国范围内受到表彰。战后，阿基舍夫发掘了奥特拉尔（Otrar）——一座埋藏已久的城市，成吉思汗1219年由此出发入侵伊斯兰世界。阿基舍夫后来备受尊敬，成为哈萨克考古学之父。他于2003年去世，享年79岁。阿基舍夫来到伊塞克后所发生的一切，将他推上了国际舞台。

这位农民发现金块（它其实是一块牌匾的碎片）的地方附近有一座罕见的古墓葬。实际上，这座占地4米×6米的古墓也惨遭劫掠，连建造坟墓的云杉原木也掉进了墓中。不过，劫匪们错过了一个侧墓，墓里一堆泥土下躺着一具小小的骨骼，骨骼散乱破碎。正是这具骨骼让我们明白此事为什么意义重大：骨骼周围满是宝藏——4000件崭新的小金匾和装饰品。

美国考古学家珍妮·戴维斯·金博尔（Jeannine Davis-Kimball）讲述了接下来发生的事。首先，容我对她做一介绍。金博尔花了不少时间才抵达亚洲内陆，六十五岁才开始在那里进行考古工作。金博尔的人生经历丰富，她结过三次婚，育有六个孩子，曾做过护士、医院管理员，在玻利维亚（Bolivia）当过英语教师、牧场主，拥有艺术史学士的学位。当时她正在为洛杉矶县博物馆（the Los Angeles County Museum）的近东艺术品编目，这是她硕士研究的一部分。博物馆的200块铜牌和动物雕像——特别是角被网住的鹿和一只正在攻击马的老虎——让她深深着迷。欧亚游牧民族的世界吸引了金博尔，那世界规模宏大,历史地位非凡。先前在以色列的一次考古发掘让金博尔拥有了考古经验,她为自己设立了新的目标——重点研究妇女在游牧社会中的作用。

这意味着金博尔要前往俄罗斯工作,这一要求在冷战后期很难实现。不过,一场哈萨克艺术展给了她机会。她造访哈萨克斯坦,并建立了一个研究组织,即现在的欧亚游牧民族研究中心。在俄罗斯以外,人们对这一地区的历史文化及遗存知之甚少。1991年,金博尔收到发掘古墓的邀约,发掘地位于后来俄罗斯与哈萨克斯坦的国界线。她认为此次发掘活动可能会改变西方对游牧民族的错误看法。一直以来,西方认为游牧民族是"长着黑发和斜眼的好战者,骑着马强取豪夺,包剿城市,消灭男人,抢走女人"。

本书第6章记录了戴维斯·金博尔对俄罗斯古墓的第一次考察经历。30年后,阿基舍夫团队的负责人贝肯·努拉皮耶索夫(Beken Nurapiesov)将她带到墓地,并告知她伊塞克的情况:

"骸骨已经清理干净,墓坑里所有的金块尽收眼底。黄昏降临,接下来我们该做什么?天快黑了,我们来不及完成记录并移走成千上万的物品,但也不能把骸骨和所有的金子都留在原地。所以我们雇了两个当地人充当警卫。"贝肯停顿了一下,从前额把他浓密的白发往后撩。"你知道工作人员离开后发生了什么吗？"他神色忧郁地说，"没有酒，那两个警卫是不会在一个敞开的坟墓旁冷飕飕过夜的。他们进城去买了一两瓶伏特加，就这会儿工夫，有人来把靴子上的金块捞走了，甚至还拿走了两只脚和一条小腿的骨头。"回想这段往事，贝肯懊恼地摇了摇头，"小偷肯定把金子熔化了，再也见不到牌匾了。"

这个故事有很多疑点。为什么一个贼会偷走骨头，而不是更多的金子？警卫们如何发现了这起盗窃案？他们对此做了什么？是否更有可能是警卫自己占了便宜，随便解释一番，把责任推给了无名小贼？

不管真相如何，损失的毕竟只是一小部分，剩下的东西依然引人注目。除了骸骨，这座公元前5世纪的墓葬里还有以下物品：一件衣服，上面有2400块箭形金饰，衣服边上还有更多的狮状金饰（靴子上本来有很多金子，但大多都不见了）；饰有13个金鹿头的腰带一条，饰有麋鹿和狮鹫头的腰带三条；一个挂于颈上的金项环，上有雪豹扣；一把金制的鞭柄；一个银杯，上面刻着一些用不明语言写的文字（稍后将详细介绍）；一把匕首和一把一米长的剑，刀剑上刻有金兽图案，鞘上镶着黄金；还有耳环、珠子、镀金的铜镜、打浆机（用于把奶搅成马奶酒）。最重要的是一个长达63厘米的头饰，用覆盖着毛毡的圆锥形木头制成。

这头饰是一件杰作，高耸的头饰标志着塞迦—斯基泰

（Saka-Scythian）文化的地位之高，邻国因为这种头饰称他们为"尖顶帽人"（people of the peaked cap）或"长帽人"（long hood）。不过，这不仅仅是地位问题。这件头饰有覆盖耳朵和脖子的盖子，上面装饰着金块，金块形状各异，像是野山羊、雪豹、马和鸟等。头饰上还有四支金箔制成的箭或微型长矛，它们几乎和头饰一样高，用金箔羽毛套在两只野山羊角上，而这两只角长在一匹马头上。阿基舍夫将头饰与塞迦（Saka）的波斯肖像比对后，在波斯波利斯（Persepolis）大礼堂中重造了这件头饰。塞迦是阿契美尼德帝国（the Achaemenid empire）中众多的民族之一，而波斯波利斯大礼堂是大流士大帝（Darius the Great）在公元前 6 世纪设计的。

墓中主人的骨骼损坏得太厉害了，连人类学家奥拉扎克·伊斯马古洛夫（Orazak Ismagulov）也无法判别其主人的身份和性别，但遗骨上的剑和匕首可以揭示谜底。阿基舍夫为遗骨取名"黄金人"（Golden Man），给他套上了皮裤进行展出。黄金人从此名扬四海，20 世纪 90 年代哈萨克斯坦从苏联的废墟中重新站起来时，"黄金人"被用作国家的象征。

黄金人是男性这个假设，在当时看来似乎合情合理。但有些地方还是有些疑点。人们开始要求戴维斯·金博尔进行解释，毕竟她曾近距离接触过黄金人。这具骷髅非常小，高 160 厘米（5 英尺 3 英寸），比斯基泰女性的平均身高矮 7.5 厘米。阿基舍夫称其为"年轻的酋长"，他可能真的非常年轻，可能是个少年人。这具骷髅头饰上的"箭"有两个倒钩，而一般的箭有三个。它可能不是箭或微型长矛,而是某种花,也许是繁衍的象征;耳环和珠子都是女性物品(在男性墓葬中从未见过);镜子与女祭司有关;还有一些物品与萨满教有关,如一枚刻有头部发出射线或长出羽毛的图形的戒指。头饰的底部装饰着生活在生命之树上的鸟,这些物品不一定专属于男性萨满,尤其是这个人很明显非常年轻。此外,墓中还有制作马奶酒的打浆机,这是女性萨满的专用品,也许是女性变革力量的象征。

发掘古墓时,这顶头饰让哈萨克考古学家想起了当地婚礼上新娘戴的高帽子。这类帽子用小块金银装饰,会作为嫁妆保留下来。[1] 另一个重要发现有关"乌科克公主"(Ukok Princess),她的故事将在下一章讲述。她也有一顶高帽子,穿着短夹克,有螺旋形的动物文身。此外,上述墓葬中出土了剑,这不能说明骸骨主人一定是男性,因为很多女性墓葬中也有剑的存在。总之,墓葬中发掘的许多物品与其他女性墓葬中的非常相似,戴维斯·金博尔觉得有必要将事实公之于众,于是,1997年秋季,她在《考古学》(Archaeology)杂志上发表了一篇文章。

她的结论是,这个黄金人根本不是男性,而是一位年轻的高级女祭司。在给她着装时,应该用裙子代替皮裤,其他的塞迦女人就那样穿的。倘若希罗多德知道她的文章,那么他将毫无疑问地认定:这是一位亚马孙女王。

---

[1] 传统的高帽子如今仍然在使用,蒙古人称其为博克特(bocht),制作手法与伊塞克头饰相似,用毛毡覆盖在木架上。13世纪的肖像画中,忽必烈的妻子察必(Chabui)就戴着这样一顶高帽子。700年来,这些高帽子变化不大。(原书注)

文章发表后，戴维斯·金博尔忧心忡忡，俄罗斯同事会认为她是个多事者吗？会认为这是女权主义者对"以男性为中心的苏联考古体系"的挑战吗？好在没有人出来抵制她。对那些知情者来说，金博尔的结论没什么可争议的。有关黄金人性别其实早有争议，就连检查过其头骨的人类学家奥拉扎克·伊斯马古洛夫也在电话中告诉金博尔，"这些骨头非常纤细，很可能是女性的"。

尽管这一论断没有遭到强烈的抵制，官方却对此保持沉默。到了1997年，从技术上来说，已经可以根据古老的DNA确定性别，只需要一小块骨头样本就可以做到，金博尔提出拿一块骨头进行检测。可在那时，黄金人已经作为国家象征进行展示，哈萨克斯坦总统努尔苏丹·纳扎尔巴耶夫（Nursultan Nazarbayev）也宣称自己是黄金人的铁杆粉丝。让一个先祖国王突然变成王后似乎不太可行。就在戴维斯·金博尔打来电话几天后，伊斯马古洛夫的女儿说，实验室已经搬走了，"我找不到任何伊塞克古墓的骨骼材料"。从那以后，骨骼就无影无踪，与之相关的记录也不见了。经过修复、复制和不断在旅游海报上出现的这一形象，是一个平胸、穿着裤袜的年轻人，而且很可能会一直这样流传下去。

在图瓦考古有着特殊的困难，在海拔1000米的开阔山谷中，尸体上的肌肉、植物、材料、皮革都会迅速腐烂，从地质学上讲，只会留下金属和其他矿物制成的东西。但是，向西南方向行驶400公里，再攀爬1000米进入阿尔泰山脉，情况就截然不同了。

因为在这里，在合适的条件下，坟墓会深度冻结，这对坟墓、遗体和考古学家都有重要的意义。

从地缘上看，这个地区十分有趣，此处是蒙古国、中国、俄罗斯和哈萨克斯坦的交界处（仅在俄罗斯和中国之间隔了一座40公里长的险峻山峰）。2500年前，斯基泰人没有疆界，在峡谷和茂密的松林的保护下，他们没有必要像临近的图瓦人那样频繁搬家。他们住在帐篷和木屋里，仅用马（用不着马车）就可完成运输、诱捕、狩猎和突袭。斯基泰人在此生活、战斗，死后埋葬在祖先的墓地里，他们的遗体和财产在被现代考古学家发现之前一直深深地冻藏着。

19世纪末，俄国殖民者来到此地，科学家也相继而来。最先到来的是一个出生在德国的俄国人，名叫威·拉德洛夫（Wilhelm Radloff）或瓦·拉德洛夫（Vasily Radlov），这取决于他工作时的语言环境。他打开了第一座冰冻的墓冢，在上面点火融化了冰封的土壤。拉德洛夫之后，谢尔盖·鲁登科（Sergei Rudenko）名气最大。他于1924年抵达，从如手指般狭长的捷列茨科耶湖（Lake Teletskoye）逆流而上，顺着乌拉干河（the Great Ulagan River）左转，发现自己身处当地人称为巴泽雷克（Pazyryk）的山谷中，一条消失已久的冰川使山谷呈U形，数代斯基泰人将此处作为墓地。山谷中共有14处墓葬群，其中有五个较大。这些墓冢都被厚厚的冰封住了，显得神秘莫测。墓冢周围的土壤并非永久冰封，也不是多年冻土，那么这些墓冢是怎么被水淹没并被冻结的呢？

1947年9月,鲁登科(Rudenko)先用开水把冰解冻,再挖掘墓冢,终于找到了答案。[1] 原来,石头堆在地下形成了微型气候环境,创造了合适的条件。夏天,水流进来,上面的石头阻止水的蒸发;冬天,水结成冰,而上面的石头比周围的土壤冷,成为一个制冷装置,使冰持久不化。渐渐地,冰层向下扩散。这种影响在圆形土堆较温暖的边缘减弱。最终,冻土成了四五米深的透镜形状,把墓冢和尸身牢牢地固定在冰面上。鲁登科待冰层融化后,就可以轻松挖掘墓冢了。

他破冰用了好几天。是否有盗墓者在冰层形成之前进入过墓穴?显然没有。但有些遗体被移动过,有些腐烂了,有些惨遭肢解,金子也被掳走,有些则完好无损。对此,鲁登科是这么解释的:

> 很明显,墓冢受到了由两三个人组成的小团体的公然抢劫。抢劫留下的痕迹是无法掩盖的,如巨大的露天坑和从下面抛上来的成堆的东西。如果死者的亲属在附近,就不可能发生这种情况。只有负责建造墓冢的人出于某种原因离开该处时,别人才有可能有充足的时间进行抢劫。

巴泽雷克墓冢历史悠久,可以追溯到公元前5世纪到公

---

[1] 他的经典著作《西伯利亚的冰冻墓》1953年以俄语出版,1970年以英语出版。

元前3世纪初,最近的研究将五个主墓堆的时间确定为公元前300年到公元前240年的60年间。

有证据表明希罗多德所言属实——有些遗体被剃了光头,其中一具遗体很明显头皮被剥下:"额头以上的皮肤撕裂,从左耳到右耳,穿过前额的头发,然后由后撕去,露出头骨,一直到脖子。"希罗多德说,斯基泰人只有对敌人才会这么做。但他也承认,至少有一个部族,即马萨格泰人,会杀害并吃掉部族中的年老者,所以也许剥头皮的行为也会在同族人中实施。马萨格泰男性戴着有耳罩的皮帽,女性的头饰高达90厘米,甚至比伊塞克金人的头饰还要高。

遗体都经过了防腐处理,这再次让人想起希罗多德的话:切开肚子,在里面装满草药。鲁登科描述说,遗体的胃、四肢和臀部有许多裂口,去除内脏和肌肉后,这些裂口都是用肌腱(用于男性)或黑马毛(用于女性)缝合的。为保持女性颈部和胸部的自然形状,还填充了马毛衬料。"用木槌和凿子切开骨头,打开头颅,取出大脑,然后填满泥土、松针和落叶松球果,之后把骨头放回原处,皮肤用一条黑色的马毛绳固定。"

在尚存的许多手工艺品中——马匹配件、裁剪皮革、壁挂、地毯、马鞍毯——最让人叹为观止的是一辆制作精美的马车。修复后的马车有四个轮子,每个轮子直径1.6米,有34根精致的轮辐。它是为四匹马设计的,马就埋在马车附近,都戴着动物面具,仿佛来世它们可以转为鹿、野山羊或狮鹫。在这狭窄的山谷里,马车完全用不上,所以马车明显不是斯基泰人的。

因为在同一个墓穴中发现了丝绸，于是有一种解释是：马车从中国接来了一位新娘，因而与她一起埋葬，带她通往来生。公元前221年，中国的第一位皇帝统一全国，此后推出政策，将公主们嫁与"野蛮人"首领，以此维护和平，并传播中华文明。如果这种解释属实，那么马车将是这一政策的证据。

另一件奇事是，埋葬在这里的一些遗体上有文身。有一个酋长身上遍布文身，双臂上布满完整的动物形象或动物的身体部位——马腿、马尾、马身、鸟、蛇、公羊、鹿，还有某种长翅膀的怪物。他的小腿处文着一条鱼，旁边是四只公山羊。一头巨大的卷尾狮子或狮身鹰首兽独自站在他的心口处。这些华丽的图案很可能是用针把煤烟扎进皮肤而完成的。鲁登科记录说，这些文身都是在酋长年轻强健的时候完成的。他去世时，年事已高、身材发福，"这是个体格健壮的人，皮下脂肪组织发达"。

文身酋长身旁躺着一个40多岁的女性。根据2003年进行的红外分析显示，她也有文身，一边肩膀上文着一只变形的雄鹿，另一边肩膀上有一只扭曲的山羊。在5号墓冢，一个50岁的女性和一个55岁的男性也有文身。女性的胳膊和手上满是精心设计的复杂图案：两只老虎和一只身上布满圆点的雪豹正在用巨大的鹿角攻击两只鹿。

所有这些都为巴泽雷克墓冢中最具戏剧性的发现提供了背景，为亚马孙女战士的研究指明了全新的方向。原来，女战士，甚至公主战士，都还只是故事的一面。我们关注的对象也应从武器转向文身。

5 冰封少女

向南 200 公里，便到了乌科克高原。这里地势更高、气候更干燥、环境更恶劣，但风景极美。现在我们又攀爬了 500 米，踏在了碧波般的低矮草地上，旁边是蜿蜒的河流，还有星罗棋布的湖泊。陡峭的皑皑雪山铺天盖地将我们包围，举目望去，看不见一株树木的踪影。此地虽然风景极美，却总是寒风凛冽，乌云密布，又偶有酷热，令人难以忍受，冬日里更是严寒难御。但 2500 年前，这片土地却备受斯基泰半游牧民族的青睐。当时，这里夏日牧草丰美，冬日里为数不多的积雪也会被凛冽的寒风吹散。

1990 年，新西伯利亚考古学与民族学研究所（Insititute of Archaeology and Ethnography in Novosibirsk）的俄罗斯考古学家娜塔莉娅·波罗西玛克（Natalia Polosmak）开始对高原上的丘冢展开研究。就行政和政治而言，这是一段非常有趣的时期。当时苏联日渐式微，乌科克高原民族主义抬头，后来发展为阿尔泰共和国，一个独立而又高度敏感的新俄罗斯成员国（其邻国图瓦也是如此）。

第一期的发掘十分成功。冰封的丘冢里出土了两具遗体，分别为40岁的男性和16岁的女性。两人都是战士，随葬品中有战斧、刀具和弓弩。女性身形高大，体格健壮，很可能是替男性扛武器的下手，又或许本身就是位亚马孙女战士。后两期发掘则没有那么令人印象深刻的成果。不过就在1993年5月（春天即将结束之际），波罗西玛克和她的团队搭卡车来到下一个丘冢，就在俄罗斯边境的铁网围栏边，往前就是8公里的无人区，然后就是中国边境。是夜，仍是冰封万里，但春意融化了冰湖，雪莲花和雪绒花点缀在青草间，随着夏季的到来，紫菀、仙客来、雏菊和野蒜也相继绽放。

波罗西玛克一行六人齐心协力，花了两周才把墓冢表层的石罩和泥土清理干净。从顶部的凹陷可以看出，这里曾被盗墓者光顾过。不过，靠近地表的那座年代较晚的男性坟冢就已经令盗墓者心满意足了。而最早的墓穴在更深处，落叶松木棺盖还处于冰封状态，没有碰触或洗劫的痕迹。棺木内部是一大块冰，于是她们从附近的湖中打来几桶水，煮沸后将热气腾腾的水倒在冰块上，使它慢慢融化，这和鲁登科近50年前在巴泽雷克所用的方法如出一辙。热水不断揭开墓冢内部的秘密，里边有马具、鞍座（局部），还有整桌尚未腐烂便已冻结的肥美羊肉。历经2000多年的岁月，这桌大餐在春光的照耀下散发出阵阵恶臭。接着能看到六匹马，马前额上刽子手用锄头凿穿的孔洞仍清晰可见，马胃里还残存着它们最后的晚餐——它们是在春天死去并被用以陪葬的。

最终，冰层消融，弧形的落叶松木棺得以展露全貌。但开棺需在研究所所长、《国家地理》（National Geographic）杂志的记者和摄影师，以及比利时某家电视公司的见证下进行。

第二天就是开棺的日子。他们拔出四根15厘米长的青铜钉后掀起了棺盖，但除了浑浊的坚冰外什么也没看见。这算是件好事，说明内部的东西保存完好。融化冰块花了许多时日，虽然当时正值七月，但每天早上团队成员要浇上好几桶沸水，又得费力地舀出好几桶融化的雪水。四下里蚊虫肆虐，六匹死马已经腐臭，波罗西玛克越来越不耐烦。棺木里到底是什么呢？骨骸、尸身还是木乃伊？

7月19日（周一），透过冰层可以看见颌骨，还有一些貂皮。波罗西玛克揭下貂皮和布料，没看见骨骸，倒是见到了肩膀部分和蔚蓝色的狮鹫文身。冰层里缓缓现身的是一具保存得相当完整的木乃伊，皮肤大多完好无损，脑髓已被移除，肌肉也被剔除，身体的其余部分则抹上了由香草、青草和羊毛混制而成的膏体。次日，他们看到了一个足有棺木三分之一长的头饰。这时，波罗西玛克才意识到这具尸骸是位女性，它后来被称为"冰封少女"（也叫乌科克公主）。波罗西玛克则简单地称其为"少女"[1]。

[1] 叙述中的部分细节取材自发掘结束不久后发表在《国家地理》上的文章。虽然文章署名为波罗西玛克，但她的英文水平有限，文章显然由《国家地理》杂志的编辑执笔而成。英文文章受众面广，但时常加以渲染，美国杂志尤善此道。在这篇文章中，波罗西玛克平实的称谓"少女"成了颇带尊敬意味的"女士"。

貂皮下是一件长袍：

袍子长而飘逸，下面还有一件白粟横纹的羊毛裙，一件黄色丝质上衣，可能产自中国……女士的膝内侧处摆着一只红布盒，内有抛光金属为面的小手镜，木质，背面雕有一头鹿。她腕上缠有珠串，手腕和拇指上也有纹饰。她身形高大，约有5英尺6英寸高。女士生前肯定精于骑术，因这墓穴中的马都为她所有。她四肢上覆盖的布料逐渐蓬松，双腿线条更加柔和，臀部也更加丰满。只一瞬间，遗骸变回了人形。她侧卧着，像熟睡的孩子，而她那贵族式修长有力的双手交叉于身前。

媒体宣传铺天盖地。霎时间，冰封少女成为民族主义狂潮的源头和焦点。阿尔泰政府宣布乌科克为保护区，1998年该保护区又被联合国教科文组织列入世界文化遗产。冰封少女被空运到新西伯利亚州保存，并进行进一步的研究。至此，冰封少女已为世人所知。后来，她被运往日本和韩国，最后又送回新西伯利亚州。阿尔泰人注意到此事，表示强烈反对。阿尔泰虽然只是个年轻的共和国，但历史底蕴深厚，值得尊敬。其首府戈尔诺—阿尔泰斯克的博物馆（Gorno Altaisk Museum）的馆长说："当地人民认为，乌科克公主象征着阿尔泰历史上最久远的女性先祖，是远古的守护者，她不应该被挖掘出来。时至今日，她惨遭野蛮对待，被迫与故土分离，令人悲痛万分。"阿尔泰地区深受萨满教的影响，萨满教认为生者不应打扰死者，否则将被摄取魂魄，所以波罗西玛克被描述成对冰封少女的施虐者。

俄罗斯学界对这种说法的回应是：胡说八道！冰封少女和现代的阿尔泰人并无亲缘关系，她的斯基泰子民，不论哪一支，都早在2000年前举族西迁了。要说她和阿尔泰人之间存在亲缘关系，还不如说曼哈顿地区的印第安人是现在纽约人的先祖呢。

阿尔泰人根本听不进去。他们认为她当然是阿尔泰人，毕竟她出生在阿尔泰的这片圣土上，这种认识与遗传学和历史学毫无关系。

2003年9月23日，阿尔泰共和国接二连三发生地震。当地人认为，这是阿尔泰在表示愤怒。百姓纷纷上书请愿，将地震归因于十年前发掘冰封少女的行动，并要求将冰封少女从新西伯利亚州接回。2004年2月，灾情最严重地区的领导人奥埃尔汗·德扎特坎巴耶夫（Auelkhan Dzhatkambaev）为了争取选票，给阿尔泰政府呈送了一封公开信，信中写道：

> 若没有冰封少女，国土将无宁日，地震会愈发猛烈。国人认为此为突厥人圣地乌科克高原上考古发掘一事之责，移走公主和王子（也就是后来葬在冰封少女之上的那具遗体）更是罪加一等……后续存放公主和王子遗体，甚至将其赤身裸体展示以谋利，皆有违

人伦价值。这并非迷信，更非一时兴起，而是世代相传的智慧。

尽管新西伯利亚多次提出科学证据，但都不起作用。2012年8月，戈尔诺—阿尔泰斯克博物馆搭建好设施后，便将冰封少女接回故土，如今她正安详地长眠于空调房内。

冰封少女很可能再无来者了。尽管可以近乎肯定地说，永冻层内还埋藏有诸如冰封少女那样的宝物；尽管科学家抗议，称禁止发掘无异于使重要知识永不见天日，乌科克仍谢绝考古学家前来从事考古活动。

即便如此，考古学家还是做了很多工作，极力揭开冰封少女的真面目。

她是谜一样的女子，年约25岁，不同于其他女性大多与男性同葬，她是孤身下葬。这是为何？显然是因为她身份特殊。特殊在何处？她是名女祭司？降临凡间的女神？还是臣民的代表？她是怎么死的？死因为何？这些都无从得知。不过可以肯定的是：她绝非战士，因为陪葬品中没有武器。一袭飘逸的长袍和身上的纹饰暗藏她身份的玄机。

首先来看她的文身。当波罗西玛克揭开少女左肩的衣料时，她所见到的"狮身鹰首兽"是变形的神兽：那是只尾部呈斯基泰动物风格的扭曲的鹿，有着狮身鹰首兽的喙，还有长在不知是头部还是花朵图案上的鹿角，这个图案在兽背上反复出现。顺着手臂往下看，有个尾巴极长的雪豹图案，雪豹头部模糊不清，应该是正在攻击或是吞食一头身体两端皆有腿的绵羊。

这些文身和其他民族的不解之谜（纳斯卡沙漠的巨型绘线[1]、牛津郡的白马图[2]等）一样美丽怪异又令人费解。这是想表达因自然而产生联系的狩猎者和猎物之间的冲突吗？或者只是一种表明身份和所属氏族的方式？不管意义为何，文身作为一种艺术形式，已经流传了好几十个世纪。图案会说话，但其语言却非我们所能理解。

波罗西玛克猜想："用文身来表明个人身份，其作用类似于现在的护照。巴泽雷克人也认为文身在来世会有用处，让宗亲更容易找到彼此。"她推测，文身可以用来"定义一个人在社会和世界上的地位，文身越多，意味着这个人活得越久，地位也就越高。"这或许能够解释为什么年迈的族长身上会有那么多文身。"我们年轻的公主仅双臂有文身，这表明了她的年龄和地位。"

她很重视容貌。左臀边的袋子简直是个化妆包，里面不只有镜子，还有一柄马鬃脸刷，一截蓝铁矿（一种磷酸铁，蓝绿色）制成的"眼线笔"，另外还有些明显是用于擦脸的蓝铁矿粉末。

她的衣料精致无比。裙上有三条横纹，每一条都是手工着色的。最上面那条是深红色，中间那条略带粉黄色，第三条则是浓艳的酒红色。裙子还带有一条羊毛编织的腰带，可以系在腰间，也可以往上系到胸部下方，从而调整裙长。裙外有一件

---

[1] 纳斯卡沙漠巨型绘线：位于秘鲁南部纳斯卡沙漠上的神秘线条图案。
[2] 牛津郡白马图：位于英格兰牛津郡阿芬顿农场的神秘的白马图案。

长度近乎及膝的浅色圆领衬衫，搭有红色蕾丝和镶边缀饰。衬衫由丝绸制成，风格类似于中国新疆绿洲墓穴出土的衣物，不过丝绸本身来自更远的地方，很可能是阿萨姆邦[1]（Assam）。

"巴泽雷克服饰所采用的布料是山民无法想象的。"波罗西玛克说。这种布料穿着不是很方便，容易破损，经常需要缝补。但因为这是进口货，能彰显时尚和身份，所以大家都能容忍这般不便。这布料进口自哪里？染料上便有答案。深红色染料取材自一种状似小型虮狳的带鳞小昆虫，这种昆虫只能靠生长在地中海一带的橡树汁液存活。酒红色的染料则来自染色茜草根部的茜素，这种黄花灌木原产自欧洲。波罗西玛克也想到了来自中国的丝绸和青铜镜，她指出乌科克公主仿佛是早期古代世界的桥梁，连接起伟大却遥遥相隔的文化。

最后一个惊喜是波罗西玛克在新西伯利亚实验室近距离检查冰封少女时才得到的。冰封少女自己的头发已被剃净，人们见到的"头发"不过是顶假发——在毛毡底下置入两层女性头发，再用一只覆有金箔的木制小鹿别在前面。假发顶端有一块长 68.5 厘米的尖角毛毡，以一截木头为核心支撑。其上有 15 只皮制小鸟，个头依次变小。这种装饰对于研究其他斯基泰墓穴中动物风格艺术的考古学家而言，已经谈不上新奇。他们称之为"生命之树"，这是萨满教中健康和地位的象征，在伊塞克的黄金人的装饰中也能见到。

---

[1] 阿萨姆邦：印度东北部的邦国，位于印度东北部山区。

随着研究的不断深入,冰封少女越来越像女祭司,除却纯洁而简单的力量外,在她身上根本看不到亚马孙战士的痕迹。她的真实地位已不得而知,但她确实是迄今为止最像亚马孙女王的人了。从她墓葬所耗费的心思来看,她的离世对她的子民而言必然是一场悲剧,她的消失是子民生命中永远的痛。

一部分斯基泰人在世界一端忙着修建冰封少女的墓穴,另一部分斯基泰人正朝着世界另一端西进。公元前612年,他们进攻了亚述帝国,侵略了波斯。这是《旧约》中的先知耶利米担心的最糟情况:"看哪,北方的那群人……他们手握弓矛,残忍无比,从不留情。他们声洪如浪,跨马而来。"(耶利米书50:41-2)他们这番举动乃是受迫于东方邻居,也就是骁勇善战的萨尔马特人,而后者更像是原始的亚马孙族。

新发现层出不穷。冰封少女出土十三年后,在其发现地东南方向,由西班牙、法国和蒙古国考古学家组成的八人团队,又发掘出一组巴泽雷克墓穴。2500年前,这两处墓穴所在地属于同一个世界,骑士按天时在其间游荡;而今,两地分属俄罗斯和蒙古国两国。这片区域没有公路,只有一条小径分向两处。一处向北进入阿尔泰和西伯利亚,另一处向东,跨过112公里的高山、牧场、河流和湖泊,到达巴颜乌勒兹(Bayan-Olgii),哪怕是从蒙古国首府乌兰巴托(Ulaanbaatar)乘飞机出发,也得花几个小时才能抵达此地。这处墓穴是蒙古国发现的第一座斯基泰墓葬,坐落在小图尔根河(Little Turgen)畔,墓穴所在地也因这条河而得名。小图尔根河的蒙语名为Baga Turgen

Gol，考古学家简称其为 BTG。

2007年夏，西班牙考古学家泽维尔·乔丹娜（Xavier Jordana）及其团队探明，BTG是大规模墓葬区的部分遗址，对于考古研究而言意义重大。发掘作业十分艰苦，考古队员得驾驶卡车和四驱越野车奔波。他们搭起了帐篷和一顶蒙古包，旁边就是墓地：14座坟冢，围成圆圈的石头，小型雕像以及断牙般矗立的石板。冰凉的图尔根河对他们而言既是饮用水的来源，又是厕所浴室。他们周围是披着皑皑白雪、遍布低矮牧草或灰岩屑的丘陵。在这种艰苦的条件下，队员们谁也不敢生病。不过他们也不孤单，因为当地哈萨克人会骑马过来与他们分享马奶酒和熟羊肉，也帮忙看守。由于气候原因，那些哈萨克人头戴圆顶帽，脸都被磨得发亮。

乔丹娜和她的团队从BTG和其他三处墓葬遗址发掘出19具骸骨——其中16具为成年人，另外三具则是孩童。骸骨DNA比对的结果令人惊奇。数个世纪以来，环境复杂的阿尔泰山脉一直是两族人的自然分界，西边是斯基泰人，东边则是突厥蒙古人。约公元前5世纪情况发生了变化，他们不再是单一人种，而成为东西方混血。到公元前2世纪，他们的祖先又多为东方人了。

乔安娜团队继续挖掘，两个月后，岩石层已被移除，显露出了四座墓葬和13具尸骸：两具为孩童，另外11具则是成年人。其中有两名成年女性，七名男性，还有两具性别不明。每位成年人都配有一匹马、一些小金块、箭头、战斧和匕首。

此处曾发生过恶战。该团队在《考古科学期刊》刊发论文，描述了相关细节：

> 男性，三十五至四十五岁，尖状物正切方向进入头骨，有多处短割痕；男性，四十至五十岁，头骨骨骼残缺，其横切面符合斯基泰箭头的形状；女性，二十五至三十岁，右胸廓两道V形切痕，伤口符合斯基泰匕首形状；儿童，八九岁，第一骶椎左侧前有十五毫米斜向锐器穿刺伤；另外二人的骨盆受损，表明因失血过多而亡，伤口与斯基泰人的匕首形状相符。整体有大量急性创伤：六人承受的十二处创伤可能是突发暴力事件所致……伤口随机分布，暗示冲突与保护公产有关，也可能与伏击或突袭有关。

或许这些人的死亡日期不同，但伤口、未成年人、年轻女性，都表明他们的死亡出自同一场冲突，他们或许是一家人，也可能是一个小部落。他们把羊群和马群赶到适合夏天放牧的地方，亲戚就在不远处，女人和她九岁的儿子也能妥善照顾自己，他们没想到会遭此不测。他们可能有仇家，或许是有人妒忌他们的牧群，又或许这个女人的女儿曾拒绝了某位爱慕者的追求。马匹突然从山上疾驰而来，不等他们上马，一群人就被团团围困在空地上。一支箭射杀一人，接着剑和战斧纷纷挥向头颅，男孩背部挨了刀，年轻女孩被掳去，扔在曾遭她拒绝的追随者身后。不过数分钟,袭击者已带着牧群扬长而去,只留下一地纷乱的尸体和武器。

数日后,部族的其他人发现了死者,便给他们收了尸,添上几件陪葬物品,挖了浅坑将其掩埋,最后搭了松散的石头圆顶封上墓穴。2500年后,考古学家泽维尔·乔丹娜率领团队将他们的墓葬挖掘出来,并向世人讲述其背后的故事。

6

萨尔马提亚人：
传说之源

要想找到希罗多德所描述的亚马孙人，就必须着眼于斯基泰人之外。斯基泰线人告诉希罗多德，亚马孙人和斯基泰人结合，形成了一个新的部族——索罗马提亚人（Sauromatians）。希罗多德用斯基泰语中的"欧俄罗巴达"（Oeoropata）来称呼他们，意为"男性刽子手"。或许如此吧，但无从考证，因为斯基泰语没有书面文字。

总体而言，斯基泰人惧怕索罗马提亚人，认为他们是东方新兴的威胁。这个部族的名字有点让人摸不着头脑，到了公元1世纪，作者们称之为萨尔马提亚人。萨尔马提亚人与索罗马提亚人是否为同一部族？俄罗斯考古学界内众说纷纭。现在普遍认为，这两个名称指的就是同一部族。一些经典作家认为，"索罗马提亚人"一词的词源 sauros，意思是蜥蜴，和恐龙的词根一致（thunderlizard，"闪电蜥蜴"），这是因为他们身着角蹄制成的鳞状盔甲。对于这个非专业的词源学解释，大多数学者不敢苟同。如今，这两个称呼在考古界都有使用，索罗马提亚人指较早期的人（前6世纪至前5世纪），而萨尔马提亚人则指较晚期的人（前5世纪至前2世纪）。为方便起见，此处将其统称为萨尔马提亚人。

起初，大约在公元前700年，萨尔马提亚人是里海东部一支不起眼的小族群，生活在绵延至阿姆河[1]（Amu Darya）畔的稀疏草原上，即现今的哈萨克斯坦，这里土地形态怪异，多为沙漠。虽然当时的气候比较温和，但还不足以让萨尔马提亚人长久定居在此。两百年后，他们移居到顿河和伏尔加河之间的草原上，成为斯基泰人的邻居。亚马孙人只存在于神话传说中，不可能与斯基泰人结合，反倒是萨尔马提亚人可以这么做，正如希罗多德在他多姿多彩的段落中所描述的那样。

公元前6世纪晚期，大流士正率领波斯帝国大举进攻斯基泰以扩张领土，斯基泰国王伊丹图尔索斯（Idanthyrsus）向萨尔马提亚人和其他部族求援，以对抗波斯人。"还望诸君莫要置身事外。"使节说道，"此战并非只剑指我族，也妄图染指诸君部族，待有朝一日我族疆土沦亡，波斯人绝不会收手，而令诸君安稳度日。"不少部族拒绝援助，称斯基泰人先犯下大错，肆意挑衅对手，只有萨尔马提亚人和其他两个部族挺身相助。

在斯基泰人斯克帕希思（Scopasis）的带领下，斯基泰人和萨尔马提亚人联手，与大流士上演了猫捉老鼠的戏码。他们

---

[1]尽管存在争议，但克里斯托弗·鲍默在其著作《中亚史》(第1卷)中收入了一幅画，画中是一座伸入里海的曼吉什拉克半岛上的雕像，该雕像身着萨尔马风格的剑与盾。

提前将牧群和载满妇孺的马车送走,然后赶在波斯人进攻的前一天撤离,沿途纵火焚烧,将波斯大军引入更深处的荒芜之地。联军跨过斯基泰东部边境的顿河,波斯人跟随其后,跨越了萨尔马提亚人的领土,转向东北,穿过辽阔的欧亚草原,进入布迪尼人（Budini）的领地,最终来到了伏尔加河畔。大流士本以为最后会正面交锋,于是着手建造八座大堡垒。出乎意料的是,斯基泰人和萨尔马提亚人策马飞奔,驰骋在他们熟悉的领地里,弄得紧随其后的波斯人疲惫不堪。

战况就这样持续了数周,大流士忍无可忍,派人送信给斯基泰国王伊丹图尔索斯,"为何会有如此怪异之人,竟会一直不停地逃跑呢？……你应当将水土奉给你的王,以示归顺之心,并前来赴会。"

斯基泰国王回信道：

> 波斯人,我此生未曾逃跑过……我所做的事情于我而言,早已是家常便饭：这便是我一直以来所过的生活,和平年代亦然。若你想知道我为何不迎战,我来告诉你：或许眼见城镇农田遭到损毁会让人担惊受怕,从而燃起斗志,不过我们国家并无这些东西……至于你自封为王,我的答复很简单——见鬼去吧！

这时,斯基泰人和萨尔马提亚人转为游击战术,从侧翼骚扰波斯军队,用小批牛群引诱他们落入陷阱。两军之战本已箭在弦上,可这时一只野兔跃入两军之间,这变成了压垮骆驼的最后一根稻草。那一刻,斯基泰骑兵动身追捕野兔,显然对波斯大军不屑一顾。大流士既震惊又沮丧地说道:"他们真没把我们当回事。我们是时候考虑离开这里了。"他果真这样做了,大军无功而返。

当时的萨尔马提亚人已分化出由二十多个部落组成的松散联盟,和当初斯基泰人的情况大致相同。希腊人通过间接方式了解他们,而我们则从他们留下的证据来了解他们。

珍妮·戴维斯·金博尔对这些证据了解甚多。1992年至1996年,苏联解体后,她作为队长之一,率领一支十五人小队,从莫斯科出发,舟车劳顿三日,来到一千公里外的哈萨克斯坦边境,在尘土飞扬、仅有一条土路的波克罗夫卡村(Pokrovka)外,开展了萨尔马提亚墓葬的发掘作业。俄罗斯科学院的杰出考古学家里奥尼德·雅布隆斯基(Leonid Yablonsky)也与她同行。在发掘过程中,他们经历了酷热、烟尘、阴雨,凭借昼夜不停的辛劳及一丝不苟的专业精神,他们终于发现了"一批骨骸和手工艺品,而这些将改写人们对古代游牧社会女性地位的既有认知"。倘若古希腊人从她的著作《女战士》中了解到这些女性,很可能认为她们是亚马孙人。实际上,尽管缺乏根据,但希腊人确实有见过她们的一丝可能性。因为波克罗夫卡距离公元前320年的亚历山大帝国疆域的最北端只有约300公里,且在之后的两个世纪里,一直在希腊的势力范围内。

传统观点认为,游牧民族不过是残暴的侵略者。俄罗斯考古学家则认为,萨尔马提亚社会中的人并非如此,事实上,他们的身份更为复杂,女性也起着至关重要的作用。这些发现给了戴维斯·金博尔、雅布隆斯基及他们带领的俄美志愿者一次探明真相的机会。雅布隆斯基是戴维斯·金博尔的绝佳拍档——他体形壮实,胡子灰白,在偏远地区和恶劣环境里干过几年发掘、除尘、升降和分类工作。

经过四年的挖掘,满是沙土、历经腐蚀、犁痕遍布的波克罗夫卡墓穴最终揭开了神秘的面纱。志愿者挖开坑洞,用手铲、小刀、毛刷小心清理,森森白骨露了出来。虽然这座山谷里没有冻土保护血肉,但骨骸在碱性土壤中保存得还算良好。挖出的这些骨骸体形健壮,男性平均身高近178厘米(5英尺10英寸),女性平均身高165厘米(5英尺6英寸)。

墓葬中的金器、银器和青铜器没怎么受到土壤的腐蚀。覆金箔的青铜线状耳饰几乎像新的一样,虽然铁制箭头、匕首、剑和盔甲腐蚀严重,但是象征地位的贵重物件保存良好,有贝壳化石、宝石、珊瑚、琥珀等。戴维斯·金博尔称作"祭坛"的石头和陶土碗,可能是女祭司用来研磨有色矿石并进行身体彩绘的工具。身体上的彩绘像武器、衣物及珠宝一样,对人的来世生活大有助益。另外发现有300件小型金盘,及一条覆有金箔和动物样式饰片的腰带。

这些发现证明当时女性和男性地位相当,甚至比男性更加重要：上流阶级的中央墓穴中有 72% 是女性。男性几乎全是战士，这一点从墓葬中的箭头、剑和匕首就可推测，而女性的用品则种类繁多，如家用品、艺术品、化妆品和武器。由此可见，男性专门习武，而女性则是多面手。

她们喜好珠饰，衣物上满是种子大小、中间开孔的小盘珠。尽管衣物已腐蚀得荡然无存，但珠饰还在。这些珠饰由玻璃、红玛瑙和绿松石制成，但并非出自她们之手，而是从中国或伊朗进口的，抑或是来自更远的西方，比如树脂化石制成的琥珀珠饰就来自波罗的海。欧亚大陆两端的珠饰手艺人都是专家，他们研磨小型石柱或玻璃柱，切割成圆片，再用青铜小钻打出小孔。这些珠饰足以证明萨尔马提亚人的足迹遍布四海。

有些手艺人会使用纺锤，即带孔洞的小石头，羊毛穿过孔洞缠绕其上。纺羊毛时，纺锤就控制着羊毛如何捻成线。几乎所有的纺织文化都独立发明了纺锤。显然，纺锤代表着女性的纺织和编织能力，这些能力对于制作冬衣而言不可或缺——如果身体暴露在零下 40 摄氏度的环境中，不过数分钟便会生出冻疮。因此，女性用自己独有的方式掌握着部族的生死大权。

有些女性拥有白垩（石灰岩的一种）制成的"假纺锤"，这种纺锤过于脆弱，不好操作，这让人有些困惑。假纺锤令人联想到中国西安附近秦始皇兵马俑的石甲胄，尽管又重又脆且难以使用，但在地下却具有象征性的保护作用[1]。或许假纺锤是某种精神力量的象征，就像基督教牧师手持的圣餐杯。

1994年，某个火伞高张的七月天，戴维斯·金博尔正在旁观一名俄罗斯同事清理骸骨，骸骨在地下墓穴，距墓穴顶不足一米，它不算很大，胸部有个绿色物件，右腿侧有一把铁制匕首，左腿侧的绿色物件应该是一些青铜箭头。"看样子可能是女性的骸骨。"她对一位美国同事说道。一番清理后，雅布隆斯基拿起头骨，并仔细端详着骨盆。"是一名女性。"他说，"大概十三四岁。"

后来发现，这个女孩的地位非同一般。她脖颈上佩有一枚护身符（也就是之前提到的绿色物件），可能是取自一个青铜箭头。她近旁放有40支箭头及一个箭袋，脚边是另一枚护身符——一颗硕大的野猪长牙（原来可能系在腰间，象征她纯熟的狩猎技巧）。身边还有两只牡蛎壳和一块粉色杯状石头，石头里有些干燥的膏状物，可能是身体或衣物的涂料（若真如此，牡蛎壳、石头和膏状物可能是用于来世的宗教物品）。看起来她既是战士又是牧师，或者死前至少接受过相关的训练，她的死亡时间大约在公元前300年。

其他女性骸骨周围也发现类似物件。在这40座埋有武器的

---

[1] 对于石甲胄的一些解释：数十套甲胄便要用上10000片石灰岩。在战场上，石甲胄像陶瓷般不堪使用，那它有什么用呢？秦始皇想赐给他的地下军队以最好的装备。一场地下战争后，军队要换上新甲胄，但皮革撑不了太久，而石灰岩却能长久不坏。经开采、运送、雕刻制成的石甲胄，传递了一种观念，即石头在来世也能提供保护。参见拙著《兵马俑》第十三章。（原书注）

墓葬里,有七座是女性墓葬,陪葬物有箭袋、箭头、匕首和剑,其中一座女性坟墓内有一把长一米的大剑。有几位女性的腿部弯曲,仿佛要跨马踏入来生。这些女性基本上都很年轻,这意味着她们自幼就接受训练,以战士身份出战,但婚育后便脱下戎装。虽然木制弓箭早已不复存在,箭头似乎也可以证明这些女子精于骑射,与男子不相上下(下一章对此会有详述)。通常来说,男性更为强壮,不过也许配有大剑的那位女性天赋异禀,气力惊人。他们一起保护牲畜和家人不受狼群和外部侵略者的伤害。不过这些年轻人因何死去却无从得知,他们的头骨和四肢没有剑伤或棒击的痕迹。

可以推测,萨尔马提亚人的宗教似乎和塞种人(Saka)及其他斯基泰风格文化的宗教一样,都崇拜神、先祖和自然。他们或许也像斯基泰人一样,奉女神塔比蒂(Tabiti)为上神,这体现了女性在萨尔马提亚社会的重要地位。女性在宗教活动中扮演着主要角色,古希腊人很可能称她们为亚马孙女祭司。7%的波克罗夫卡女性是祭司,陪葬品有祭坛、贝壳化石、骨勺、动物式样护身符及镜子等。多具遗体是中老年女性,她们终生奉职(并非结了婚便能卸任)。她们把羊肩骨烧裂,解读灼开的裂纹,据此对战事、结盟和转移牧场进言献策;她们也举行祭祀,在小祭坛上供奉肉类、马奶酒等。

萨尔马提亚人后来又怎么样了?他们经历了迁移、演变、融合,和后来的突厥人一样,历经数百载迁徙。到公元前300年左右,他们称霸今天的俄罗斯南部,这让斯基泰人的日子没那么好过了。公元前2世纪到公元2世纪,他们屈居于匈奴人之下。

在西进的过程中,萨尔马提亚人演变成了阿兰人(Alans)。他们有一个附属的联邦国,势力范围广阔,波斯人称他们为"阿人"(As)。顺带一提,"雅利安人"(Aryan)一名从此名衍生而来,在某些伊朗语言里,l变成了r;因此希特勒所崇奉的其实并非日耳曼民族。公元1世纪的罗马作家提到过他们。马提亚尔(Martial)是位毒舌的隽语大师,他讽刺过罗马女孩:怎么会如此随意地把自己交给任何人,包括"行过割礼的犹太人"和"骑着萨尔马提亚马匹的阿兰人",却无法从像他这样的"罗马人身上感受到欢愉"。

阿兰人向南突袭,进入今天土耳其的东北部。公元2世纪,希腊史学家、将军阿里安[1](Arrian)曾与他们交手,他注意到阿兰骑兵惯用假装撤退的伎俩——两千年来,所有的游牧民族皆是如此。阿里安的骑兵队待遇优渥,吸引了不少阿兰人,但多数人还是没有加入其中,而是步步紧逼,攻击罗马帝国的军队。公元113年,图拉真[2](Trajan)大帝竖起的圆柱上有征服阿兰人的图样,后来马可·奥勒留[3](Marcus Aurelius)大帝再次击败阿兰人,迫使其交出一支8000人的军队,其中5500名士兵被遣往大不列颠驻扎。就这样,祖祖辈辈都生活在蒙古高

---

[1] 阿里安(86—160):希腊历史学家、哲学家和政治家。是有史以来第二位被任命为罗马省长的希腊人。

[2] 图拉真(53—117):罗马帝国安敦尼王朝第二位皇帝,罗马五贤帝之一。

[3] 马可·奥勒留(121—180):罗马帝国五贤帝时代最后一位皇帝,著有《沉思录》。

原上的部落的后人，竟落得在哈德良长城[1]看门的下场。

阿兰人经历了部落大迁徙，但精于维系自己的身份认同感。游牧民族宛若一团泥浆，阿兰人则像是其中的沙砾，虽然充分地与其他民族混合，但其特性却没有被消解，还是那么蛮横。在高加索地区留居的阿兰人，演变成了俄罗斯和格鲁吉亚的奥塞梯人（Ossetians）：这个名字的前两个音节令人想到波斯语对他们的称呼"As-"，以及蒙古族语言中用以表示复数的"-ut"。

罗马帝国的另一端，随处可见成为雇佣兵的阿兰子民。他们不仅加入了罗马军队，也就是向西班牙进军的哥特人（Goths）——有人将哥特和阿兰两词组合起来，取了加泰罗尼亚（Catalonia）这么一个名号——在公元420年左右，他们伙同汪达尔人（Vandal）进犯罗马，并驻扎在北非，也曾与匈奴相勾结。因此，古希腊人曾认为是亚马孙人的萨尔马提亚人，包括这个又称为阿兰人的民族，其实起源于中亚深处。他们曾进攻过罗马帝国，也曾协助罗马帝国抵御外敌，可最终消散于如万花筒般纷繁的部族之中，这些部族在之后的数个世纪里，逐渐形成了欧洲的民族国家。

---

[1] 哈德良长城：罗马帝国在不列颠岛上修建的长城，是罗马帝国的西北边界。

7
弓骑兵
归来

　　既然在斯基泰年轻女性的墓穴里发现了弓,说明她们从小就学习如何使用弓箭,学习骑射之术,并适应长距离骑乘,就如现在的蒙古族孩童一样。在一年一度的那达慕大会(Naadam)[1]上,孩子们要骑乘25公里,小孩子比成人更显轻盈,能让马匹跑得更快。

　　对战士而言,弓和箭至关重要。剑和长矛追求极致的肌肉力量,所以更适合男性,不过骑射就纯粹是技术活了。当然了,要想让飞弓射得更远,男性臂膀的重要性不可小觑。另外,由骨头和木头制成的小弯弓射程会更远。迄今留存下来的最古老的蒙语文献是一块石碑,碑文记载了成吉思汗的侄子移相哥(Yisungge)于1225年的射击纪录。他射了450米远,击中了某个不明目标。但要在飞驰的骏马上射杀狼或是与敌人短兵

---

[1] 那达慕大会:蒙古族独有的传统体育形式。那达慕是蒙语"娱乐"或"游戏"之意。

相接的话，光射得远还不够。近两千年来，女射手与男射手在技术上不分伯仲。

从 14 世纪开始，火药将弓骑兵轰出了历史舞台。转瞬间，大草原上游牧战士的标志性技艺失去了用武之地，几乎淡出了人们的记忆。弓骑兵没有留下技术指南，因此，自打他们从欧洲和中亚销声匿迹之后，就没人知道怎么边御马边从箭袋里抽出箭，不停地拉弓射击，也没有人尝试过。[1]

直到现在，骑射才作为一种运动回归大众视野，让世人对弓骑兵如何得以称霸有了全新的认识。在这项运动中，女性不输男性（正如作为战士，女性也不亚于男性）。

这项运动的复兴几乎应完全归功于一个人：拉约什·卡萨（Lajos Kassai）。他可能是 1242 年蒙古人撤离后，欧洲第一位真正意义上的骑射手。蒙古人从匈牙利撤离，而卡萨正是匈牙利人，这个猜测很合理。

凡是对骑射有所了解的人都应该听说过卡萨的大名，我也是久闻其名。我在研究匈奴人的时候结识了卡萨（当然，我研究的也可能是斯基泰人、萨尔马提亚人或者蒙古人）。

我和口译员安德莉亚·塞格迪（Andrea Szegedi，下文简称安蒂）在布达佩斯找到了他，当时他正准备前去多瑙河畔的玛格丽特岛的集市进行表演。他一身游牧风格的裹身装束，三名助手在贩售他自创品牌的弓。"能借一步说话吗？"我问道。

---

[1] 日本骑射之术流镝马作为一种祭祀活动保留了下来，但不再用于战事之中。（原书注）

他只是点了点头，脸上没有一丝笑容。在帐篷里休息时，他还是面无表情，但那双明亮而坚定的蓝色双眸让我着迷。我心里七上八下的，而当我试着引导他多说些话的时候，内心更是惴惴不安。

"你因何燃起了对骑射的兴趣？"

"一些内心深处的东西。"他用磕磕绊绊的英语回答，炽热的目光落在我身上。我换个方式重复了这个问题，他把目光转向了安蒂，用匈牙利语回答，答案还是一样突兀。"我心深处在呼唤。我必须要做这件事，就是这样。"

"我听说喜欢骑射的人越来越多了？"

"世界各地都有人前来学习，比如美国人、加拿大人。"

"人们为什么喜欢这种活动呢？"

"我自己都说不上来，更不要说别人了。"

他对我没什么耐心，因为我是个门外汉，所提问题都很无趣，而他又非常专注，不过不是专注于我，而是专注于他接下来要做的事情，这件事将极其耗费身心。我觉得，这就像在温布尔登决赛前拦下安迪·穆雷[1]（Andy Murray），试图挖掘一些关于网球比赛的真知灼见。我也忙着拍摄和录像，压根没注意到其他事情。安蒂是医学生，身材高挑，留着一头短发，还精通御马，体态如纯种马般轻盈。幸运的是，她后来把对卡萨的印象坦诚相告。

---

[1] 安迪·穆雷：英国当代著名男子职业网球运动员。

"是啊，他看上去或许很可怕，情绪多变。可他笑起来很好看，也幽默风趣。他会说脏话，比如'真他娘的好'。但有时他的样子……"她正开车驰骋在匈牙利平原笔直平坦的道路上，但她的心思早就飘到草原之外了。"我们有一种说法，有的人看着你的时候，像是在透视你的骨骼。就是这种感觉，他凝视着我的眼睛，就能看穿我的骨头，太厉害了。"她顿了顿，"他真的很强，说真的。"

之后，我又和他见了一次，这次我们聊得很多。仔细观察后，我理解了安蒂所说的那些。卡萨在自己的著作《骑射之道》中解释说，骑射是他毕生的事业。但即便如此，书中所述也并非全貌，剩下的体现在他的行动、教学和所获的支持之中。

他的一生与他感知的宿命完美契合。卡萨就像一位僧侣，聆听感召，终生追随，最终实现目标。不过他又和僧侣有所不同，他并不是通过教学、组织或是学位找到方向和目标。他耗费了二十多年的心血才达到这般境界。

卡萨从小在大杂院里长大，大杂院里混居着农民、城市居民和工厂工人。童年时代，格萨·盖尔东尼[1]（Géza Gárdonyi）有关匈人的小说《隐形人》（*The Invisible Man*）给了他启迪，将他带入幻想的天地。小说讲述了一位色雷斯（Thracian）奴隶泽塔（Zeta）不远万里来到阿提拉（Attila）的宫殿，为他征战的故事。这本书情节紧凑，描写生动，适合

---

[1] 格萨·盖尔东尼：19世纪末20世纪初的匈牙利作家。

孩子阅读，自 1902 年出版以来不断加印。"是的，我们的先祖匈人是世界上最伟大的骑射手。"卡萨说道："我想象着自己御马狂奔，拉开弓箭，骏马嘴角喷沫。我已经热血澎湃了！我也要像他们一样，做一名叫人闻风丧胆的无畏战士。"

想成为战士，首先要成为一名射手。他幼年及成年后，曾住在巴拉顿湖以南四十公里处的卡波斯瓦尔（Kaposvár）附近。他试着用木头、动物角和筋腱制作了十几把弓，弓背上的筋腱能抵消张力，弓腹的动物角能抵消压力，他还测试了箭的重量和硬度，以及箭头的穿透力。他成了射箭好手，肌肉和肌腱都硬得像钢铁，右手的三根手指因久握弓弦而粗糙起茧（尽管他缠了胶布进行保护）。

当时他还不会骑马，周围也没有人能教他像游牧民族那样骑马。于是他只好自学。那时他 20 多岁，得到了一匹名为"恶作剧"（Prankish）的神秘小兽的帮助。它用近乎折磨的方式为他洗礼——从低矮树枝下飞驰过来撞倒他，让他从马镫上摔下，跌进泥巴里。

一天，"恶作剧"一阵狂奔，把他带到没有出口的山谷后停了下来。四周一片静谧，卡萨环顾四周，突然感觉到，他好像找到了自己在世界上的位置，一个他"自愿流亡、接受孤独、远离尘嚣、将骑射技艺发展至完美的地方"。

山谷中树林密布，野草丛生，最低处是沼泽与芦苇。这座山谷属于国有农场，卡萨在这里租了 15 公顷土地，打算改造成骑射练习场。这是个漫长的过程，他首先要摸透这片山谷，这也是对大自然的敬畏。他开始研究起了风、水、植被、动物和人的运动轨迹，季节交替时牧草的气味以及每个小山顶和每片沼泽地，这种研究花了他四年光阴。

终于到骑射的日子了。这项古老技艺失传已久，必须从无到有开始探索。场地为他提供了 90 米的天然跑道，他沿路放置了一些靶子。他又购置了第二匹马，名叫贝拉。这匹可怜的病马性格温顺而敏锐，经过数月的悉心照料，它的毛发恢复了光泽。贝拉学会了在不系缰绳的情况下稳健地奔跑，逐渐适应了拉弓和射箭的声音，并理解了骑手通过其腿部的小动作和移动身体表示转弯或改变步伐的示意。

卡萨的第一个靶子是一捆干草，即使距离只有两三米，他每次行进时也只能射出一支箭，而且难以命中目标。他觉得几乎不可能完成骑射手最经典的动作——越肩的"帕提亚回马箭"（Parthian shot），这一招式因帕提亚人而得名，后来在英语中被传成了"回马枪"。他苦练数周，每天要练习上十五到二十趟，可是根本没有进步。加速、回弹、马蹄冲击和他不听使唤的手臂似乎都是无法克服的困难。复兴骑射术终究难以实现。

他缺乏一种东西，自古以来每名骑射手打小就必须学会的东西。为了冲散重重阴云，他转而尝试禅宗箭术。这种箭术需要内心平和，运动员可以通过"放松—专注"的方式，看似毫不费力地取得佳绩。

他返璞归真，专注于马和自身。他卸下马鞍，坐在马背上，感受马的肌肉、汗水和呼吸。疼痛自然难免，因为时不时他会摔落马背，由于连续数周的强烈冲击，他的尿液中都带着血丝。他意识到疼痛和苦难绝非一回事，疼痛根本不是苦难，就像苦行僧选择了剃度和鞭笞一样，这是他自己选择的道路，他在肉身的疼痛中找到了自由。

尝试渐渐有了结果。他学会了上下半身分开行动，即使骑马奔驰时手持一杯水，也能保证水不洒出来。他购置了更多的马匹，驾驭着它们在最恶劣的条件下练习（比如阴雨天、泥泞地、雪地、冻土上），他把自己变成了希腊神话中的半人马。

要将连射技巧练习到炉火纯青绝非易事，卡萨从零开始。箭尾都有一处搭弦槽口，不过就我青少年时期习射的业余经历来看，搭箭需要几秒，还要完成一系列动作：将弓放低摆平，手伸向箭袋，从中抽出一支箭，校准箭的方位（"铅羽"在弓弦的反向一端），搭弦槽口装上弦，三根手指指尖扣弦，把箭扣在第一和第二根手指之间，保持箭在弓上，举起弓，张开弦，将注意力重新集中在远处的目标上，瞄准，放箭。完成上述这些动作大概要花半分钟（也就是把上述步骤阅读一遍这么久）。

卡萨试验了数月才找到快速射击的方法。首先，舍弃箭袋。它只是用来装箭的装备（而且装的还不是你要射出的箭），因为将手伸向腰间或肩头，再从箭袋中抽箭，这样的动作将极大延缓搭箭的速度。

最佳方案是，握弓的左手备好一把箭，确保它们像扑克牌一样散开，带羽毛的一端朝向自己以便抽取；将手伸到弦和弓之间，用两根弯曲的手指夹箭，这样就能在两侧形成稳固的支撑；大拇指搭于其上，向后拉箭，让弓弦顺着大拇指搭上搭槽；举弓的同时拉弓。一套动作要行云流水。

一年后，他六秒能射出三支箭！——这是他从搭箭到射箭所花费的时间！

是时候用上新招式了。他开始边御马边搭箭拉弓，连续对准三个方位——前方、侧方和后方。他驾马驰过干草堆，射出三支箭，在经历了一次又一次的失败后，终于有一天，三箭全部射中了干草堆。

这只是开始，前方还有许多未知要探索。站立的射手将弓拉至颧骨或下巴处，嘴可以碰弦，眼睛看着箭头，但骑射手根本没法这么做。又要拉弓，又要经受马的震动，骑手怎么才能选择合适的时机放箭呢？

答案是先拉弓，将弓拉到胸部心脏的位置，而不是拉到下巴处，感受自己的情绪；接着，让潜意识选择适当的放箭时机。射箭有合适的时间节点，就在马四蹄同时离地的一刹："那一瞬间，马蹄重新落回地面之前，我们飘浮在空气中。"整个过程只能以毫秒计，人无暇思考和分析，只能行动。

那怎么瞄准呢？不需要，也做不到，因为根本来不及。将思绪抛到脑后，靠单纯的感觉做出反应。就像中世纪的神秘主义者与灵魂在漫长黑夜的搏斗一般，他历经磨难，达到了一种全新的境界。

清晨，我骑着马在露水铺就的水晶毯上奔驰，向我的目标射出因晨雾而润湿的箭。湿漉漉的箭射出时抖落的水几乎在空气中画出了一条线。这时，我突然意识到，烈日烧得我的脸发红，四周的一切因干燥的热气而噼啪作响，临近村庄正午的钟声在金黄的山坡上回荡。

我在睡梦中清醒，清醒着做梦。时间像蜜在早茶里化开，这正是我所心心念念的感觉！如同想在花丛中捉蝴蝶的小男孩一样，我追逐着这种感觉。这只迷人的蝴蝶像风吹起来的纸张，在空中飘飘荡荡，最终落在一朵芬香的花朵上。男孩追赶上了，喘着粗气，笨拙地把手伸向它，想用食指和大拇指捏住，但蝴蝶机灵地躲开了。于是男孩继续跌跌撞撞地追赶。

我手握着蝴蝶，两只手掌将它包裹起来，小心翼翼地，生怕弄伤它脆弱的翅膀。

下一个挑战是，他要把爱好发展为职业，也就是设计一种新运动及一整套规则。山谷给了他灵感，90米的跑道上设有三个靶子，每个靶子90厘米宽，要对准前方、侧方和后方射出三箭，每次骑马奔跑不得超过16秒，专业骑手则是八九秒。为了发展他的新运动，他必须得宣传，以专业素养证明新运动的可行性。

为了推广，他大概的设想是，骑着他的马（现在已经有11匹了）沿着他搭建的路线接力骑乘，并连续射箭12个小时。为此，他将无关人士都拒之门外，独自一人闭关训练了六个月（这也意味着要同这个追求完美的狂热者相处有多难）。他说："我每天都幻想着驰骋于沙场，虽然孤身一人，但并不孤独。我幻想着，山谷里满是全副武装的战友和残酷的敌人。"

接下来便是让世界知道骑射技艺已然重生了。吉尼斯世界纪录中心、电视台、报社都收到消息，朋友们来帮忙照顾马匹，整理箭矢。六月某日早晨五点，他开始了表演，首先骑着慢马，在马儿沿跑道奔跑的十到十二秒内射出五箭。接着，随着时间不断流逝，气温逐渐升高，他换乘快马，这样跑完全程也不过七秒，每经过靶子便射出三箭。到下午五点，他已精疲力竭，神经紧绷，此时他已经跑了286程，射出超过1000支箭矢。

十五年过去了，卡萨将他的技艺修炼到近乎完美。这项运动采用了他的得分体系，发展得很不错。自1990年代初开始，数百名男男女女开始练习这项磨人的技能，且每年练习的人数还在增加。起初，骑射在匈牙利流行，后来风靡德国、奥地利和美国，一些人希望能将骑射纳入奥运会赛事中。

但对于卡萨的学生来说，这绝非仅仅是一项运动。亚利桑那州的托德·戴尔（Todd Delle）认为，骑射是身心的融汇，两者相互辉映，构成了人直面人生成败的基础。"因为若不先理解失败，你就无法完全理解成功。"骑射也关乎团队，大家互相鼓励，而这是在竞技性运动中极为罕见的合作精神。也有些人自称骑射训练师，不过戴尔解释说："卡萨不同于他人，他不是单纯地教授如何在奔驰的马背上射箭的技术，他更是在培养战士般的心态和灵魂。"

卡萨的山谷现在不仅是骑射中心，更代表着一种潮流，一种生活方式，一个趋于完善的产业。

山谷的蜿蜒处坐落着卡萨的房子——那是一座构造简单的圆形木屋，家具由树干制成，还有一间谷仓，仓内贮藏着十几匹马所需的干草，香气怡人，另有一所带顶的骑马学校和竞技场、两条骑射用的训练跑道、两堆站立射箭用的靶垛。此外，在山坡上还有一间哈萨克风格的蒙古包，当地小孩在这里上课，亲身感受历史。沼泽变成了一湖水，附近城镇有制作弓弩、箭矢和马鞍的作坊。整个产业由几百名学生支持，学生主要是匈牙利人，也有德国人、奥地利人，还有一些英国人和美国人。

每月的第一个周六，人们可以来参观卡萨如何工作。我也去参观了一次，那次共有35名学员，上至大师级别，下至六岁孩童，其中11名为女性。卡萨则像传授武术的师傅般掌控着他的世界。在竞技场高起的两侧，约有100名观众，伴随着鼓声，严苛的训练开启了，最终则以卡萨惊艳的示范表演画上句号。三个男人沿着竞技场站立，每人手握一根杆子，杆上有90厘米大小的圆形靶。卡萨御马绕场地飞奔，每次经过靶子时，男人就把靶子举过头顶一米左右，然后跑动起来。卡萨花了六秒经过第一个奔跑的男人，同时射出了三支箭矢。接着又经过一个，射出三支箭，然后又经过一次，再射出三支箭。十八秒内他射了九支箭，百发百中，每一箭都伴随他的一声呼喝。接着，他又来了一次御马奔驰，同样是男人们拿靶，不过这次靶子没有固定。男人奔跑的时候，卡萨御马去追，经过他们时，他们就将六个靶子抛向空中，卡萨射出六支箭矢，在距离奔跑者不到一米的范围内仍然百发百中。之后一名奔跑者双膝下跪，好似感谢上苍没有拿走他的小命。最后，所有奔跑者排成一列，接受众人的鼓掌。

骑射运动从当初卡萨所在的训练场扩展开来，目前共有六个俱乐部，其余五个分别在德国、奥地利、俄罗斯、英国和美国，拥有数百名男性和女性成员，男女实力旗鼓相当。在数量上，女性可能略胜一筹，由此可见，亚马孙精神并未消逝，且有逐年增强的趋势。

这一点在卡萨的优秀女毕业生佩德拉·恩戈兰德（Pettra Engeländer）身上展现得淋漓尽致。她创办了一所自己的骑射学院，坐落在法兰克福东北100公里的开阔乡野间，名叫独立欧洲骑射学院。她自青少年时期便喜欢骑马，也很喜欢射箭，将两者结合起来是顺理成章的事情，"像古老的牧马人一样生活，与自然和谐相处"。没错，这听起来太唯美了。她在蒙古包里生活过三年，并同家人在乡间生活过几周，也明白大草原的生活绝不舒适，但她亲身体会到了这种生活方式所赋予她的自由和力量，对于女性而言尤其如此。她在谈话中不断提及这两个字眼：力量和自由。

接着，她又萌生了新的想法：她要传递这两个概念，要把在卡萨那里学习的收获教授给他人，并通过技巧来实现力量与自由的完美结合。"我总觉得自己离正宗的骑射还有点距离，似乎缺少了点什么。毕竟，弓是一种远程操作的武器，作为一种纯粹的竞技,我总感觉不对劲。"于是,她开始将骑射看成一种武术,在德国和邻国巡回进行马术表演,演绎当代的亚马孙人,并运用声光效果展示不同品种的马和骑射技艺。她对男女学员一视同仁,不过女学员更引以为豪,因为骑马射箭的经历让她们改变了很多。骑射的精髓是:骑者与马匹合为一体,骑者无需缰绳便能御马驰骋,不断地放箭,能牢牢掌控自身、马匹和武器。

骑射技艺是怎么快速传播开来的?从扎娜·考辛斯·格林伍德(Zana Cousins-Greenwood)的事例中可见一斑。她在伦敦附近经营着一家马术训练中心,她沉迷骑射,并积极行动,开展教育事业,极尽所能组织和影响更多的人。

她自幼便喜爱骑马,并在住宅中组织表演。在历史剧中看到骑射镜头后,她觉得这或许是个有趣的尝试,但她对骑射运动已然有之这件事浑然不知。一天,她收听当地广播电台时,获悉一名男子在自家后院练习骑射。一位朋友告诉她:"对啊,那不就是尼尔·潘恩(Neil Payne)嘛,他就住在两英里外。"她立刻写信给他,说:"您好,我也非常想学习骑射。烦请您电话联系我。"他回电了,扎娜由此开始了她的第一堂课。这堂课的意义远超课堂本身,她就是在那时爱上骑射。"我想:太棒了!我必须要骑射!这是我做过最刺激的事情了。射箭,骑马……"她心潮澎湃,喜笑颜开地回忆道,"如此充满异域情调!然后我发现这是一项运动,我想,我真的能骑射吗?这是真的吗?"

她当然可以，但不是像这样局限在一方后院之中。经过两次在伦敦以南和威尔士的错误的尝试，她和卡尔看到了《马与猎犬》杂志上刊登的一则广告。这则广告的主人住在赫特福德郡（Hertfordshire）的盖得森登（Gaddesden），这是一座美丽但闲置的18世纪庄园，庄园需要有人帮忙照看马厩。虽然骑射方式并没有在扎娜和卡尔的脑海中成形，但他们还是放开手脚接下了这个活儿。2012年2月，大雪没膝的日子，扎娜和卡尔带着10匹马来到庄园，接管了这座（恐怕）自简·奥斯丁时代以来就人迹罕至的庄园及其马厩。经过忙碌而精心的筹备，他们的马术训练中心在这里按计划开业了。

四年过去了，来来往往的客户有1500余人，我在这座18世纪的庄园内对她进行了访谈，如今这里已经是骑射总部了。她的事业很成功，现在拥有18匹马、古老的马厩、几英亩场地、20把弓、足以供一整支斯基泰军队用的箭矢，还有一条骑射跑道。

她估计学习骑射的女性会比男性多得多。为什么呢？"男性元素已经够多了，难道不是吗？光看武器就知道了。女性也喜欢武器，这是真的，她们也不想被落下。在骑射领域里，女性不会被遗忘，男女之间绝对平等，毫无分别。"然而事实上还是存在差别：男性的听力不太好，把箭矢装上就喊："让我射箭！让我射箭！"他们很容易感到挫败，也不愿意花时间学习正确的技术。你必须要冷静、放松下来，还要有一点灵性，女性在这方面就做得好多了。

2016年2月，应俄罗斯特技骑术联盟（该组织旨在推广骑术，如哥萨克风格的特技骑术以及长矛和剑的表演）的邀请，扎娜和卡尔代表英国远赴莫斯科。俄罗斯想吸纳骑射这项运动，同时为首次进军国际竞赛征询意见。他们进行了骑射展示，不过没什么特别之处，一个靶子仅发射一箭，而且只有男性骑者参加。那么女性去哪里了？噢，她们表演特技骑术去了，而且只做四个特技表演（男性做六个）。那么骑射呢？女性不能骑射！扎娜闻言大吃一惊："等等！如果你们打算开展国际赛事，却把女性拒之门外，女性是绝不会答应的。这不公平！"因此他们改变了规则。当年七月，扎娜和男性平等参加了比赛，并在骑射竞赛中取得了银牌。多亏了扎娜，男女都得以参与这项赛事。

整个骑射领域对外开放，其中一些采用了卡萨的标准，一些则另有标准。国际骑射联盟联系起19个国家，不过蒙古国尚未加入。在成吉思汗带领下，蒙古人的骑射技艺一度十分精湛，后来失传，近年来蒙古国人在该领域才开始重现辉煌。而美国则有美国骑射协会（简称MA3），在俄勒冈州、内华达州、犹他州、亚利桑那州、得克萨斯州下设七个分会，另在华盛顿州下设两个分会。在美国华盛顿州的阿灵顿（位于西雅图北部），凯蒂·斯特恩斯（Katie Stearns）经营着飞行公爵夫人牧场（Flying Duchess Ranch），她说，她看到女性们在周末都变成了战斗女神，因为骑马射箭赋予她们力量，让她们像男性一样强壮、能干。 在韩国、土耳其和日本，骑射形式多种多样，对风格、技艺和装备的争论也从未停歇。比如，一定要像卡萨那样，把箭放在弓上握着吗？一些人认为，从箭袋里抽箭更加正统。箭羽应该有三根以保持平衡，还是两根以恪守传统呢？应该用地中海式的三指拉弓法，还是大拇指拉弓法，或是用大拇指指环法呢？应该像韩国人那样御马奔驰，还是像卡萨那样沉着稳重呢？应该采用利于射击地面目标的回头箭法，还是沿着马颈直接射向八米高杆顶端目标的弓身箭法呢？总而言之，从参与人数来看，骑射运动发展得越来越好，但从竞争的规则看，却越来越不统一。

这是一项日后有可能列入奥运会赛事的运动，为了再现传说中亚马孙女性的体能和独立精神，当下的"亚马孙人"必须认真面对。当然了，前提是把要遵循的规则统一起来。

8 亚马孙女战士：
从旧梦到新景

亚马孙女战士和亚马逊网站究竟有什么关系呢？为了找到真相，我们可以先跟随彭忒西勒亚和她的战士姐妹们进入欧洲中世纪，然后再从中世纪的思想体系中走出来，穿越大西洋，抵达神话中的加利福尼亚，然后再向着南方和东方前行，进入世界上最大的雨林，最终再穿梭时光向前，转向北方，来到20世纪末现实中的美国加利福尼亚州。虽然这段旅程曲曲绕绕，历时800年之久，却可以揭示亚马孙神话是怎样影响了当今的人。

从13世纪开始，人们对古典文学和艺术的兴趣缓慢复苏，最终发展为文艺复兴，亚马孙女战士的故事一如既往地受到欢迎。女战士们是具有吸引力又充满了矛盾性的生物：处女（好）、不依靠男人（坏）、常常很暴力（非常坏）。14世纪的诗人乔瓦尼·薄伽丘（Giovanni Boccaccio）用这三点概括了亚马孙女战士。

薄伽丘的著作《埃米利亚的婚礼》(Theseid of the Nuptials of Emilia）是一部关于战争和宫廷爱情的史诗，它的中心情节是关于忒修斯征服底比斯（Thebes）的故事。同时其中的爱情故事讲述了两个王子对埃米利亚的爱的争夺（故事名字也因此而来）。但其实还有另一个层面：这个故事是薄伽丘献给他所钟情的女子菲阿梅塔（Fiammetta）的。因此，这部作品用意大利语而非拉丁语写作是合理的。因为那时候大部分女子没有受过良好的教育，不懂拉丁语，在薄伽丘看来她们也不聪明。宫廷中的爱人们往往以屈尊的态度，用爱慕来换取顺从。薄伽丘认为菲阿梅塔比其他的女性更为聪明，虽然最初遭到她的拒绝，他仍坚持以诗歌来打动她的芳心，并从侧面用亚马孙女战士的命运对她提出警示。

一群野蛮粗鲁的妇女在她们的女王希波吕忒的带领下屠杀男人，治理国家，驱赶所有的男性入侵者，并向过往的希腊船只征税。忒修斯为了惩罚这些罪行，组建了一支军队前去攻打她们。但是他严重低估了亚马孙女战士的战斗力和士气，他的军队战败了。后来他在激励士兵时说："克服死亡的痛苦，为了维护荣誉去战斗吧，总比被女人们打败来得好。"这时那些女战士们已经撤回到城墙后。希波吕忒试图从情感上收买对方，她送信给忒修斯说，对女人发起战争，无论输赢都是耻辱，没有任何荣誉可言。忒修斯则固执己见地认为："我们就是来挫伤你的骄傲的。"希波吕忒这才恍然大悟，说道："被这么优秀的英雄征服，并不是什么耻辱，我们投降好了。"忒修斯和希波吕忒见面后结了婚,双方军队中的很多人也都选择了婚姻。他们彼此承诺:"以后绝不再侵犯对方。"

薄伽丘这招很管用,菲阿梅塔最终被他的诗句打动,爱上了他。在薄伽丘的另一本著作《苔塞伊达》(Teseida)中,最引人入胜的是其中关于亚马孙女战士的故事,其受欢迎程度从这本书的手抄本量和租借量就可见一斑(当时还未发明活字印刷术)。此外,这本书在当时的风靡程度还体现在佛罗伦萨富人们的日常生活中,他们常选这本书中的一些主题内容用于女儿们嫁妆箱子的侧面装饰画。这些箱子装满各种嫁妆随新娘来到丈夫家。因此,忒修斯和亚马孙女战士的故事成了佛罗伦萨人世代相传的故事,这个故事时刻提醒新娘们:瞧,年轻的小姐,这些是可以做的,那些是不可以做的。

《苔塞伊达》的故事在英格兰地区也广为人知。被誉为"英国诗歌之父"的乔叟(Chuaucer)曾去过意大利,他很可能见到了薄伽丘,并以《苔塞伊达》为原型,创作了《坎特伯雷故事集》(Canterbury Tales)中的第一个故事《骑士的故事》(The knight's Tales)。乔叟叙述了忒修斯和塞西亚女王希波吕忒的迹,但是出于篇幅的考虑,略去了雅典人和亚马孙人战争的部分。

我可能说得有点过了,其实还有一些作家和作品让亚马孙神话得以继续流传,只是都乏善可陈。克里斯蒂娜·德·皮桑[1]

---

[1] 皮桑的名字,法语中是 Pisan,意大利语是 Pizan,因为她的家族来自意大利博洛尼亚附近的皮扎罗。(原书注)

（Christine de Pizan）（1363—1431）则大为不同，她是那个时代最杰出的女性之一。毫无疑问，如果给她配一把长剑，她就会成为一个了不起的亚马孙女战士。事实上，她手里的笔比剑还要强大：她用笔来捍卫自己的社会地位、养活家人，把亚马孙女战士从无聊乏味的陈述中拯救出来。

克里斯蒂娜·德·皮桑出生在威尼斯，后被带去法国，她的父亲是查理五世的占星师。查理五世对各种知识兴趣浓厚，对于仁政充满了热情，被称为智者。皮桑有幸进入查理五世新扩建的罗浮宫图书馆，这里拥有1200册藏书。她如饥似渴地阅读这些书籍，从亚里士多德和其他古典作品中吸取了早期文艺复兴的精神。15岁时，她嫁给了国王的秘书艾蒂安·德·卡斯特尔（Etienne de Castel），生育了三个孩子，过着循规蹈矩的宫廷生活。在她25岁时，她的丈夫突然离世，她的遗产继承也遇到了些麻烦。她要养活她的母亲、一个侄女还有两个活蹦乱跳的孩子，于是她开始发挥起自己的优势——她很聪明，受过良好的教育，有些人脉，还有钢铁般强大的意志力。

一开始，克里斯蒂娜给一些有钱人写情诗挣钱。她参加了当时流行的一首寓言诗《玫瑰传奇诗集》（*The Romance of the Rose*）中关于价值的讨论，其中"玫瑰"一词引发了争议——它既是一位女性的名字，同时也是女性性欲的象征。这是一首关于宫廷爱情的讽刺诗，一幅把女性描绘为纯粹的诱惑者的肖像画，充斥着满满的情欲。在书中，一个年轻人避开了各种邪恶——仇恨、暴力、贪吃、贪财以及其他恶行——被指引着穿过一扇小门轻松地进入了爱的花园，在这里他享受了许多欢愉的时光，当他试图靠近玫瑰花时则遇到了麻烦。显然这是一个象征，但稍稍发挥一下想象力就会发现这其实带有几分色情意味。这首诗在那个时代非常流行，但克里斯蒂娜却反对这首诗，她认为其语言过于粗俗，既诋毁了两性关系，也诋毁了女性。在她的一生中，她极力维护这两点，也坚决反对男性侵犯。

后来，克里斯蒂娜先后写了关于女性的历史、给女性的建议、查理五世的传记、圣女贞德的传记和特洛伊战争的历史的书，所有的书都强调和提倡女性的力量。实际上，在她的第一本半自传体作品《命运的突变》（*Le Livre de la fortune*）中，她自认为守寡让她变成了一个"男人"（当然不是字面意义上的转变），她开始效仿她的母亲，她说她的母亲"更坚强、更自由，比彭忒西勒亚更有价值"。

她非常崇拜亚马孙女战士，在三本著作中分别讲述了塞勒斯、赫拉克勒斯、忒修斯和希波吕忒的故事。偶尔她会故意把一些故事素材混合搭配，使这些亚马孙女战士看起来更加强大、美丽、性感又富有良知，在所有方面都值得人们尊敬。那时的人还普遍认为女战士只是男战士们的玩物，没有性需求。毕竟（她在对古代神话的创作中不无批判地写道），她们的国家亚马孙，难道不是历经800年成为有史以来最悠久的文明之一吗？在她的一个故事中，地球上最出色的女人彭忒西勒亚爱上了最出色的男人赫克托耳。在赫克托耳死后，她发誓要报仇，与皮洛士[1]（Pyrrhus）大战一场并打伤了他。皮洛士受到了羞辱，叫来许多人帮忙，最后砍下了彭忒西勒亚的头，杀死了她。克里斯汀·德·皮桑暗示道：男人只有通过野蛮的武力和（违背骑士精神的）诡计才有可能打败亚马孙女战士。

将近一个世纪后，一系列的骑士小说推陈出新，确保了亚马孙女战士形象在文学中经久不衰。这些小说据说是西班牙人加西亚·德·蒙塔沃（Garci de Montalvo）在1500年左右所作。事实上，严格意义上说，他的书是对已经流传了几十年甚至几百年的法语或葡萄牙语故事的改写，但正是蒙塔沃使得这些故事闻名天下。这个系列中有《阿马迪斯·德·高拉》（Amadis de Gaula）（阿马迪斯并非来自高卢或威尔士，而是来自某个童话故事中的国家），讲述他与邪恶骑士、巫师和龙战斗的侠客冒险故事。

在1510年出版的第五本书《埃斯普兰迪安的英雄》（The Exploits of Esplandian）（主人公是阿马迪斯的儿子）中，蒙塔沃设想了一个女战士种族，她们生活在女王卡拉菲亚（Califia，她可能是来自西班牙的哈里发，最近脱离了伊斯兰的统治）统治下的加利弗尼。[2] 这是一个岛国，靠近西班牙在新大陆的新

---

[1] 皮洛士（前319或318—前272）：古希腊伊庇鲁斯国王，罗马称霸亚平宁半岛的主要敌人之一。

[2] 这个名字不是蒙塔沃发明的，此前它已经存在了300多年，出自完成于12世纪早期的《罗兰之歌》中皇帝查理哀悼罗兰（第209节）的一节中。此节中列出了可能的叛国者，包括"加利弗尼的那些人"——加利弗尼可能是哈里发所在的土地，即今西班牙。（原书注）

领地。在蒙塔沃创作这本书的时候（大概在 1500 年左右），哥伦布仍然坚信他已经到达了远东（这就是他自称所到之地为印度的原因，也是他认为自己即将找到伊甸园或人间天堂的原因），他觉得自己差不多已经绕了地球一圈。令人困惑的是，有那么一段时间，西方确是东方。因此，蒙塔沃的亚马孙岛从君士坦丁堡附近的某个地方转向了新世界。这在很大程度上也要归功于西班牙人对黄金的痴迷，正是黄金激发了他们的帝国主义野心。以下是西班牙语原文的翻译：

> 在印度群岛东部有一个称为加利福尼亚的岛屿，那里非常靠近人间的天堂。那里居住的全是黑人女性，没有一个男性，这些女性过着亚马孙女战士的生活。她们美丽、强壮、异常勇敢。她们的居住地是世界上最坚固的岛屿，有悬崖峭壁和岩石海岸。她们的武器是黄金制作的，用以驯服野兽以便骑乘。她们的马具也是黄金的，因为岛上除了黄金没有其他金属。

卡利菲亚女王（或 Calafia，拼写不同）是中世纪版的《权力的游戏》（Game of Thrones）中的龙母丹妮莉丝·坦格利安（Daenerys Targaryen）。她用人肉喂养了 500 只贪婪的狮鹫，后来在攻打君士坦丁堡时放出了这些猛禽。

事实上，《权力的游戏》是一个不错的参照。蒙塔沃的书，尤其是第五本，成为和它一样的畅销书。"埃斯普兰迪安"不断再版，多为不同作者用西班牙语（有 12 种）、意大利语（28 种）、德语（21 种）、法语和英语所作的续集或"续作"。这些大众市场的出版物，使得整个欧洲大陆的读者都认识了亚马孙女战士。这一潮流为后来更高质量小说的出现铺平了道路，特别是塞万提斯的《堂吉诃德》——某种意义上，它是蒙塔沃书中虚妄的骑士行为的仿写作品。

在一些国家的图书馆里，《阿马迪斯·德·高拉》这本小说曾经是珍本，现在可以很容易在网上找到电子版。我有一本1550 年出版的法语版的《埃斯普兰迪安》，书的封面上标明它是译本，但实际上此书是法国人译编的。当时很多人都了解了加利福尼亚，也知道那里并没有亚马孙女战士。因此，译者尼古拉斯·德·赫贝雷（Nicolas de Herberay）删减并改编了故事，将书从最初的 184 章减为 56 章。书中没有提到印度群岛（可能是因为那里没有法国人，只有西班牙人），亚马孙女战士也并非住在一座岛上，而是住在君士坦丁堡附近的一个"国家"里。为什么选君士坦丁堡附近？因为那里是基督教骑士和穆斯林战斗的地方。

现在只需点击一下鼠标，你就可以找到 1664 年根据法文版改编的英文版《阿马迪斯·德·高拉》，该书的畅销程度可见一斑。到了 17 世纪后期，这本书的出版热潮才退去。英文版的文字翻译是准确的，不过有几处重大的改动。此时，已无人把卡拉菲亚或她的加利弗尼王国当回事了，所以名字分别被改

为卡拉菲(Calafre)和加利福尼(Califorine)[1]:

> 一个最肥沃、最宜人的国家……我所谈到的这个国家曾经生活着许多正直的骑士和来自各地的人,但狠毒的女人们则密谋杀死他们。她们制定了法律,从她们的内部推选一个女王治理国家,像以前的亚马孙女战士那样。她们只能在一年内指定的时间和男性结合……生下的若是女孩,就将其养大,但要烧掉右侧乳房;若是男孩,则将其杀死。

在诸多版本的故事中,卡利菲亚/卡拉菲亚/卡拉菲女王只有50头狮鹫,对法语翻译来说,这么多已经足够了。1664年的英文版本中还插入了这样的话:"唉,士兵、公民、骑士和其他人,包括妇女和小孩,都会被(狮鹫的)利爪抓住,被从空中丢到乱石上,太可怜了。"

当然,基督徒最终必须获胜,卡拉菲亚皈依并放弃了她的王国。至此,亚马孙女战士又一次被文明的力量所征服,这个故事里的文明力量是基督教。

这些故事不只在欧洲传播,随着西班牙和葡萄牙的征服者不断开拓疆域,故事被传到世界各地。哥伦布的儿子迪亚哥有一本《埃斯普兰迪安》(现存于西班牙巴利亚多利德市哥伦比

---

[1] 在1664年的版本中,这些名字和其他许多名字都用了现代字体,而没有用原来的哥特字体,这表明1664年的文本是由某个早期版本修改而成的。

亚图书馆）。墨西哥的征服者伯纳尔·迪亚兹·德尔·卡斯蒂略[1]（Bernal Díaz del Castillo）回忆起阿兹特克[2]（Aztec）城市的景象，写道："我们感到很惊讶，认为这是像《阿马迪斯·德·高拉》一样令人着迷的魔法故事。"

西班牙和葡萄牙之间的航海竞争推进了海上探险和帝国殖民。在 15 世纪后期，欧洲无人知晓大西洋对岸的情况，这两个国家争先恐后意欲揭开谜底，而其他的欧洲国家并未参与。竞争带来了丰厚的回报——远东的财富（包括东南亚的香料岛以及中国）。作为一个开放的沿海国家，葡萄牙瞄准了南边和东边经过非洲和印度南端的航线。西班牙则看好西方航线，因为哥伦布建议可以朝另一个方向航行，走近路跨越大西洋到达中国。那时的欧洲人对美洲一无所知，哥伦布只是 1492 年在航行中意外地发现了它，并且坚信自己抵达了东方（如前文所说，西方即东方），认为他所登陆的地方很可能是印度群岛。然而，岛上的居民不是中国人，而是印第安人，西班牙人轻而易举地占领了他们的土地。

接下来的几年里，西班牙和葡萄牙相信它们联手就可以瓜分世界。1494 年，两国在小镇托德西拉斯（Tordesillas）签署了一项条约，约定各自势力范围的边界。这条边界线从北向南穿过葡萄牙殖民地佛得角群岛（Cape Verde），以及哥伦布宣

---

[1] 伯纳尔·迪亚兹·德尔·卡斯蒂略（1496—1580）：曾随西班牙统帅埃尔南多·科尔特斯参加西班牙对中美洲的征服战争。晚年撰写了《征服新西班牙信使》，记录了自己在中美洲的征服活动。

[2] 阿兹特克：15 世纪在中美洲建立的古文明帝国。

称属于西班牙的领土。西班牙占领西方,葡萄牙占据东方(当时这里是经由非洲通往亚洲的必经之路)。紧跟着哥伦布西进的步伐,西班牙很快派出了其他探险家,随即发现了一条大河的淡水河口。其中一位名叫文森特·亚涅斯·品松(Vicente Yanez Pinzon)的探险家沿着这条河航行了大约150公里,他称该河河口为"甜海"(Mar Dulce),即"淡水"。

几年后,《托德西拉斯条约》带来了意想不到的后果:为葡萄牙人效力的意大利人亚美利哥·韦斯普奇(Amerigo Vespucci)沿着如今的巴西海岸向南航行,1502年回国后,他宣布哥伦布发现的的确是一个新世界(至少对欧洲来说是如此)。这个认识非常重要,后来第一个把新世界画进地图的人就借用了亚美利哥的名字,由于土地(Terra)在语法上来说是阴性,因此将新世界命名为美洲。亚美利哥所探索的土地向东突出,越过了《托德西拉斯条约》达成的分界线,于是这里成了葡萄牙的领土(这就是巴西人说葡萄牙语的原因)。

然而,品松发现的甜海在《托德西拉斯条约》划定的界限以西,所以这片海域落入西班牙人手中,成为他们的战利品。但那些险恶的海岸洋流和凶猛的原住民部落把其他的西班牙探险家挡在了海湾之外。

此外,对黄金和亚马孙女战士的痴迷驱使着西班牙人在欧洲大陆的另一边忙忙碌碌,他们的激情被中美洲点燃了。1524

年，赫尔南·科尔特斯[1]（Hernan Cortes）用绞刑、火刑和枪杀的残暴方式获得了整个中美洲的统治权。他写信给西班牙国王查理五世[2]，承诺会得到更多的财富。他说，他听说过一个只住着女人的小岛，从大陆来的男人会与其结合（次数有严格的规定）。当生产后，"她们留下女孩……但把男孩都扔掉了"。当然，这个小岛还"盛产珍珠和黄金"。

但这个小岛在哪里呢？赫尔南·科尔特斯告诉其兄弟弗朗西斯科去中美洲西海岸看看，然后再转向北，在那里可能会发现古代历史中提到的亚马孙人。与其他许多人一样，他也坚信阿马迪斯的故事是真的——在地平线那边的某个地方，确实有一个叫加利福尼亚的岛屿，那里的女人们像亚马孙女战士一样生活。因此，1542 年，从危地马拉和洪都拉斯的金矿中挖到财富的胡安·罗德里格斯·卡布里洛[3]（Juan Rodríguez Cabrillo）开始沿着美洲西海岸航行，他称这片土地为加利福尼亚（California），该名称一直沿用至今。此外，确实存在这样一座"岛屿"，至少第一批西班牙探险家是这么认为的，但实际上它是下加利福尼亚半岛。这个半岛曾经被笃信是亚马孙女战士的家园。

征服者们一路向南，亚马孙女战士和黄金的传说似乎总是

---

[1] 赫尔南·科尔特斯（1485—1547）：大航海时代西班牙航海家、军事家和探险家，阿兹特克帝国的征服者。

[2] 查理五世（1500—1558）：西班牙哈布斯堡王朝首位国王。

[3] 胡安·罗德里格斯·卡布里洛：葡萄牙探险家。1530 年成为现在安提瓜危地马拉的领主。

在下一条河流或山脉的那边，他们逐渐靠近了印加帝国[1]（Inca Empire）（即今天的厄瓜多尔、秘鲁和智利一带）。他们沿途听说了关于埃尔多拉多[2]（El Dorado）的统治者黄金国王的传说——国王会身披黄金沉入湖底。从某种程度上说，这个传说是真的：哥伦比亚穆斯卡人（Muisca）的酋长身上会被吹满金沙，要去瓜塔维塔湖（Lake Guatavita）洗掉。这个看似不起眼的事实似乎证实了一个传说——在某个地方，有一个满是黄金的帝国等待着被征服。除了黄金之外，西班牙人也在热切地找寻肉桂，这种树据说生长在安第斯山脉的东坡。如果这个传闻是真的，那么西班牙就可以摆脱对来自远东的香料商人的依赖（那些商人为他们提供肉桂，但价格不菲）。

为了找到那个神秘的国度，1541年2月，贡萨洛·皮萨罗[3]（Gonzalo Pizarro）带领4000名戴着镣铐的搬运工，5000头猪和340名手持枪弩、骑着马的西班牙人，走出厄瓜多尔的基多（Quito），越过安第斯山脉东部的科迪勒拉山脉（Cordillera），进入闷热的雨林。今天你完全可以乘飞机在几分钟内飞越（在森林上方还能看到积雪覆盖的火山），或者伴着汹涌的流水声，花几个小时绕过悬崖，紧张刺激地开车下山。但在当时，他们一行在狭窄的小道上攀爬数周，砍伐森林和矮树丛，在沟壑上架桥，忍受着疾病、饥饿、疲惫和死亡。每天

---

[1] 印加帝国：11—16世纪南美洲的封建主义君主专制主义帝国。后被西班牙殖民者皮萨罗所征服。

[2] 埃尔多拉多：传说中南美洲的黄金之城。

[3] 贡萨洛·皮萨罗（1511—1548）：大航海时代的欧洲探险家。

都在下雨,皮萨罗在他的日记中记录道。后来发现那里没有桂皮,只有四处散落的被他称为开满"小肉桂"[1]花的树木。这里也完全没有埃尔多拉多存在的任何迹象。到了年底,猪被吃完了,马没剩下几匹,带去的搬运工也差不多都死去了。

皮萨罗在古柯河岸边露营,他决定建造一艘大船去下游探险,去往 500 米宽的纳波河和更远的地方,"我竟然到达了北海(大西洋)"。这样,西班牙就可以宣称对沿岸所有未知土地的主权。皮萨罗和他的手下人牵着为数不多的马沿着河岸走了两天,穿过支流和沼泽。他们没有找到村庄,也无法寻到食物,更不要说愿意与他们交易的人了。

事实上当地有很多食物,不过你得有熟练的技巧和丰富的经验才能找到。我曾经和一个印第安部落在一起生活过,发现他们经常在皮萨罗所穿越的森林里打猎。这个印第安部落被称为"Aucas"(在盖丘亚语中是"野蛮人"的意思),他们自称瓦欧雷尼(英语正字法修正为 Waorani)或华拉尼(Huaorani,应该是西班牙语)。当西班牙人途经此地时,他们可能并不在这里。因为在西班牙人到来后的两个世纪, 从东方和西方入侵的欧洲人将引发亚马孙流域部落迁移的连锁反应。对于那些掌握必要生存技能的人来说,热带雨林里的资源有无限的开发潜能——源源不断的猴子、鸟类、貘、猪、鱼、应季水果和美味的蜂蜜(只要你能忍受蜜蜂的叮咬),但你需要拥有惊人的专

---

[1] 是一种甜菊属植物。(原书注)

业知识才能生存下来。

雨林物产富饶，但珍贵的财富都集中在树冠上，在丛林的地面很难找到食物。瓦欧雷尼人生活的区域和威尔士一样大，但部落只有600人（半游牧），他们会杀死任何外来人士以保卫自己的领土。他们所需要的物资包括棕榈纤维吊床、火棒、长矛、鱼毒、吹箭和飞镖（或弓箭，取决于他们内部不同的文化），以及用于飞镖和箭尖的毒药（来自箭毒藤的浓缩汁液或青蛙的各种毒性分泌物）。这些技术需要几个世纪的传承和技能演进，以及多少代人积累的丰富经验。西班牙人和他们的高地奴隶缺乏这些知识，也不了解当地的语言和部落对待外来者的态度。一些部落或许会愿意与他们进行贸易，另一些部落则满含敌意。在20世纪50年代末，瓦欧雷尼是可查证的最凶残的部落，所有外来者都会成为他们猎杀的对象，40%的瓦欧雷尼男性是被复仇者的长矛刺死的。在他们面前，皮萨罗的高地军队也毫无胜算。

皮萨罗相信到了河的下游就能得救，他的副将弗朗西斯科·德·奥雷拉纳（Francisco de Orellana）申请带着57名武装人员向下游航行寻找食物。皮萨罗同意了。一次史诗般壮丽的航行就此开始，但奥雷拉纳却再也没有回来。显然，皮萨罗和他的小分队被无情地抛弃和背叛了。这伙人衣衫褴褛，饱受坏血病的折磨，缓慢而凄惨地撤退。他在回基多的路上又损失了80人。一无所获的皮萨罗在官方报告中指责奥雷拉纳的背叛是"最残忍的行为"，以此为自己开脱。

事实上，他们都是缺乏经验的受害者。纳波河有无数条支流，河面宽广，水流迅疾，从安第斯山麓磅礴涌出，沿途也没有村庄，靠帆或桨返回是不可能的。奥雷拉纳的手下忍饥挨饿，把鞋子煮着吃掉了，偶尔还要吃无毒的树根。最终，七人丧生，剩下的人遇到了一个部落，部落里的人愿意用食物交换他们携带的一些小玩意儿。

几周后，奥雷拉纳的船漂了800公里，进入了一条巨大而缓慢的主干河流。他们确信这条河会把他们带到大西洋。一些印第安人为他们提供了食物和材料，使他们能够建造另一艘稍好点儿的船。1542年年中，他们遭遇了马基帕罗人（Machiparo）。这是一个由战士组成的"国家"，统治着这条河沿岸方圆数百公里的地域，这也证明了前哥伦布时代的漫滩社区的规模及其复杂性。西班牙人获准觐见酋长，酋长被他们的胡子惊呆了，并对他们携带的武器心生敬畏，给了他们可供居住的土地。可是这帮西班牙人却劫掠马基帕罗人，结果被驱逐出去，还有16人被杀。

河的下游是另一个部落——奥马瓜人（Omaguas）。[1] 参加了这次航行的历史学家加斯帕·德·卡瓦哈尔（Gaspar de Carvajal）回忆道，这里有"许多大型定居点——美丽的乡村"、

---

[1] 因为大规模的部落"国家"已经不存在，卡瓦哈尔的记录被认为是他自己想象力的产物，但他所描述的一切更像是亲眼所见，至少应该被认真对待。最近，在亚马孙河南部，空中勘查发现了数百个"地理壁画"——巨大的矩形和圆形土方工程的遗迹，这是消失已久的大规模社区曾经存在过的证据。也许在亚马孙流域本身也存在类似的国家。（原书注）

四通八达的道路、中国风格的装饰和上釉的陶器，还有精美的房屋和大量的食物，其中一个城镇绵延10公里之长。从这里再往前，在纳波河与尼盖佐河的交汇处，半透明的"黑色"河水和富含沉积物的"白色"河水一起流淌在河道里。西班牙人袭击了一座又一座村庄，射杀部落里的人。就像传闻中所说的那样，他们勇猛地击退了反抗者的舰队，划船穿过支流（现在它已经泛滥成一片内陆海洋，比欧洲的任何一条河都宽广）。

我们已经接近了这个故事的要点——在一个不知名的村庄里，有一根巨大的树干，上面刻着某个部落的图腾：

> 它周长十英尺，上面刻着一座以城墙包围的城市，城墙和城门上刻有浮雕。城门上有两座很高的塔，塔上有窗户，两座塔的塔门彼此相对。城门由两根柱子支撑。我所描述的这个完整的建筑结构坐落在两只面相凶猛的狮子身上，狮子的眼睛瞪着后方（好像是在彼此怀疑）。建筑中间有一片圆形的空地：空地的中央有一个洞，洞里有酒喷射出，对着太阳的方向……他们崇拜太阳神。

奥雷拉纳从一名被俘的部落男子口中了解到，他们看到祭坛是该部落忠诚于一群女战士的象征。那些布满羽毛的小屋和羽毛斗篷就是给那些女战士的贡品。

接下来的村庄更具威胁性，更罕有人至。奥雷拉纳同意其手下可以在其中一个村庄庆祝节日。他们发现村庄里只有女人，直到夜幕降临男人们才从丛林返回，攻击了他们。第二天早上，西班牙人带着俘虏撤退了，他们绞死了这些俘虏，以为这样可以震慑印第安人，让他们下次不敢再行攻击。结果恰恰相反，印第安人的袭击几乎每天都在发生，船员们只能尽可能让他们的两艘船远离河岸，因为一旦上岸他们就会被杀死。

在今天的玛瑙斯（Manaus）和圣塔伦（Santarem）之间500公里长的河道某处，西班牙人看到了"非常大的村庄，闪耀着白色光芒"。随后发生的一些事情使奥雷拉纳相信，这些村庄就是之前听说过的上游的女战士们的家园。用卡瓦哈尔的话来说，"我们突然来到了亚马孙女战士的家园"。

西班牙人的到来吸引了大批部落民划着独木舟前来围观。"他们靠近并嘲笑我们，告诉我们他们会在下游更远的地方等我们，等着抓住我们带给亚马孙女战士。"西班牙人的弩和火绳枪给对方造成了惨重的伤亡，但部落士兵们不为所动，继续向两艘西班牙船射箭。西班牙人强行上岸时，卡瓦哈尔自己也被射中，箭可能是射穿了他的胃，"若不是我的衣服救了我，今天就是我的末日"。

该如何解释这种无异于自杀的暴行？卡瓦哈尔认为可以从那些挥舞棍棒的女战士身上找到答案，她们似乎与男性不同。

我们亲眼看到这些女人（大概10到12个），她们宛若首领一样带领印第安人战斗。她们非常勇猛，印第安人也不敢退缩，因为一旦有人退缩，她们就会（当着我们的面）用棍棒将其打死，因此这些印第安人防御了很久。这些女人非常白皙，个子很高，头发也很长，编成辫子盘在头上。她们身体健壮，全身的衣物仅遮住关键部位，手持弓箭，一人的战斗力抵十个印第安人。她们中确有这样一个女战士，她的箭射进了我们的双桅帆船，最深处足有一拃，那一刻我们的双桅帆船看起来就像一只豪猪。

西班牙人杀死了七八名亚马孙女战士——"我们亲眼见到的就有这么多。"卡瓦哈尔写道。再回到船上时，他们因为筋疲力尽，无法划桨，只能随波逐流。

他们继续往前，来到另一个村庄寻找食物。那里看上去空无一人，其实居民们正拿着弓箭准备伏击他们。西班牙人用盾牌掩护自己，但卡瓦哈尔没有盾牌："他们只攻击我，箭直接射中了我的一只眼睛，从此我便失去了眼睛，（现在看来）我真是损失惨重。"

他们捉了一个俘虏[1]，顺流而下。途中，奥雷拉纳用一个"单

---

[1] 卡瓦哈尔说，这名俘虏是一个"号手"。我对这一点感兴趣是因为很久以前我曾吹过小号，那时我还以为自己将从事与音乐有关的职业。他说的"小号"到底是什么意思？当时欧洲唯一有的小号还没有阀门，长度是现在的喇叭的两倍。阀门出现的时间要晚得多（海顿的小号协奏曲中使用的乐器用板和孔来演奏和声）。雨林的部落里没有金属，这些印第安人可能在木头（也有可能是鹿角）上钻孔制作了木头乐器。这是一个未解之谜。（原书注）

词列表",引导这个囚犯提供了一些(令人费解的)"信息"。首先奥雷拉纳询问了这个人的出身,他回答说他来自他被俘的村庄,他的领主叫库恩科(Couynco)或昆越(Quenyue)(卡瓦哈尔记录的这段历史有两个版本,此处细节有所不同)。那些亚马孙女战士们呢?她们住在大约距此有七天路程的内陆地区,该俘虏称他经常带着领主的贡品去那里。亚马孙女战士统治着70个村庄,她们的房子都用石头建成,墙上开着门。从一个村庄到另一个村庄的路上,一侧道路封闭,另一侧隔一段就有警卫驻扎,因此没有人可以不交关税进入。

奥雷拉纳问:这些亚马孙女战士会生育吗?答案是肯定的,她们当然会生小孩。但是怎么生呢?

俘虏说,这些女人有时也会结交印第安男人。当她们有这种需求时,就会召集一大群人去攻打一个离她们驻地不远的大领主,把男人们强行带回自己的部落一段时间,与其结合。发现自己怀孕后,就把男人毫发无损地送回家。她们会杀死男孩,只抚养女孩,并且"非常严厉地教导她们战争的艺术"。

这一切都在女王的掌控下按部就班地完成,"有一位女王叫康诺利(Coñori),她把一切都掌控在自己手中"。

她们拥有"丰富的黄金和白银",地位高的女人用金银器皿吃饭,而地位低的女人则用木头或陶器吃饭。首都的五座大型建筑均为供奉太阳的神庙:

> 在这些建筑里,她们陈设了许多以女人为原型打

造的金银神像，还有许多供太阳使用的金银器皿；这些妇女穿着精美的羊毛衣服，因为这里有许多秘鲁绵羊（其实不是绵羊，而是大羊驼）；她们从胸往下都用毯子裹着，有些女人则把毯子披在肩上，还有一些人会用绳子将毯子系于胸前，像斗篷一样；她们的头发很长，一直垂到脚下，头上戴着有两指宽的金冠……据我们所知，有骆驼驮着她们……像马一样大的骆驼。

他们从这个俘虏那里听来的消息还包括：她们有个规定，就是当太阳下山时，所有这些印第安男性都要离开；她们的邻国被迫向其纳贡，不纳贡的则要准备战争（包括她们刚刚强掳男人结合的国家）。有一点可以肯定（他那时每天都在来回走动观察她们），即这些女人"身材非常高大、皮肤白皙、人数众多"。

显然，这些话证实了西班牙人在离基多不远的地方曾听到的一个故事。为了见到那些女人，男人们沿着河流往下游走了1400里格（大约3000英里），所以"如果有人想去这些女人居住的地方，那么去的时候是男孩，回来时就会变成老人。"这个俘虏还说，"亚马孙女战士住的地方很冷，而且也没什么木柴"。

奥雷拉纳和卡瓦加尔后来欣然接受了采访，他们热切地坚信不远处就是一片适合殖民的土地。等到卡瓦哈尔开始撰写他的历史书时，这个梦想已然变成了一个帝国主义计划：

从河流向内陆延伸大约两里格远的地方，有一些大城市在白色的月光下闪闪发光。这里的土地很肥沃，看上去和我们西班牙的土地一样……这是一片温暖的土地，种植小麦的话应该可以获得大丰收，还可以种植各种果树。

这里还有适合放牧的草原，有"常青的橡树林，长满橡子"，连绵不断的热带大草原，到处都是猎物——哇！这里正是适合我们的国王、我们的国家和基督教徒占领的理想之地。

我们该如何理解这些信息呢？奥雷拉纳与不知名的部落战斗，看到一群魁梧的女人在与男人打仗。她们看起来不同寻常，而且似乎非常有权威。西班牙人是第一批来到这里的欧洲人，所以当时肯定没有翻译的存在。然而，奥雷拉纳借助于他的"单词列表"了解到了这一切，还原了当时的情况：部落等级制度、进贡体系、70个村庄、石屋和经济状况。

我们先来谈谈语言上的疑点。毫无疑问，正如卡瓦哈尔所言，奥雷拉纳"是一位才华横溢的语言学家，简直像上帝那样睿智，因此我们才能存活下来"。但其实没人能有那么聪明。曾几何时，做田野工作的人类学家声称在几周内学会一门新语言并不困难。一个世纪以前，他们的确可以这么说——那时很少有人会与原始部落民一起工作，学者的话无从查证。第二次世界大战后，人类学得以继续发展。人们意识到，语言比人们想象的复杂得多，人不可能在几周内学会一门语言。我所信任的人类学家、瓦欧雷尼研究专家吉姆·约斯特（Jim Yost）说，他花了一年的时间才算学会了瓦欧雷尼人的语言——而且他有一个无可比拟的优势：他所在的传教士组织已经对瓦欧雷尼人进行了调查分析。瓦欧雷尼语是一种语言上的"孤体"，会在很多年后逐渐消亡，且没有任何现在还在使用中的"近亲"。幸好有书面记录的语法，让我在瓦欧雷尼部落待的几个月里学到了足够多的句子，可以问几个简单的问题，但这并不足以让我听懂他们的回答。

显然，奥雷拉纳不可能在几天内仅凭一份自创的单词表，就从一个讲着未知语言的"线人"那里了解到一种未知文化的详细信息。

所以奥雷拉纳的调查结果——热带雨林深处的泥泞小路、缺少柴火的石头房屋、草地和橡树——并不足以为信。就拿数字来说：七天的旅程，七十个村庄。这些数字精确得好像存在一个计数系统一样。但是，几乎可以肯定地说，大多数亚马孙部落是无法进行统计的。就算可以，这些欧洲人当时也没有去数过。亚诺马莫（Yanomamö）和比雷亚（Pirahã）（更多信息详见下文）的计数方式都是"一、二、比二多"。瓦欧雷尼的计数系统复杂一些：1至5是"一、二、二加一、二加二、满手""最多可以到十（'两只手'）"，再往后的数字对他们来说就过于复杂了，实际也没什么用。计数系统与智慧无关，瓦欧雷尼人可以很好地学会使用西班牙计数系统。一旦掌握了这个智慧的计数方法，他们还会拿自己的计数方式开玩笑："如果想用我们的语言说22，我们必须说'两只手，两只手再加两根手指'。"看起来，这些文化似乎数数不用超过五就能发展得很好。所以，只有我们会关注这些数字的问题。

如何解释奥雷拉纳从他的线人那里获得的信息呢（至少是卡瓦哈尔所报告的信息）？答案是：投射——用自己的已知经验和固有偏见来理解和解释陌生且遥远的事物。我们会认为我们的信仰也适用于他人，但他人未必会真的这样认为。有一个故事，一位老师向祖鲁人（Zulus）讲述《哈姆雷特》（Hamlet），他急切地展现贯穿该剧的恶行：哈姆雷特的叔叔为了夺取王位谋杀了自己的兄弟。大家听了都点头表示赞同，这就是莎士比亚的普适性。而当在马德拉河（Madeira River）上与比雷亚人一同工作的传教士丹·埃弗雷特（Dan Everett）自豪地宣读自己翻译的《圣马可福音》（St Mark's Gospel）时，他确信自己正在拯救全人类。但他却忽略了比雷亚人信仰梦境与灵魂的世界，这个世界对他们来说就像我们的物质世界一样真实。在听了《圣马可福音》后的第二天早晨，有一个男人突然对他说："女人都害怕耶稣。我们不需要他。"

"为什么不需要呢？"他问。

"因为昨晚他来到我们村里，试图和我们的女人发生关系。他在村子里追着她们跑……"

部落里的其他人也证实了这件事。比雷亚人赢了，用埃弗雷特的话来说，原因在于他们并不"想要一种新的世界观"。之后没过多久，埃弗雷特也失去了之前的信心。

卡瓦哈尔想要成为被大家信赖的人，事实上他也赢得了大部分人的信任。"应该相信他。"他的朋友费尔南德斯·奥维耶多写道,"因为他被射中了两箭,其中一箭射伤了他的一只眼睛;他只剩下一只眼睛……比起那些长着两只眼睛的人,我更愿意相信他……那些一直待在欧洲的人总是喋喋不休。"但是他被自己的期望引入了歧途,而他原本是一个受过良好教育的人,熟读典籍。他知道旧世界的历史学家对亚马孙女战士的看法,没有理由怀疑她们在历史上真实存在过。他来自一个有着石屋、石路和皇室,痴迷于黄金文化的世界,坚信在雨林中的某个地方存在着一个富有的黄金王国。正是这种熟悉感使他一厢情愿地相信了奥雷拉纳的话。不知为何,俘虏说的几句话就成了一个罗夏测验[1]。西班牙人把他们的文化、梦想和过去的经历都强加于这个测验上。就像不明飞行物(UFO)、鬼魂、神明和尼斯湖水怪一样,缺失的"证据"会引发虚假的解释,而虚假的解释又会引发更多的"证据",从而创造出一个看似坚如磐石的真相。

奥雷拉纳和卡瓦哈尔对亚马孙女战士的另一个主要想象来源似乎是秘鲁的太阳处女。此前八九年,二人曾亲眼见证了印加人被征服,因此知道太阳处女的由来。用19世纪历史学家威廉·普雷斯科特(William Prescott)的话说,"太阳处女是年轻的少女,服务于神,她们被带出自己的家,引入修道院。(修道院)由低矮的石头建筑组成,面积非常大,四周是高墙"。

---

[1] 罗夏测验,又称墨渍图测验,是非常著名的人格测验,也是少有的投射型人格测试。

报告者品格的可靠并不能保证报告本身的可靠。雨林中从来没有亚马孙部落,就像那里从来没有黄金王国一样。

但卡瓦哈尔的期望和梦想产生了巨大的影响。在经历了更多的冒险之后,探险队向北航行了2000公里,到达了这条淡水河的河口,在委内瑞拉海岸附近古巴岛西班牙人的定居点登陆。奥雷拉纳回到了西班牙,卡瓦哈尔回到了利马,记录下了他的这段大河下游之旅。在余生的40年里卡瓦哈尔一直在教堂供职,于1584年去世。

听起来,卡瓦哈尔的游记好像很好地解释了为什么这条河和它两岸的森林成为"亚马孙河"(las Amazonas)地区,一开始这个词还采用复数形式(该书写并不像看上去那么直接明了)。有几年,这条河因其发现者奥雷拉纳而被命名为"奥雷拉纳河"。卡瓦哈尔的记录(有两个版本)[1]近年来才逐渐成为关于这段历史研究的主要资料来源,书在他创作完成之后没多久就消失在秘鲁的档案之中,直到19世纪后期才被重新发现。所以在当时,这些故事基本靠大家口口相传。奥雷拉纳的旅程如此异乎寻常,他们的整个冒险经历都印证了亚马孙女战士的故事(尤其是在皮萨罗指控他是叛徒之后)。这就是为什么这条河和它沿岸的森林成为"亚马孙地区"。

1555年,法国作家安德烈·提维特(Andre Thevet)根据自己在新大陆的旅行日记和其他一些记录,发表了一篇讲述

---

[1] 这两个版本风格迥然不同,但内容却大多相似,可能是因为它们是分开记录的。原书注。

法国人在新大陆探险的文章。此书一开始用西班牙语出版，接下来再针对欧洲其他国家的读者翻译，最后再翻译成世界上其他国家的语言出版。这本书——《法属南极奇点》(*Singularities of the French Antarctic*)——书名虽然古怪（书名来自一个法国曾短暂占领的殖民地，在现在的里约热内卢附近），仍然风靡整个美洲。[1] 书名听起来像是一个主张法兰西帝国的疆域从巴西一路向北扩展的提议。事实上，这本书是新世界的第一次人种学探索，安德烈把亚马孙女战士也纳入其中。可问题是她们是怎么到那里去的？很简单，特洛伊战争后，她们四散开来，逐渐形成了一些亚马孙人群体，在世界各地流浪，最终抵达美洲。

> 这些亚马孙女战士住在岩石中的小屋和洞穴里，靠吃鱼、野生植物、树根和水果为生。她们一旦生了男孩就马上将其杀死，或是将他们交给那些愿意对其负责的人；如果生了女孩就留下，就像最初的亚马孙女战士那样。她们经常对其他国家发起战争，对待俘虏极其残忍。

奥雷拉纳的旅程结束50年后（1597年），一位名叫科尼利厄斯·怀特弗利特（Cornelius Wytfliet）的佛兰德地图印刷商出版了一幅包含所有最新地理发现的世界地图。美

---

[1] 法属南极奇点，更确切地说，就是美洲。原书注。

洲也在地图上，但非常粗略。南美洲看起来就像一个被丢弃的土豆，上面只有七个地名：卡西利亚·德·奥罗（Castilia del Oro）、秘鲁（Peru）、布雷齐利亚（Brezilia）、巴拉那（Parana）、奇利亚（Chili）、奇卡（Chica）、亚马孙河（the Amazons）。作为一个横跨大陆的河道网，亚马孙河第一次出现在地图上。但最终这个词失去了它的复数形式，变成了 Amazon。

那时，英国探险家们正在为他们的女王伊丽莎白一世（Elizabeth）奠定帝国的基础，他们很快发现亚马孙女战士已经不再受到权贵们的重视。

沃尔特·罗利爵士（Sir Walter Raleigh）把一位当地酋长告诉他的事情转告给其他人，并声明这些事情真实存在，他写道：

> 在许多历史书中，她们被证实真实存在……但是，那些离圭亚那不远的亚马孙女战士们一年中只有大约一个月的时间可以和男人交合，我得到的信息是在四月。其时，周边国家的国王和亚马孙女王都聚集在边界处，女王先挑选，其余的人抽签选择她们的情人。在这一个月的时间里，他们尽情吃喝、舞蹈；一个月的时间到了，男人们各自回自己的部落。据说她们非常残忍，尤其是对潜在的入侵者。这些亚马孙女战士拥有大量的黄金。

罗利爵士的故事来源是真的吗？它是用哪种语言讲述的？为什么当地统治者的行为举止如同欧洲皇室？难道女王也会相信无头的埃瓦伊帕诺玛[1]（Ewaiponoma）——那种眼睛和嘴巴都在胸口的人？——这一切只是为了下一次远征能获得王室的支持。但后来女王去世了，罗利爵士被牵连到对其继任者詹姆斯一世的阴谋之中，最终他像埃瓦伊帕诺玛一样丢掉了脑袋。

　　不管怎样，现在已经有了一些疑问。了解的情况越多，就会发现亚马孙女战士的领地总是在不断变化（越变越大），这不是很奇怪吗？而且对她们的了解总是来自二手消息。萨缪尔·帕切斯[2]（Samuel Purchas）在他探索新世界的记录中，严厉指出这些"孤独的单乳动物"仅仅是人们的幻想。作为幻想的产物，亚马孙女战士在戏剧和诗歌中仍然是一个受欢迎的角色（就像今天的仙女教母或哑剧女演员一样），特点突出、容易识别（战斧、高筒靴、裸露的胸部等）。但现在她们已经驯服了，不再是真正的战士。正如埃德蒙·斯宾塞[3]（Edmund Spenser）在他献给伊丽莎白女王的《仙后》一诗中所写：

> 贞洁的女人聪明地懂得
>
> 她们不得不忍受卑贱的羞辱，

---

[1] 埃瓦伊帕诺玛：17世纪英国罗利爵士在其著作中塑造的无头族。
[2] 萨缪尔·帕切斯：17世纪英国的旅游作家。著有《帕切斯游记》。
[3] 艾德蒙·斯宾塞（1552—1599）：英国诗人，代表作为长篇史诗《仙后》。

除非上天赋予她们合法的主权。

女王当然不受这些规则束缚。《仲夏夜之梦》[1]中希波吕忒谈的是狩猎，而非战争。被驯服的亚马孙女战士是选美比赛中美丽的装饰品，以高大和勇敢著称。但是，如果认真地来看，她们是不遵守女性规范的危险例证。伊丽莎白女王很愿意别人称她"荣光女王"（Gloriana），但如果谁敢称她为亚马孙女战士，那可是有丢掉脑袋的风险。

然而，以一条河的名字为名的亚马孙神话还是留存下来。有着这样一个庞大的实体，蕴藏了这么多的故事，这其中多多少少也有一些真实的元素吧？

例如，耶稣会主教克里斯托瓦尔·德·阿库纳（Cristobal de Acuna）与葡萄牙探险家佩德罗·德·特谢拉（Pedro de Teixeira）曾从安第斯山脉沿纳波河和亚马孙河顺流而下，并于1641年出版了他的旅行日志。他并未提及在旅行中见过亚马孙人，但他坚信其存在。"在这条河上，亚马孙女战士部落存在的证据比比皆是，令人信服。"他对当地人的调查——或者更确切地说，是对图皮南巴（Tupinambá）部落的一个当地人的调查——证实了之前人们"知道"的一些情况，比如英勇的女战士、匮乏的男性资源、一年一次的交合、被杀死的男婴、被培养成女战士的女婴等。"亚马孙女战士住亚马孙河沿岸这

---

[1]《仲夏夜之梦》：莎士比亚创作的一部爱情喜剧。

个说法，几乎所有人都深信不疑。"是的，鉴于图皮南巴部落留存了下来，现在就生活在巴西东北海岸距亚马孙河口 400 公里的马拉尼昂，因此这个说法还是非常有说服力的。

于是，亚马孙河流域的女战士们的故事延续了下来。尽管现在许多心存怀疑的哲学家和科学家们否认她们的存在，但也有一些人持相反意见。其中一位是法国耶稣会传教士和人类学家约瑟夫·弗朗索瓦·拉菲托（Joseph-Francois Lafitau），他在加拿大与易洛魁（Iroquois）族印第安人相处了五年（1712—1717），也了解到了很多关于休伦族的知识。他的人类学研究非常出色，他本人被称为"科学人类学的先驱"。他的工作程序颇受推崇，一度非常流行。他的研究目的是要证明所有的文化都是从其他文化进化而来，再回归到最初的文化。这种比较方法对研究语言和物种的进化都颇为有效，但其实并不适合文化研究，当时他不可能知道这一点。他的著作《美洲野人的风俗》（Moeurs des sauvages amériquains）成为一门新兴学科极有价值的开山之作。通过对不同文化的记录和比较，他希望推导出文化进化背后的普适规律。他认为，今天美洲的原始文化与古代文明世界的原始文化很相似，实际上两者都源于早期的原始文化："最初，大多数美洲人都来自曾占领希腊大陆和岛屿的野蛮人。"他的证据就是奥雷拉纳的报告。希腊文化的传承者是亚马孙女战士，我们可以将其视作神话。他说：

事实上，当今在马兰农河或亚马孙河两岸仍有一些以参加战争为荣的女战士。她们不与男人们共同生活，每天练习拉弓射箭，只把女孩们留在身边，杀死男孩或者把他们还给他们的父亲（那些临时找来与她们交合的男人）。

他相信亚马孙女战士真实存在，除了关于切除或烧灼乳房的那部分传言。在其著作第二卷第二章（该部分长度超过1000页）[1]"女性的职业"（Women's Occupations）那部分，他曾记录道："野蛮人的女性就像亚马孙人一样，像色雷斯人（Thracians）、塞西亚人（Scythians）、西班牙人以及其他古代野蛮民族的女性一样，都要在田间劳作。"说到易洛魁妇女，人们难免会想起希罗多德曾提到的利西亚人。和利西亚人一样，易洛魁人的房子是母亲选的，部落通过女性来延续血脉，在部落的权力体系中，女性占主导地位。易洛魁部落的首领为男性，这一事实可以解释为这些男性首领是由女性选举的。就像利西亚人和亚马孙人一样，易洛魁人的社会是由女性领导的"女权统治"（Gynococracy）——现在这个词拼作"Gynarchy"或"Gynocracy"。用希罗多德的话来说，"如果问一个利西亚人他是谁，他会告诉你他自己的名字、他母亲的名字，然后是他祖母的名字、曾祖母的名字等"。拉菲托的书中引用了大量的经典资料，这些资料与希罗多德记录的相似之处，似乎为易

---

[1] 本书原版可以在 http://gallica.bnf.fr/ 处找到。原书注。

洛魁人的生活方式"可能来自亚马孙人提供了有力证据，可见亚马孙人的影响之大"。

易洛魁人如何到达加拿大是个未解之谜，但显然他们无法跨过大西洋，所以只可能是一路穿越亚洲和白令海峡来到美洲。证据就是人参，易洛魁人长期将这种植物作为药物使用（这与中国人使用人参的习惯完全一致）。拉菲托据此推测，人参应该是由亚马孙人和利西亚人带到美洲的。

另一位探险家查尔斯·玛利·德·拉孔达明（Charles Marie de la Condamine）也从新大陆带回了关于亚马孙女战士的消息。1743 年他沿着亚马孙河旅行，沿途向许多印第安人打探消息，他之所以能够这么做，是因为他带着一名翻译。没有人真正见到过亚马孙人，但是他们都从长辈那里听说过亚马孙人的故事。显然，两个世纪以来，欧洲人的打探已经固化了他们想听到的内容，这些内容逐渐发展为一堆虚虚实实的信息。一位 70 岁的老人向拉孔达明保证，他的祖父确实曾经和四个亚马孙人说过话。托帕亚部落的印第安人也告诉他，他们的父亲曾从生活在瀑布和高山之外的"没有丈夫的女人"那里得到过绿色石头。在拉孔达明看来，亚马孙女战士生活（或曾经生活）在圭亚那，那里是欧洲人未曾去过的地方——又一次（像之前一样），人们认为亚马孙女战士住在没有人能真正找到她们的地方（地平线的另一头）。当然，拉孔达明的书[1]中也写道："你

---

[1] 他的书名为《简化关系》（*Relation Abrégée*）。

不能相信当地人,他们是骗子,容易相信别人,喜欢听耸人听闻的故事。"亚马孙人的迁徙成为一个谜——也许她们是为了逃离残暴的统治才来到这里建立了自己的家园。最终,拉孔达明(他堪称科学家和理性主义者)得出以下结论:"在这片大陆上,有一群女人,她们独立生活,部落中没有一个男人。"

就这样,这个亚马孙家族遥远的旁系分支留存了下来,"亚马孙人"到现在还以我们非常熟悉的方式影响着我们的现实世界。

20世纪,亚马孙河被确定为世界第二长河(6516公里),仅次于尼罗河(6695公里)。然而长度无法衡量其真正的规模,要了解一条河的本质,你必须了解它的起源。亚马孙河是内海的遗迹。大约1.5亿年前,南美洲和非洲还连在一起,还是超级盘古大陆[1]的一部分。一条大河(即未来的亚马孙河),从后来的西非内陆流出,穿过后来的南美洲,形成一个巨大的三角洲,流入最初的太平洋。非洲与南美洲这两块岩石被地下深处缓慢涌动的熔岩撕裂,每年以指甲盖厚度的距离分开,形成今天地球上的拼图状板块。南美板块上的岩石形成了弓形波,推起了我们现在称为安第斯山脉的褶皱地带,抬高了南美板块的整个前缘。亚马孙河这条曾经由东向西流动的大河开始倾斜,直到从安第斯山脉上落下的水流开始向相反方向流动。现在的亚马孙河河口呈喇叭形,流入大西洋(大西洋将南美洲与非洲

---

[1] 盘古大陆:德国地质学家阿尔弗雷德·魏格纳提出大陆漂移说,认为全世界的大陆在古生代石炭纪以前是一个统一的盘古大陆,周围是辽阔的海洋。到中生代末期后才因为地球自转产生的离心力,而逐渐破裂分离。

分开）。以水量来衡量，亚马孙河的规模巨大。它每秒向大西洋输送超过 20 万吨的水，每分钟 1200 万吨，每天达 170 亿吨，是刚果河（世界流量第二大河）流量的五倍。亚马孙河的流域面积是印度国土面积的两倍。在世界河流规模排名中，亚马孙河的支流马德拉河和内格罗河分别排名第 5 位和第 7 位。

亚马孙河的规模与它的名字无关，但这个名字对互联网用户来说非常重要。1994 年，一位年轻的企业家在华盛顿州西雅图的一个车库里工作，他刚刚成立了一家公司，向全世界人销售任何能出售的东西。他首先选择了图书，他想开展世界上最大的图书业务。为了唤起网上购物的魔力，他把公司的名字从 Abracadabra 改为 Cadabra，但知道这个词意思的人并不多，而且它听起来太像"尸体"（Cadaver）了，他需要一个新名字。因为喜欢《星际迷航》，所以他想到了星舰企业号舰长让－卢克·皮卡德（Jean-Luc Picard）的名言："Make it so（让它成真）。"他注册了 MakeItSo.com 作为域名。但看起来这个名字似乎也不是那么完美。他又想到，名字以字母表的第一个字母 A 开头会更好，这样能确保它能快速出现在互联网浏览器上。Aard.com？ Awake.com？ Browse.com？ Bookmall.com? 仍然不对！

我们说的这个年轻人就是杰夫·贝索斯[1]（Jeff Bezos）。10 月下旬的某一天，他正在浏览一本词典中 A 开头的单词时，

---

[1] 杰夫·贝索斯（1964— ）：全球最大的网上书店亚马逊的创始人。

偶然发现了"亚马逊"（Amazon）这个词。是的！这是迄今为止世界上最大的河流，这就是他想要的最完美的名字！第二天早上，他走进车库，告诉同事公司的新名字，然后在11月1日注册了新的网址，并于次年7月开始交易。

亚马逊网站飞速崛起，在没有任何媒体宣传的情况下，30天内就把书卖到了美国各地和其他45个国家。不到两个月，网站销售额达到了每周2万美元。亚马逊公司于1997年上市，在其网络平台上几乎可以交易任何东西，这完全突破了创始人最初专营图书的构想。20年后，亚马逊的销售额突破了1000亿美元。即使如此，该公司的规模也赶不上亚马孙河！

一幅画、两部戏剧和一桩自杀事件

1600年，在欧洲人的认识中，亚马孙人的真实性已毋庸置疑——希腊历史中有记载，前往新世界的探险家们已证实，而且在小说中也屡屡提及。每个人都知道她们曾经真实存在，而且可能仍然生活在地平线那头的某个地方。因此，作家在小说里讲述她们的故事、艺术家描绘她们的容貌再正常不过。不过，一些此类作品也会被遗忘——它们很无聊或并无新意，只是重复着陈旧的主题。但在接下来的三个世纪里，不时有人创作出一些值得一看的作品。本章讲的是三个这样的例子，在这三个例子中，亚马孙女战士被赋予了与古代世界截然不同的意义。

布拉格是一座美丽的城市，但它有一个相当丑陋的传统：把人扔出窗外。这么说是有点夸张，但是布拉格已经举办过三次"抛窗仪式"，每一次相隔几个世纪，所以也很难称之为传统。第一次是在1419年,当时一群支持异教徒扬·胡斯[1](Jan Huss)观点的暴徒,将十几名政府官员从窗户抛给在下面等待的人群。第三次是在1948年,当时暴徒将外交部长扬·马萨里克[2](Jan Masaryk)抛出窗外摔死。下面,我们重点说说第二次抛窗事件。1618年,新教教徒将三位来访的天主教强硬派官员从窗口抛下,令人惊讶的是他们竟活了下来。后来,一些人声称是神拯救了他们,另一些人则说他们掉进了粪堆,因而得以存活。这个故事的重点是宗教。这一事件引发了"三十年战争"[3](Thirty Years' War),这场战争把路德一个世纪前发起的宗教改革变成了1914年之前最残酷、最具破坏性的一次野蛮战争。

时间快进到1618年,欧洲大陆当时阴云密布,一群衣衫褴褛的士兵要为改变的信仰、没落的王朝和崛起的民族国家而战:德国的新教徒、天主教徒、军阀——当时德意志联邦共和国还未成立,只有瞬息万变的各个城市——皇帝、教皇、哈布斯堡王朝、维特尔斯巴赫王朝、法国、西班牙、荷兰、波西米亚、丹麦、瑞典和意大利各省(那时也还没有意大利共和国)——相继联合起来举行各种活动抗议。雇佣兵是不可信的,他们一

---

[1]扬·胡斯(1369—1415):捷克哲学家、改革家,主张建立独立于天主教的民族教会,后被处以火刑而死。

[2]扬·马萨里克(1886—1948):1925—1938年任捷克斯洛伐克驻英国大使,1945年任捷克斯洛伐克外交部长。

[3]三十年战争(1618—1648):由神圣罗马帝国的内战演变而成的一次大规模的欧洲国家混战,也是历史上第一次全欧洲大战。

看到金币就改变立场。枪支、疾病和饥荒几乎把这片大陆变成了荒原，数百万人死亡（可能是 300 万，也可能超过 1000 万）。在形势最严峻的德国，可能有 20% 以上的人口死亡（也可能高达 40%）。最为极端的个例是，1631 年在马格德堡，约有 20000 人被杀死或烧死在家中。但在当时，战争中的种种暴行（更不用说死亡人数）并未被详细记载。

但有一个名叫汉斯·冯·格里姆尔豪森（Hans von Grimmelshausen）的德国人记录了当时的一些苦难。1631 年，汉斯 10 岁，被黑森雇佣军[1]绑架，这段苦难的经历成了他的小说《辛普丽西姆斯》（*Simplicissimus*）的基础（原名很长，简称为《辛普丽西姆斯》）。这本书是当时最受欢迎的德国小说。小说中的那位头脑简单的英雄让我们看到了时代强加在普通人身上的苦难：抢劫、强奸、掠夺和酷刑：

> 这些骑兵所做的第一件事就是把他们的马关进马厩，然后再各自去执行任务：这些任务不是摧残就是毁灭。因为，虽然有些人开始屠杀、蒸煮、烧烤，看起来就像打算举行一场欢乐的宴会，但另一些人却只是在屋子内外风卷残云般地洗掠——他们烧掉床架、桌子、椅子和长凳（尽管院子里有的是干木柴），将锅碗瓢盆全部摔碎——要么是因为他们只打算吃烤

---

[1] 黑森雇佣军：来自德意志黑森地区的佣兵。

肉，要么是因为他们想毁掉这个地方。我们的女仆在马厩里受尽凌辱，无法出来。他们还把我们的人五花大绑，嘴里塞上东西，往我们身上倒脏水。他们还强迫我们的人（我的爸爸、妈妈和乌苏拉都在其中）领他们去别的地方劫掠人和牲畜，之后将虏获物带回我们的牧场。

他们是这样干的：先把燧石从手枪中取出，再把农夫的大拇指塞进去，以此来折磨这些可怜人。一个无辜的农夫已被塞进烤炉，下面燃起了火；另一个农夫脑袋被绳子套住，又用木头夹住，血从他的嘴巴、鼻子和耳朵里喷涌而出。总而言之，他们每个人都变着法儿折磨农夫……他们命令我去转烤肉架、喂马，我在马厩里遇到我们的女仆，她看见我惊得差点倒下，只用虚弱的声音对我叫道："快跑，小伙子，否则你会被他们带走。你一定要小心点儿，这里太危险……"她似乎还有更多的话要说。

这是发生在德国的事。对荷兰而言，三十年战争是一场更持久的战争——荷兰从西班牙独立出来的八十年战争（1568—1648）——的一部分。荷兰人分为两派：北部联合省的新教徒被称为加尔文教徒，南部的天主教徒（大致相当于现在的比利时）。在南部首府安特卫普，阿尔伯特大公（Archduke Albert）和伊莎贝拉大公夫人（Archduchess Isabella），从

151

1599年起成为联合统治者,他们合力建立了一个宫廷,这个宫廷成为天主教文艺复兴的中心。他们试图继续通过武力镇压荷兰叛军。1609年签署的十二年休战协议,实际上相当于承认了北部省份的独立。

从商业角度来看,安特卫普不如阿姆斯特丹,但阿尔伯特和伊莎贝拉却在这里建造了一个艺术的天堂,艺术家在这里安居乐业,艺术事业蓬勃发展。被毁坏的教堂需要修复,新教堂也需要建造,还有祭坛需要打造,彩色玻璃窗需要安装,更有豪宅需要挂上精美的绘画,对艺术家而言,那时的安特卫普是个理想之地。当时有两位最著名的人物:扬·勃鲁盖尔(Jan Brueghel)和彼得·保罗·鲁本斯(Peter Paul Rubens)。勃鲁盖尔是才华横溢的老彼得·勃鲁盖尔(Pieter Bruegel the Elder,他的名字中省略了字母h,但他的孩子们保留了这个字母)之子,也是同样富有才华的小彼得·勃鲁盖尔(Pieter Brueghel)的弟弟。勃鲁盖尔比鲁本斯年长九岁,艺术地位更高。两人各有所长,都有自己的工作室。勃鲁盖尔因其细腻的笔触而被称为"天鹅绒",他是风景画和群像场景的专家;鲁本斯虽然才十几岁,却对历史题材情有独钟。那时艺术合作已经成为一种成熟的实践活动,两人开始合作。大师通常会画出精华部分,由助手添加细节,艺术历史学家花了大量时间试图弄清楚名画的每部分出自哪位合作者之手。在勃鲁盖尔和鲁本斯的工作中,合作滋生了一种亲密的友谊。在一个由艺术家组成且联系紧密的社区里,艺术家们经常出入于彼此的工作室(甚至家里），很多会结为姻亲。1598年，鲁本斯21岁，勃鲁盖尔30岁，他们一起创作了第一部作品《亚马孙人之战》（The Battle of the Amazons）。

为什么是亚马孙人？对于文艺复兴时期的艺术家来说，这并不是一个特别受欢迎的主题。然而，两人都被古典神话和战争的混乱场景所吸引。刚从意大利回来的勃鲁盖尔画了上半部分的风景画；鲁本斯在古典文学方面受过良好的教育，而且即将前往意大利，他完成了画作的下半部分。在一片宽阔的平原上，希腊军队从左边一座树木繁茂的小山中冲了出来，把亚马孙女战士们逼到河边。在画面前景中，赫拉克勒斯[1]制服了两位亚马孙女战士，其中一位女战士戴着一顶不协调的羽毛帽。图中那个身着红衣、手举金旗、举着一颗人头的亚马孙女战士可能是希波吕忒，那个肌肉发达的人则可能是忒修斯，怀里抱着纤弱的安提奥普。周围的战士奋勇杀敌，整个画面狂野又暴力。

但这些都是学术性的解释。画面里还有许多身着透明服装的裸体人物，在画面前景中，有个关键女性人物躺在地上（显然已经死了），她的手恰如其分地遮住了隐私部位，身边没有血迹。事实上，对这场战争的残忍程度，这幅画几乎未做渲染。即便是希波吕忒举着的头颅（如果确定是她的话），看起来也无伤大雅。赫拉克勒斯和他的两个对手让我们回想起那尊著名的大理石雕像——表现的是拉奥孔和他的儿子们摔跤——每一

---

[1] 由于资料来源于罗马版本（既有古典的也有近代的），所以当时和现在的作家都倾向于使用赫拉克勒斯名字的罗马版本Hercules，而非希腊版本的Heracles。原书注。

块肌肉都绷得紧紧的。这幅画还参考了拉斐尔在罗马的壁画《君士坦丁对马克森提乌斯的战役》(The Battle of Constantine Against Maxentius），该画作比勃鲁盖尔和鲁本斯在罗马的雕刻作品早 100 年。看起来，鲁本斯似乎更渴望解决画中众多人物的位置问题，而非表现战争的残酷。

但现在亚马孙女战士已经抓住了鲁本斯，并且不打算放他走。就像他的潜意识一直在告诉他："彼得，你可以做得更好。你可以赋予亚马孙女战士真正的意义。"鲁本斯甚至在另一幅画中也探索了这个主题（也可能是在为以后的另一个版本收集素材）。他笔下的一个亚马孙人（可能是希波吕忒），手里挥舞着一个被砍下的人头。上述作品创作于 1602—1604 年间，之后这个主题就被他暂时搁置了。

1621 年，三十年战争爆发后的第三年，鲁本斯充当卧底，扮成了外交官。那时的荷兰仍处于分裂状态，北方反叛的新教徒仍在与南方的西班牙天主教对抗。从 1609 年起，双方已僵持了 12 年。当年 44 岁的鲁本斯已经是一位具有国际声誉的绘画大师、收藏家和鉴赏家，曾在意大利接受训练，并在西班牙开过巡回画展。大多数欧洲顶级艺术收藏家手里都有他和助手的作品——宏伟的狩猎场景、肖像、设计挂毯、祭坛作品。作为阿尔伯特大公和他的妻子伊莎贝拉的御用画家，鲁本斯在安特卫普名望极高。这个身份给了他结交更多权贵的机会。正是因为这个，伊莎贝拉大公夫人和她的丈夫雇用他为非官方特使，任务是在"十二年休战"接近尾声时设法在分裂的荷兰和西班牙之间维持和平。但他失败了，战争再一次爆发。他在不时响起的炮声中继续经营着自己的工作室。

鲁本斯对整个欧洲所面临的灾难了如指掌。就在这一阶段中的某一年，他创作了画作《亚马孙人之战》（The battle of the Amazons），并将画赠送给了伟大的收藏家科内里斯·范德·吉斯特（Cornelis van der Geest）。这幅画与他之前与勃鲁盖尔合作的那幅有很大的不同：在混乱的马匹和二十几具半裸的尸体中，希腊人和亚马孙人在一座低矮的小拱桥上厮杀，尸体不断从桥的两边跌落到浅河里。该画作的尺寸大小类似学校里的黑板，正好适合挂上香料商人和艺术收藏家的墙壁。乍一看，这正是17世纪的贵族想要的那种作品。

但稍加留意就会有不可思议的发现。古时候，战争的目的是为了展示胜利者和失败者的优秀品质。提香（Titian）和列奥纳多·达·芬奇（Leonardo da Vinci）的类似画作都在颂扬胜利。然而，鲁本斯在这幅画作里，为这个主题注入了自己的理解：燃烧的城市中浓烟滚滚，画中的人们围着一个意图夺取亚马孙旗帜的希腊人——这是传统军事主题，因为色彩鲜艳且清晰可见的旗帜通常是军队集结的地点。但这里没有所谓的团结，更没有荣耀可言。亚马孙的旗手已经倒下，手无寸铁，一个拿着沾满鲜血的匕首的希腊人正把旗帜从她身边拖走，而另一个人则举起剑要杀死她。亚马孙女王希波吕忒（现在已不再是领袖）骑马跟在后面，既没有摄人心魄的美貌，也没有能给予她神力的腰带，只剩下一股野蛮的劲头。她手举着一颗希腊人的头颅,而头颅的主人横尸桥上,血流到了下面的河里。这是一个极度令人震惊和不适的暴行场景。尸体因死亡而扭曲,一具女尸几乎阻断了河流。在古代,希腊人喜欢在战胜受尊敬的对手时表现出仁慈宽厚,但在这幅画里,对交战的双方都没有表示尊重。希腊人屠杀战败的女人,而他们也正在被女人屠杀。

画的左下角有一具仰卧在陡峭河岸上的女人尸体,一个希腊人正在把她的斗篷从她身下拉出来,而他的脚则踩在她赤裸的大腿中间。这个动作暗含了恋尸癖(强奸尸体)和偷窃的意味,当然在军事法律术语中是没有这层含义的。希腊和罗马文献中从未有掠夺死者的描述,17世纪的观众也不会期望在神话剧目中看到这些。但此处的确是掠夺死者的画面。这幅画是当时战争的一种反映,并非完全虚构。在战争中,掠夺尸体会被处以死刑,但这其实是战场上司空见惯的事。

在画面中没有尊严,没有英雄主义,也没有对与错。希腊人和亚马孙人既是受害者,同时也是作恶者。这幅画作的主题是战争及其带来的恐怖,为了充分展示这一主题,鲁本斯舍弃了自己先前作品中的所有积极因素。

鲁本斯渴望尽可能广泛地传播这一主题,遂把这幅画制成版画,然后再出版。这是他另一项不朽的成就。他让人按原画尺寸的三分之二(85厘米×120厘米)制作版画,这意味着整幅画要分成六张(这已经是荷兰当时最大尺寸的版画)。此外,鲁本斯为了更加明确地表达他的意图,还将这幅版画献给了阿勒西娅·霍华德(Alethea Howard)——阿伦德尔伯爵夫人

（她的名字读作 Al-ee-thea，来自希腊语的"真理"一词）。其丈夫托马斯·霍华德（Thomas Howard），阿伦德尔伯爵，是英格兰的元帅，也是著名的艺术品收藏家和鲁本斯后来的资助人。阿伦德尔伯爵夫人特别喜爱鲁本斯，因为他曾经在安特卫普给她画过肖像画（连她的小丑、矮人和狗都画进了画中）。现在她也成了鲁本斯想传递的信息中的一部分——她曾参与过政治活动，或许能够凭借她像亚马孙女战士一样的力量，设法结束（画作中所显示的）暴力所带来的可怕后果。

这种公关手段的确在艺术层面起到了作用（可能在政治层面上也有一点作用）。在威廉·凡·海赫特（Willem van Haecht）在科内利斯·范德吉特（Cornelis van der Geest）的画廊里，展出了一系列肖像画和其他名画，而鲁斯本的这幅画被挂在该画廊最重要的位置。而他的版画，因为缩小到了正常尺寸，变得十分流行，即使现在也是如此。

最终和平降临了。《威斯特伐利亚条约》（The Treaty of Westphalia）终结了三十年战争，标志着欧洲宗教革命的结束、西班牙军事控制的结束和法国的崛起。民族问题和皇室问题都得到了解决。现在的国家之间偶有军事冲突，但绝不会演变成席卷整个大陆的大规模军事战争。和平由各国国力之间的相互制约来保障，直到 150 年后拿破仑再次打破这种平衡（这总让人回想起三十年战争的恐怖和鲁本斯的反乌托邦观点）。

接下来到了 18 世纪中期，欧洲进入一个更安宁的时代。我们生在启蒙运动的时代里，这是自鸣得意的知识分子们使用的标签，他们认为科学方法和理性思维会取代教会的权威，无论是基督教还是由它分裂而成的天主教、新教或者是数不清的各种敌对教派。

> 大自然和大自然的法则隐藏在黑夜里：
> 上帝说："牛顿来吧！"一切都在光明中现形。

尽管亚历山大·蒲伯[1]（Alexander Pope）为这个科学革命的领导者（牛顿）写的墓志铭有些夸张，毕竟牛顿自己也半隐在黑夜里，笃信他在《圣经》上的成就就像他的运动定律一样完美无瑕。牛顿于1727年去世。很快，约翰·洛克（Jone Locke）就会说，知识唯一真正的基础是现实世界给感官留下的印象。唯一的权威、唯一的真理、解开自然秘密的唯一方法就是用数学、实验和推理来理解和感受。人类从看起来普遍而持久的战争所带来的黑暗深渊中走出，向着阳光普照的乐观高地攀登。如果一切暂时尚未明朗，那么很快就会明朗了。

此外，只要人们用心去做，几乎每个人都能知道这个世界上所有的知识。在法国，伏尔泰（Voltaire）是剧作家和诗人，但他也写历史，并向法国人解释牛顿的物理学。亚当·斯密（Adam Smith）在《国富论》（Wealth of the Nations）中创立了现代经济学，同时他也是一位道德哲学家。

---

[1] 亚历山大·蒲柏（1688—1744）：18世纪英国古典主义诗人。

在科学主义和理性主义者看来，上帝已经没有什么容身之处了（当然，是对于现存的教会的上帝而言）。但上帝和他的教堂仍然是思想和社会的一部分，彻底的无神论并不常见。但随着知识的逐渐积累，宗教的影响肯定会减弱。如果仍有未解之谜（比如自然灾害，像1756年摧毁里斯本的那次地震），《科学》杂志应该负责解答。这是实现人类命运的方法：寻求幸福、避免苦难、取得进步。

法国的知识分子们认为前进的道路就是脚踏实地获取知识，不仅仅是在科学领域，对于整个世界和各个社会也是如此。这个伟大的构想，在德尼·狄德罗[1]（Denis Diderot）和让·达朗贝尔[2]（Jean d'Alembert）的领导下，被浓缩在一部大部头百科全书汇编[3]中，在1751年到1772年间出版了35卷。正如它的150位编撰者所言，这是一部"战争机器"，它将启蒙和改变人们的思想，传播普世真理。这样，无知和偏狭就会消失，自然规律和社会规律就会显现，人类就会为了大家的利益而进步。知识分子，包括英格兰、苏格兰、意大利和德国的哲学家们都信奉这一点。

为什么启蒙运动会发生在法国？主要是因为路易十四（Louis XIV），到1715年去世前，他已经统治法国72年，并坚持不懈地追求国家的利益和他自己的利益。太阳王路易

---

[1] 德尼·狄德罗（1713—1784）：法国启蒙思想家、哲学家、戏剧家、作家。
[2] 让·达朗贝尔（1717—1783）：法国物理学家、数学家和天文学家。
[3] 指狄德罗主持编纂的《科学、美术与工艺百科全书》，该书前后花费了21年时间才完成。

十四的光芒照射着欧洲（也焚烧了很多地方），其权力和威望让整个欧洲都说起了法语。他是一个暴君，他的继承人路易十五和路易十六希望成为和他一样的暴君，但他们却不那么成功，国王的权力也是有限的。仰仗神权实施统治、深得上帝垂怜的君主，怎么能容忍哲学家们所提倡的宽容呢？不可能。知识分子和艺术家面临着许多障碍。他们的思想必须等到另一场革命，即1789年的那场暴力革命[1]之后，才能得到进一步的发展。

对于伏尔泰和一些百科全书式的怀疑论者来说，亚马孙人并不是一个严肃的话题，至少大多数人不这么认为。牧师克劳德·盖恩（Claude Guyon）在他的两卷本关于亚马孙人的历史书[2]中坚持认为，"没有哪个国家比这个国家更著名、更卓越，或更好被证明"；科学家兼探险家查尔斯·玛丽·德·拉孔达明（Charles Marie de la Condamine）确信亚马孙会在南美洲被发现；曾与易洛魁族印第安人一起工作过的约瑟夫·拉菲托（Joseph Lafitau）坚持认为，所有美洲原住民都是古代种族，包括亚马孙人的后裔。伏尔泰称这些全是胡说八道："塞姆登河（Thermodon）岸边的亚马孙女战士王国只不过是诗意小说的创造物。"英国的爱德华·吉本[3]（Edward Gibbon）在他伟大的《罗马帝国衰亡史》（Decline and Fall of the Roman Empire）一书中则更为谨慎，在评论罗马皇帝奥雷里安胜利游

---

[1] 指1789年7月14日爆发的法国大革命。
[2]《古代和现代亚马孙的历史》，巴黎，1740年。
[3] 爱德华·吉本（1737—1794）：英国启蒙时代的历史学家。

行中长长的俘虏队伍时，他写道，"亚马孙女战士的称号被授予十位哥特女英雄"。他还在这里添加了一个非常谨慎的注脚："亚马孙女战士的社会不太可能存在。"

但她们依然存在于世上，这个认知深深地根植于欧洲人的意识之中，激发出了各种诗意想象，并绽放于一个女人的笔端——她是18世纪引人注目的出色女性之一，肩负着传播启蒙思想的责任。

当时，富有显赫的巴黎人家的客厅与书籍、信件和演讲一样，是重要的传播媒介。在这样的沙龙里，占据主导地位的往往是女性。这些沙龙的历史可以往前推一个世纪，追溯到17世纪早期的凯瑟琳·德·维冯（Catherine de Vivonne），也就是朗布依埃侯爵夫人（Marquise de Rambouillet）。她组织了一种不受宫廷约束的聚会，强调交谈的艺术，比如礼仪、机智、文化和亲密关系等。后来的沙龙女主人邀请客人时的条件之一就是必须彼此欣赏。光有财富和社会地位是不够的，来到沙龙的人们讨论和交流的主要是文学、科学、艺术、政治、思想和社会新事物，探索友情、婚姻、爱情和独立等主题。他们轮流主持、相互鼓励、自娱自乐、共同促进和自我教育，希望成为在文化方面有影响力的人。他们以身作则，讲授"女性的美德"，目的是"把威压人们的粗鄙的学院遗风清除干净，避免用自己的学识强迫别人"[1]。多亏了这些聪明、有抱负的女人，

---

[1]《安妮—玛丽杜博凯的图利》，《英国纪事月刊》，1804年10月1日。

将智慧的男性和女性聚集在一起，他们都觉得参加沙龙活动对自身大有裨益。

前文提到的这位沙龙女主人是杜·波卡奇夫人（Madame du Boccage）。她出生在鲁昂，原名叫安妮－玛丽·勒·佩奇（Anne-Marie le Page），23岁时随丈夫搬到了巴黎。她的丈夫是个税务官，喜欢书籍和新思想。波卡奇夫人聪明过人，社交能力出众，懂得拉丁语、希腊语和其他好几种现代语言。她创办了一个沙龙，在1746年已经盛名在外。36岁时，她的诗作在家乡鲁昂学院举办的"伟大的地方知识分子"比赛中荣获一等奖。她把获奖作品寄给了伏尔泰，伏尔泰非常喜欢这首诗，在回信中赞扬她为"诺曼底的萨福[1]"（当然这其中可能还有一些别的暗示，原因下文会讲到）。一位诺曼人把她推荐给了哲学家方特奈尔[2]（Fontenelle），那时方特奈尔已年过九旬，却仍精力充沛。方特奈尔又把她介绍给了剧作家皮埃尔·德·马里沃（Pierre de Marivaux）。于是她在她的沙龙里倾注了雄心抱负，同时也产生了诸多创意。

两年后，杜·波卡奇夫人完成了约翰·弥尔顿[3]（John Milton）的《失乐园》（*Paradise Lost*）前半部分的法语翻译。这部分约有5000行英文诗，翻译难度非常大，对任何人来说都很不容易，尤其对于一位女性而言。这在当时那个男性占支

---

[1] 萨福（约前630—约前560）：古希腊女抒情诗人，曾开设女子学堂。
[2] 方特奈尔（1657—1757）：法国哲学家。
[3] 约翰·弥尔顿（1608—1674）：英国诗人、政论家。

162

配地位的时代是非常了不起的成就。100年后,下一位尝试把《失乐园》翻译成法语的是外交家、历史学家和浪漫主义作家夏多布里安(Châteaubriand)。他后来写道:"早知道这个任务如此艰巨,我绝不会把它强加给自己。"他在英国住了八年,能说一口流利的英语,用散文形式翻译了这首长诗。而波卡奇夫人的翻译,用她自己的话说,不能称为翻译,而应该是"模仿"——用12个音节的亚历山大体[1]进行仿作。

舞台成了杜·波卡奇夫人所使用的媒介,而她的主题正是亚马孙女战士。自从她的朋友伏尔泰说她们从未存在过,很少再有人把她们当真,我们禁不住问:为什么杜·波卡奇夫人会笃信不疑呢?几乎可以肯定,她对亚马孙女战士主题的重视是受了她的朋友拉孔达明的影响(她刚从亚马孙河回来)。拉孔达明曾称她几乎已经看到了亚马孙女战士,确信她们一定存在,并猜测她们仍然存在于地平线尽头的某个地方。这个信息足以让杜波奇夫人相信亚马孙女战士的存在。她从古典时代希腊的古老故事中汲取灵感,再根据自己的需求改变故事中的某些内容来探索当代的主题:国家的本质、法律的重要性、情感的危险。

她花一年时间创作了《亚马孙人》(Les Amazones),讲述欧薇亚女王(Queen Orithya)如何俘虏了忒修斯。这是她自己独创的情节:这些希腊人是失败者而非胜利者,欧薇亚女王爱上了忒修斯,后来自杀了,因为这种感情违反了国家的

---

[1] 亚历山大体:12世纪起源于法国的一种韵体,特点是诗句每行有12个音节,在第六个音节后有个顿挫。

法律。这一主题符合当时启蒙运动的主流，但是杜·波卡奇夫人的另一个目的是通过创作这个女性故事来促进女性运动的发展。她在一首押韵颂词《致女性》中也这么说，敦促女性不要把注意力放在外貌和男人的奉承上，而应关注"性格和语言"：

> 想想吧，你的性格和语言的迷人魅力，
> 会奴役更多的心，
> 比古代世界的女英雄所征服的还要多。

这部戏剧再一次采用了亚历山大体和传统的五幕剧形式——就像十四行诗受格式限制一样，虽然算不上是上乘之作，但也相当不错。其主题比较简单：爱、死亡、耻辱、责任和荣耀。戏剧中也讨论了国家的重要性，像许多哲学家一样，她也认为国家应该按个人和政府之间的默认契约来管理。让·雅克·卢梭（Jean-Jacques Rousseau），即后来《社会契约论》(The social Contract)一书的作者，也是一位具有先驱作用的哲学家。就在杜·波卡奇夫人创作剧本的同时，律师兼哲学家孟德斯鸠（Baron De Montesquieu）的著作《论法的精神》(De l'esprit des lois)出版了，他认为民主共和国的建立需将集体置于个人意愿之先。

这并不是说杜·波卡奇夫人笔下的亚马孙人是民主主义者（没有人会不认可国家的重要性）。然而事实上，他们的一致认可似乎又反映和预示了一些不祥的因素，比如斯巴达的军国主义，或德国的纳粹主义。该剧的女二号角色梅纳利佩（Menalippe）向忒修斯解释了严苛的亚马孙法典，这实际上是一份女权主义宣言。

她说，我们的一致目标是：傲慢无礼的男性不公正地篡取权力，破坏了平衡，我们要改变这种局面。唯一的解决办法就是强制执行如下规定：

我们注定要战斗，从孩提时代起，
我们眼神冷酷，永不流泪，
我们不懂奉承，无意讨好；
我们让人恐惧，而非讨人欢喜；
我们的手，不会剪裁华服打扮自己，
却忙于用铁来锻造我们的盔甲。

传统的爱情不适合勇猛的亚马孙女战士，丘比特之箭的神力对她们毫无作用。

我们服从自然法则，
让它控制我们种族的未来，
让拥有自由、高贵和健壮身体的女战士纵横沙场。
愿我们永远忠于自己的美德，
看着那些暴君毁灭，我们的律法永垂不朽！

这一切都是为了自由、"至善"和通过美德与节俭实现和平。国家是社会的基础，由全民统一意志治理，没有国王。国王（梅纳利佩的说法）会被女色诱惑，但再美的女人也有年老色衰之时，那时她就会被弃如敝屣。她认为对女性来说，额头的皱纹象征着我们的权力。在传统哲学中，这已经得到了充分的论证。

在剧中，欧薇亚女王面临一个挑战，忒修斯在她手中，她本该杀了他，但她却爱上了他。这大错特错，因为这种做法既不合理，又违反了亚马孙人的法律。这是一种禁忌之爱，她曾试图进行隐藏。但经过激烈的内心斗争，她向自己的继承人和知己安提奥普坦白了自己的心意。对于任何像杜·波卡奇的观众一样精通法国古典文学的人来说，这是一个眼熟的桥段。往前回顾70年左右，有一个很著名的先例，在拉辛[1]（Racine）的小说《费德尔》（*Phoedre*）中，忒修斯的妻子菲德拉（Phaedra）（希波吕忒去世后他所娶的第二位妻子）爱上了她的继子希波吕图斯（Hippolytus）。就像拉辛笔下的菲德尔一样，欧薇亚责怪爱神维纳斯，因为维纳斯利用忒修斯来惩罚她过去的罪恶。她必须隐藏心中的激情，但她又无法做到。随着恋情逐渐暴露，故事情节也慢慢展开。

简而言之：忒修斯爱慕着安提奥普，但表白后遭到拒绝。欧薇亚痛苦地想：她应该拯救她心中的英雄而招致人民的愤恨吗？还是杀了他，然后自己痛不欲生地苟活余生？这一切挣扎

---

[1] 让·拉辛（1639—1699）：法国剧作家，与高乃依和莫里哀合称17世纪最伟大的三位法国剧作家。

都是因为得不到的爱,她感到无比惊骇。

> 天哪!我亵渎了我的神、我的职责和我的美名,
> 我埋葬了我光辉的往昔,
> 却流露出本应隐藏的激情,
> 在我无法触及的人面前贬低我自己。

一位斯基泰使者前来请求结盟,为安提奥普与他的主人联姻作保。欧薇亚恳求忒修斯带她走,但这显然是不可能的。在嫉妒之火中,她指责安提奥普叛国。的确,此时的安提奥普已经爱上了忒修斯。希腊军队来了,大获全胜。安提奥普同意和忒修斯一起去希腊。因为违反了自己的法律,欧薇亚自杀了,把帝国留给了梅纳利佩,由她继续领导一如既往强大的亚马孙。

这部剧于1749年7月和8月在法国喜剧剧院上演,一共排演了11场,反应平平,不算成功。一位英国游客看过后评论道:"演出非常糟糕,没有什么掌声。法国观众太有礼貌了,不会去谴责一位女士的作品。"可见其口碑之糟。有传言说,剧院想在八场演出后将其撤下,全靠杜·波卡奇夫人个人的影响力才延长至十一场。"也许,她只是一个女人,并不是真正的作家。"有人嘀咕道。

上述嘲讽显示观众的反应可能比我们表面上看到的更冷淡。杜·波卡奇夫人本人并不认为这是一次失败,因为以尖锐刻薄的评论而著称的伏尔泰倒是很喜欢这部剧。波卡奇夫人的朋友

泰奈尔（Fontenelle）是这部剧的审查官，他称赞它是"一部让人愉悦的亚马孙女战士戏剧，由另一位卓越的亚马孙女战士精彩演绎"。

该剧的问题也许在于它所传达的信息的力量。从政治角度来说，这部剧表达了女权主义者对平等的强烈诉求。在其他情形下，女性会为此而欢呼。但是，从戏剧和社会的角度来看，优势也可能是劣势。杜·波卡奇夫人在上流社会的确是一位强有力的人物，但人们（尤其是男人）通常不喜欢恫吓的语气。戏剧和电影一样，信息最好由故事或剧中人物来传达，否则就会令观众感觉索然无味。

我猜杜·波卡奇夫人的英文讣告[1]里写得是对的，"这部剧的作者赢得了一半观众的掌声，另一半观众的嫉妒，之后还因戏剧翻译（被译为意大利语）而获得殊荣"。可真正的问题是，她是一个混迹于男人世界的女人。那时候剧作家都是男性，没有女性剧作家。她成了一个怪人、一个异类。作为一个沙龙女主人，她是得到认可的，但作为剧作家要得到认可绝非易事。这是一个对天赋要求极高的工作，只有天才才能胜任，并非一个有知识有抱负的社交女王一次爆发就可以完成。

杜·波卡奇夫人没有气馁，她转身开始进行诗歌创作，写了一部关于发现美洲的史诗。她的朋友、新世界的探险家拉孔达明又一次成为她的灵感源泉。不论是在史诗还是诗歌创作方

---

[1]《英国纪事月刊》，1804 年 10 月 1 日。原书著。

面,她的野心都完全是自发的。哥伦比亚城是以新世界的发现者哥伦布的名字命名的,维吉尔[1](Pubius Vergilius Maro)曾以罗马城创始人埃涅阿斯(Aeneas)的名字命名《埃涅阿斯纪》(The Aeneid),杜·波卡奇夫人是社会上知识分子圈的巨擘,她为自己的史诗《信仰传送到新世界》(Faith Transported to the New World)配上了副标题,并以谦逊甚至低声下气的口气写明"献给教皇本笃十四世"[2](Pope Benedict XIV)。在这首长达184页的亚历山大体诗中,也有一个亚马孙人(即惨遭哥伦布抛弃的印第安女王),她集结了一支军队,用经典的比喻来说:"彭忒西勒亚为特洛伊人提供的战士比在酋长营地里见到的印第安人还要少。"

和杜·波卡奇夫人的戏剧一样,这首诗的背景比作品本身更有趣。这首诗被献给教皇:杜·波卡奇夫人不是天主教极端主义者,但她有充分的理由要求教皇的祝福。本笃十四被启蒙运动人士誉为"学者"教皇,他支持启蒙运动,极度渴望让科学和宗教握手言和。最令人吃惊的是,他也支持女性,尤其是有名望的女科学家,教皇认为世人应该改变之前对她们的看法。这些女科学家中有一位是英国的简·斯奎尔(Jane Squire),她曾深度参与了经度测量工作,而这个难题后来由约翰·哈里森(John Harrison)用航海计时器解决了。简·斯奎尔的想法

---

[1]维吉尔(前70—前19):古罗马诗人,代表作《埃涅阿斯纪》代表罗马帝国的最高成就。

[2]本笃十四世(1675—1758):于1740年到1758年在位的罗马教皇。

基于天文观测,但这过于复杂也不切实际,经度委员会(Board of Longitude)提供的两万英镑的经费根本不可能解决问题。当时几乎没有人理解她,但很多人钦佩她的专业性和渴望在男性主导的领域里获得认可的决心。其他被教皇接见的科学家还有劳拉·巴斯(Laura Bassi),她是第一位在科学领域被授予教授职位的女性(1732年,年仅21岁的劳拉·巴斯在博洛尼亚学院获得解剖学博士学位),还有玛丽亚·盖塔娜·阿涅西(Maria Gaetana Agnesi),她是一位数学家,在1748年出版的专著中阐述了微积分的原理。可能我永远都不会明白她到底发现了什么,但对数学家们来说,她无疑是个女英雄。本尼迪克特承认这些女性的天赋和才能,1755年,当他在梵蒂冈接待杜·波卡奇夫人时,也承认了她的才能。

以上提及的三位女性科学家均为博洛尼亚学院(Bologna Academy)成员,博洛尼亚学院的另一位女性成员是法国的艾米丽·杜·查特雷(Émilie du Châtelet),她是物理学家,也是伏尔泰的朋友。她翻译了被誉为"科学革命之《圣经》"的牛顿著作《数学原理》(*Principia Mathematica*),还撰写了一系列相关的评论文章。能与这些人共同跻身于这样的圈子,彰显了杜·波卡奇夫人的才识和成就。

杜·波卡奇的诗作《科伦坡德》(*Colombiade*)有一个地方值得注意:该诗可能与同性恋社区有关,这是沙龙生活中一个重要而长期性的存在。杜·波卡奇忠于她的女权主义主张,她请一位与她亲密但未知姓名的女性朋友迪夫人(Madame

Dxxx）为这首诗配上了版画。她的感谢诗中包含一些隐晦的深意，粗略的字面翻译如下："呵，你啊，因为美惠三女神的恩赐，得到了一份恩典。缪斯女神用她精巧的刻刀，描绘出了爱的形状。啊！友谊指引着你的手，你的才华点缀了我的作品。愿它有你的幸福命运！与人同乐是桩美事！"她的诗句背后可能隐藏着某种信息。"爱的形象"——为什么此处"爱"（des Amours）用的是复数形式呢？这样的用法通常指"风流韵事"。这就很奇怪了，因为"爱情"与全诗所述内容毫无关系。还记得伏尔泰曾称杜·波卡奇夫人为"诺曼底的萨福"吗？萨福既是诗人，又是女同性恋者。她住在莱斯沃斯岛，（据推测）有女性情人。也许在沙龙社交关系热络的圈子里，神秘的迪夫人与杜·波卡奇夫人可能并不仅仅是朋友关系。

此后，杜·波卡奇夫人继续旅行，创作游记出版（还被翻译成了英文），仍然受到伏尔泰的夸奖。她在人们的赞誉中活到了晚年。著名的科学家、发明家、哲学家，当时最杰出的美国知识分子本杰明·富兰克林（Benjamin Franklin）1767年去往巴黎时还专程拜访了她。她于1802年去世，享年92岁。这是一位了不起的女士，但至今未有现代的传记作家来记录她的一生。

杜·波卡奇夫人去世前后，革命的爆发使得法国发生了翻天覆地的变化，法国很多省和城邦已经沦为德语区，作家和艺术家们也正在经历一场革命（尽管方式不那么血腥）。他们一直痴迷于希腊和罗马艺术的理想，用新古典主义之父约翰·温克尔曼[1]（Johann Winckelmann）的话来说，希腊和罗马艺术拥有"高贵的简朴和肃静的庄严"。但虽然艺术和建筑大多遵循古典主义的规则，但德国作家却并不认同这一点。谁会想看一出戏剧，里面的人物用有节制的语调、押韵的对句、五幕剧的形式讨论礼貌规范话题？行动和情感才是最重要的。这种基调是由约翰·沃尔夫冈·冯·歌德[2]（Johann Wolfgang von Goethe）等人创立的，他的《少年维特之烦恼》（The Sorrows of Young Werther, 1774）使他在二十四岁的时候成为轰动德国文坛的人物（一年后便享誉整个欧洲）。

这本书讲述的是少年维特因单恋而自杀的故事。该书大获成功，甚至成为第一个植入式广告的经典案例——在德国各地，热情的年轻人都喜欢装扮成维特的样子，穿上黄色裤子和蓝色夹克，带着这本书。许多年轻人（据说是这样，但事实上并不多）甚至模仿维特自杀，这令政府感到非常不安。也正出于这个理由，这部小说后来在莱比锡、丹麦和意大利遭禁[3]。摆脱法国传统形式的写作逐渐转变为"狂飙突进运动"[4]（Sturm und Drang），成了年轻人的盛世，但这场运动并没有持续太久。其他作家因其接地气的敏锐性和"自然而然"的语言表述获得

---

[1] 约翰·温克尔曼（1717—1768）：德国考古学家、艺术史家。

[2] 歌德（1749—1832）：德国思想家、作家。代表作有《少年维特之烦恼》《浮士德》等。

[3] 模仿自杀的现象现在被称为"维特效应"。模仿的确是事实，但最初的维特效应到底有多少人自杀并不清楚，这一切也有可能是谣言。原书注。

[4] 狂飙突进运动：17世纪60年代到80年代德国新兴资产阶级城市青年掀起的一场文学解放运动，是德国启蒙运动的第一次高潮。中心人物是歌德和席勒。

赞誉，尤其是莎士比亚，他的作品凭借施莱格尔兄弟（Schlegel Brothers）出色的翻译，在德国获得了声誉。对古典事物，比如人们熟悉的希腊古典文化的崇拜一直没有减弱。歌德住在魏玛（Weimar）的一所小茅草屋里，这里有宫殿和宫廷剧院，魏玛完全称得上是个村镇大小的国家，是萨克森—魏玛—爱森纳赫公国（Duchy of Saxe-Weimar-Eisenach）的首府。在那里，歌德成为当时最伟大的学问家，他集小说家、剧作家、诗人、科学家、批评家、戏剧导演、文学家等名号于一身，是那个文化黄金时代的焦点人物。[1]

1802年，一个生活中危机四伏的年轻人——海因里希·冯·克莱斯特[2]（Heinrich von Kleist）——前来拜访歌德。25岁时，克莱斯特成了一位躁动不安的作家。作为一个普鲁士军官的长子，他曾在普鲁士军队中服役，对普鲁士军队深恶痛绝；后来他去读大学，但还没毕业就退学了；他订了婚，接着又解除了婚约，因为按他的说法，他更想追求知识、美德和幸福；他曾在柏林的财政部担任初级官员，后来辞职去旅行。在魏玛拜访了歌德之后，克莱斯特认识到，知识不可能真正被习得，生活只是荒谬和盲目的机遇。他陷入了长久的悲观情绪之中，

---

[1] 乔治·施泰纳在评论尼古拉斯·博伊尔（Nicholas Boyle）那本传记杰作第二卷时，总结了歌德的天赋所在："歌德常常能在一个星期内写出几乎称得上是作品集的东西。"在旅行的时候、在协助管理公国的时候、在指导剧院演出的时候、在调查农业和矿产资源的时候、在陪同统治者参加战争的时候、在组建家庭的时候，他总是笔耕不辍……几乎每一种关系都能让他心中生发某种经典的诗意。

[2] 海因里希·冯·克莱斯特（1777—1811）：德国剧作家、诗人。原书注。

心怀一种"对人类灵魂的深邃和无法照亮的黑暗的令人心碎的迷恋"[1]。不幸的是，这种情绪正是他写作的内驱力。

1808年，歌德意外地收到了克莱斯特一封语气恭敬的信。"尊敬的先生！尊敬的枢密院议员！"信中附上了新杂志《福布斯》（Phöbus）的第一期，里面刊载着他的新剧本《彭忒西勒亚》（Penthesilea）的节选。"我跪在'心灵的双膝上'才能出现在您面前。"这是那种能让导演的心为之一沉的信，克莱斯特继续说，杂志所载只是一个片段，尚未编辑过，也尚未准备搬上舞台，但他仍然希望这部剧能上演。他说即使没有哪家剧院的舞台会认真对待他，他也必须"对未来充满期望"。

这部剧本很可能是用以歌颂歌德的。歌德自己创作的戏剧《陶里斯的伊菲格尼亚》（Iphigenia on Tauris）将古典希腊的表达——爱、真理、谦逊、美丽等主题交织在一起。克莱斯特塑造的彭忒西勒亚是一个集欲望和愤怒于一身的恶魔形象，一个狂热的、代表狂飙突进运动的形象。她和她的敌人阿喀琉斯都嗜血如命。

这是一种极端中的极端。按照传统的说法，彭忒西勒亚没有乳房。克莱斯特把这种身体的毁损变成贯穿整部剧的隐喻，重新塑造了这个神话故事以顺应自己的需求。在剧本的高潮阶段，彭忒西勒亚杀死了阿喀琉斯（而不是阿喀琉斯杀死了她）。她爱他，但她必须证明她自己比他更胜一筹。她刺中了他，然

---

[1] 这句引言来自乔尔·阿吉在其译本《彭忒西勒亚》中的导论。原书注。

后在一阵狂怒中将其刺死，同时被杀死的还有她自己的爱犬。这个场景是由一个女祭司以非常古典的形式表达出来的，并没有直接在舞台上呈现，原因再明显不过了：

> 她的牙齿撕咬他那象牙般的胸膛
> 她和她的狗就像是在竞争
> 奥克苏斯和斯芬克斯咬着他的右胸
> 她咬着他的左胸

克莱斯特萌生了让"无懈可击"的阿喀琉斯成为受害者的想法，但他并没有打算展现这种可怕的死亡形式。这种形式起源于古老传说中的一种古希腊仪式。在这个仪式中，酒神狄俄尼索斯（罗马人称之为 Bacchus）的追随者在饮酒和杀戮的狂欢中疯狂地撕咬动物和/或人类，将对方撕成碎片，这被称为英雄撕咬仪式。最近的一个类似例子是在法国大革命期间，女人们做了同样的事情。弗里德里希·冯·席勒[1]（Friedrich von Schiller）——魏玛的常客、歌德的朋友、克莱斯特的熟人——在1798年创作的长诗《大钟歌》中描述了这个场景："妇女也干起恐怖的把戏，全都变得像鬣狗一样；用她们豹子般的牙齿咬穿敌人跳动的心脏。"这首诗在当时非常流行。

下一个场景是彭忒西勒亚精神紧张、大脑一片空白，她的

---

[1] 席勒（1759—1805）：德国诗人、剧作家、哲学家。德国启蒙文学的代表人物之一。

意识被抑制。当清醒过来后，她以为自己打败了阿喀琉斯，非常开心。阿喀琉斯的尸体还在舞台上，盖着一张红地毯。当彭忒西勒亚与惊恐的女祭司交流时，她意识到地毯下是他，她想见他，以为他还活着，会马上站起来，向她表示臣服，宣告自己的失败。然而这些都没有发生。她开始起疑。"说呀，女人们，我是不是走得太近了？"她掀起地毯，看到了被肢解的尸体，惊恐地想知道是谁干的。旁边的女人们告诉她所发生的一切。她开始回忆起自己曾说过的话，那些被大家指责为荒唐可笑、毫无品位或不知所云的怪异的话，她问道："是被我亲吻致死的吗？难道我没有吻他？难道是我把他撕成了碎片？"

接下来是她的解释，"咬"和"吻"听起来很容易混淆：

吻一个，咬一口，这两个词应押韵

因为真心相爱的人，太过投入

反而容易搞错[1]

歌德读过这封信和剧本后大为震惊。剧本所表达的内容与启蒙运动中"女性"一词的含义背道而驰。他虽生性矜持而礼貌，但在对克莱斯特的回信里几乎用尽了他所能想得到最粗鲁的措辞。"彭忒西勒亚，我从未对她产生任何好感。她来自一个如此奇妙的种族，来到一个如此陌生的地区，我还需要花点时间

---

[1] 德语原文的表达效果更好，但也不尽然：接吻（Küsse），咬（Bisse），押韵的（as reimsich）。原书注。

来适应这些。"他还说，看到一位才华横溢的年轻人"苦苦等待一家剧院的垂青，却未能如愿"，这让他感到很痛苦。但他用了很多委婉的措辞来表明：剧院办得好好的，问题出在你的剧本上。

歌德其实认可克莱斯特的文学才能，并将其创作的戏剧《破碎的罐子》(Der zerbrochene Krug)搬上了舞台。但演出成了不折不扣的灾难。这出戏本该不间断地演完，歌德却把它分成了三幕（加两个幕间休息）。在演出近四个小时后，观众们开始精神紧绷、紧张不已。在克莱斯特看来，这是蓄意破坏。而且，他认为歌德从未真正欣赏过《彭忒西勒亚》。因为这两点，克莱斯特未曾原谅过歌德。

但克莱斯特在某些方面走在了歌德前面。他的戏剧《破碎的罐子》获得了持久的成功，至今仍盛演不衰。《彭忒西勒亚》预示着一些重大的事情即将发生。一个世纪后，弗洛伊德[1]（Freud）在撰写他的著作时，可能已经把这出戏作为一个历史案例来进行研究，因为它就像是通向（克莱斯特和我们的）潜意识的一扇门。

我们的潜意识是进行心理分析的绝佳原材料。毕竟，爱是一种令人消耗的激情。为了提高真实性（在克莱斯特其他的戏剧中，这点做得很好），克莱斯特把戏剧变得极富诗意，且指向明确。彭忒西勒亚缺损的是右乳房，同舞台上的其他亚马孙

---

[1] 西格蒙德·弗洛伊德（1856—1939）：奥地利精神病医师、心理学家、精神分析派创始人。代表作《梦的解析》。

女战士一样，和她们的先祖塔奈斯女王（Tanais）一样——据说她在建国初期徒手扯下了自己的右乳房。彭忒西勒亚咬向的是阿喀琉斯的左胸。

精神分析学家可能会这么说：彭忒西勒亚是一个不完整的女人，这促使她去追求完美。欲望和冲突剥夺了她作为成人的理性反应，把她变成了一个无法与他人交流的孩子。她犹豫不决，一会儿觉得自己无所不能，一会儿又觉得自己毫无价值，这是一场使她陷入沉默，甚至失去意识的冲突。她认为阿喀琉斯不是一个个体，而是她自己的延伸，一个她自己无法控制的延伸。在见到他之前，她就希望他分享她的感觉，把她的冒犯理解为爱慕，这样，当他爱上她时，她被拒绝和不被理解的感觉会激起她狂野的愤怒。正如一篇精神分析文章所说，"在情节的推进中，她退化到更低级的精神和心理水平，最终悲哀地退化为前语言状态，口头上咿呀表达，因为心智水平过于低等，她已经无法区分上和下、咬和吻、自我和他人了"[1]。只有与阿喀琉斯合二为一，才能让自己恢复完整。因此，当她以为阿喀琉斯将属于她时，她欣喜若狂：

哦，让这颗心
像个被玷污的孩子一样潜入水中，沐浴吧
在这清澈快乐的溪流中待两分钟！

---

[1] 乌苏娜·马伦多夫《受伤的自我》。原书注。

巨浪下的每一击

都会洗去我胸前的一个伤痕。

阿喀琉斯同样因为他心中的激情而变得幼稚。在一幕中，他以为自己杀死了彭忒西勒亚，他在震惊之下变得脆弱，扔掉了自己的盔甲。这预示着他势必走向死亡。

这出戏同样也揭示了克莱斯特的潜意识。他对女性的态度非常奇怪，对他自己性别的态度也很奇怪。他不太喜欢女性。是的，作为启蒙运动的产物，他承认女性应该温柔顺从地约束男人们，但是"她们对礼节和道德的要求破坏了整部戏剧的本质"。总而言之，他很矛盾，尤其是对他的妹妹乌尔丽克（Ulrike），她喜欢打扮成男人的样子，而他认为她和男人一样头脑冷静。而他自己却深受强烈的"女性化"情绪的折磨，他既羡慕她，又不认可她。在1800年的新年许愿时他对她说："你总是拥有两种性别元素，一个也不愿放弃，可你最终必须选择一个明确的性别。"

克莱斯特在写给他的朋友恩斯特·冯·普富尔（Ernst von Pfuel）的信中明确指出，他也为类似的模棱两可的认知所困扰。普富尔后来成为普鲁士将军，战时和战后都曾身为首相，克莱斯特与其是当兵时的老友。普富尔还是个游泳好手。1802年至1803年，克莱斯特住在瑞士阿勒河（River Aare）上的一座小岛上创作他的第一部戏剧，这座小岛现在以他的名字命名。普富尔来拜访他，二人一起在图恩湖游泳。三年后，欧洲因拿破仑战争而动荡不安，克莱斯特写信给普富尔，在信中回忆起那段快乐的时光：

> 您是我最爱的人，为什么我不能再把您尊称为我的主人呢？一年前在德累斯顿，我们是怎样拥抱在一起的！我们所爱的是彼此身上具有的人类最高的品质……我们感到——至少我感到——友谊的愉快热情！你唤起我心中的古希腊时代的记忆，我本可以和你一起入眠，用我的灵魂拥抱你。我经常想起，当你在图恩湖突然起身出现在我面前，我用那种仿佛少女般的心思凝视着你美丽的身体……如果我是一个艺术家，这也许会激发我对上帝的想象。你那精致的长满卷发的脑袋，长在粗壮的脖子上。宽阔的肩膀、强健的身躯俨然是力量的典范，仿佛你就是供奉给宙斯的那头最美丽的小公牛的化身。所有莱克格斯[1]（Iycurgus）定下的法则，以及他对年轻人爱恋的观念，都因你在我心中唤醒的情感而变得清晰。来我的身边，做我的妻子、孩子和孙子吧！我永远不会结婚。

这是对同性恋人恋情的回忆吗？许多人认为的确如此。莱克格斯是斯巴达王国具有传奇性的创始人，他不仅建立了年轻

---

[1] 莱克格斯：公元9世纪的斯巴达政治家，为斯巴达立法者。

人一起训练的制度，而且还制定了许多其他的法律规则，斯巴达正是借由这些法律的规范而逐渐强大。上面的信中，性意识似乎是明确的。即便不是，它肯定也在克莱斯特的脑海中成为一种可能性、一个念想、一个愿景，一段隐藏在《彭忒西勒亚》冲突背后的记忆。

作为诗人，歌德当然知道克莱斯特精通语言运用，毫无疑问，《彭忒西勒亚》是极具诗意的。但是作为一部戏剧呢？他看不见任何闪光点。他对一个朋友说，你可以有暴力和流血，但这部喜剧只是"无限接近喜剧"，让只有一只乳房的女主角站在舞台上向观众保证，她的女性意识并未因此而减少一分，而他们的注意力却只集中在她残存的另一只乳房上。这一点都不好笑，他就此认定观众很难认真对待这出戏。大多数现代导演、演员和制片人都同意这一点。

克莱斯特从未听说过歌德的这些个人观点。他在他的戏剧还未见到曙光之前就去世了。在与歌德争吵之后，接下来的三年里，克莱斯特迸发出强烈的创造力，创作了一部短篇小说集和几部戏剧，这为他赢得了声誉，让他最终成为德国最优秀的作家之一。但当时，三十三岁的克莱斯特坚信死亡是解决他痛苦的唯一办法。他联系了他的朋友亨里埃特·沃格尔（Henriette Vogel），她当时已是癌症晚期，知道自己时日不长。以下是《伦敦时报》（London Times）对后续事件的报道：

据说，沃格尔夫人长期忍受着不治之症的折磨。

医生说她时日不多，她自己下定决心要结束自己的生命。她的朋友、诗人 M. 克莱斯特（M. Kleist），也一直想要自杀。这两个不幸的人互相说出了他们这可怕的决心，决定要一起来做这件事。他们来到位于柏林和波茨坦之间、圣湖（Kleiner wansee）边界的威廉施塔特旅馆。那天晚上，他们做好了死亡的准备，祈祷、唱歌、喝了好几瓶酒，最后又喝了十六杯咖啡。他们给福格尔先生（沃格尔夫人的父亲）写了一封信，告知他们的决定，并请他尽快赶来安葬他们的遗体。这封信是用快递寄到柏林的。在寄完信之后，他们来到圣湖岸边面对面坐下来。克莱斯特拿起一把上膛的手枪，朝沃格尔夫人的心脏开了一枪，沃格尔夫人倒地身亡；随后他重新上膛，开枪射穿了自己的脑袋。

今天，在威廉施塔特旅馆附近一片爬满常春藤的美丽树林里，有一块朴素的石头，那是他们的纪念碑。在这里，你还可以租借一副耳机来听听曾经发生过的事。

10

被誉为"黑色斯巴达"的亚马孙女战士

传说也许是无稽之谈,但其中有些理性的东西逐渐浮现。的确,有许多并未生活在部落里的亚马孙女战士和男人并肩作战,有时还领导他们作战。应该说亚马孙国家从来都不存在,但曾经有一个大约由6000名女性组成的兵团,为西非达荷美[1](Dahomey,也就是今天的贝宁)国王服务了150年之久,她们被当地人称为"国王的妻子们"。19世纪40年代,一些欧洲探险家遇到过这些勇敢坚韧、纪律严明、勇猛无比的女战士,发现她们吸收了欧洲人的传说,称自己为亚马孙女战士。这个名字当然不真实,是英法帝国主义者强加给她们的,但就这样一直沿用了下来。今天人们称她们为"亚马孙女战士",达荷美前首都阿波美(Abomey)的博物馆中也这样称呼她们。

这个女性兵团很有趣,更引人注意的是,从这些亚马孙女

---

[1] 达荷美:17世纪西非阿贾人建立的封建王国,1892年为法国所灭。

战士身上可以看出女性在达荷美社会中所扮演的角色。她们成立了一个影子内阁，名为"黑色斯巴达"，女性官员是男性的两倍。女性监视男性，随时检查他们在做什么，以此作为这个军国主义王国的基础——若不这样做，这个王国就会像某片不稳定大陆上的国家那样动荡不安。这一空前绝后的政体在1892年被法国的枪炮所摧毁。

达荷美亚马孙人起源于18世纪，那时他们还没有文字。当时，每一任统治者（无论强弱），都在抓捕奴隶并将其送到欧洲沿海的要塞，再从那里送往美洲。前往美洲的旅程臭气熏天，奴隶随时都可能丧命。丰族（Fon）建立的民族国家达荷美1720年征服了两个较小的王国后，王权增强，国王阿加扎组建了一支独特的军队。他不允许首都阿波美的皇宫里有其他男性过夜，所以只能依靠女性和一些太监来守卫皇宫。1772年，英国商人罗伯特·诺里斯（Robert Norris）注意到皇宫警卫室里有40名配备步枪和弯刀的女性。至18世纪末，警卫室里已增加数百名女保镖，有时她们会为诸如继承权等问题而发生争执。根据诺里斯的相关记录，1774年国王去世后有285名女性被杀。另一位游客阿奇博尔德·达尔泽尔（Archibald Dalzel）称，在15年后另一位王室成员去世，又有595名女性被杀。

达荷美王国的第九任国王盖佐（Gezo，1818—1858）把他的女侍卫们训练为女性兵团。他对邻国虎视眈眈，特别希望能填补邻国——约鲁巴人（Yoruba）建立的奥约帝国（Oyo Empire，在今天的尼日利亚）——崩塌后留下的权力真空。与此同时，他还希望继续维系英国人试图废除的奴隶贸易，因为那是他主要的经济来源，为此，他打算发动自己手下所有的军事力量。1845年，苏格兰探险家约翰·邓肯（John Duncan）观看了他们一年一度的阅兵仪式，其中有6000—8000名女性，她们曾与北部的敌国马希（Mahi）作战（马希人至今仍是贝宁中部一个重要种族）。几年后，海军军官弗雷德里克·福布斯（Frederick Forbes）声称，在总数为12000人的军队中，有5000名女性，她们曾与阿塔克帕姆（Atakpame）——达荷美以西的一个小国家（现为多哥的一座城市）——作战。

没有人怀疑这些女兵的强大！她们组成一支名为格布托（Gbeto）的猎队，迅速攻击大象和鳄鱼，有些女性还戴着有鳄鱼标志的帽子，以此证明自己的能力。约翰·邓肯写道："她们比一般男人看起来更威武。""如果要出征，我会选女兵而非男兵。"海军官员阿瑟·威尔莫特（Arthur Wilmott）称："她们在所有方面都远远优于男性——无论是军容、军姿、服装、武器维护，还是英勇程度。"当地的男兵给步枪上膛平均要花50秒，而女战士只需30秒就能完成所有操作步骤。

然而，再勇猛的战士也不能保证战无不败。1851年，6000名女战士和另外10000名男战士一起攻击阿贝奥库塔（Abeokuta，今尼日利亚西南部），不幸落败。她们发誓要报仇雪恨。关于这场战争的故事在阿贝奥库塔地区流传开来。故事中，女战士以特殊的方式帮助守卫者取得胜利。原来，阿贝奥库塔守卫在试图阉割一名俘虏时，惊讶地发现她是女性。一想到被女人打败的耻辱，这些守卫者便加倍努力反击，最终大获全胜。据不完全估计，达荷美的亚马孙女战士在那场战斗中损失了近2000人。

对于女战士形象的刻画，最生动的当属理查德·伯顿（Richard Burton），他堪称维多利亚时代最丰富多彩的人物。他四十年的生命历程是在冒险、旅行和追求学术中度过的。他年轻时奔波于法国和意大利，有许多老师教授他法语、意大利语、那不勒斯语、拉丁语，据传还有罗姆语，因为他曾与一个吉卜赛人恋爱。他是一个外来的语言天才，兴趣广泛，敢于打破传统。他在牛津大学学习了阿拉伯语，又学习了击剑和猎鹰，后来因为违反学校规定参加了一项障碍赛跑而被开除。后来他加入东印度公司，被派往印度古吉拉特邦，在那里他又学会了六种印度语言——印地语、旁遮普语、古吉拉特语、信德语、马拉地语和波斯语——如果把撒莱基语也当作一种语言而非旁遮普方言，那就是七门语言。从来没有一个外来者能够如此入乡随俗。

伯顿肤色黝黑，有着阴郁帅气的外表，加上浓密、下垂的小胡子，酷似波斯人，他利用自身优势，假称自己是一位名叫米尔扎·阿卜杜拉（Mirza Abdullah）的波斯人，在印度充当卧底。他的研究对象包括卡拉奇的妓院（那里还有男妓），他对此进行了详尽的记载。他还去麦加参加了一年一度的穆斯林朝圣，为了不暴露身份，他进行乔装打扮。很明显，如果真实身份暴露，他将面临死亡的威胁。他给自己行了割礼，为掩饰口音，声称自己是普什图人，还展示了他丰富的伊斯兰传统知识。

他一丝不苟地记下了参拜的过程，事后向外界讲述。这些记录后来得以出版，他一下子名声大噪。

在皇家地理学会（Royal Geograpical Society）的资助下，伯顿和东印度公司政治部的工作人员一起前往东非内陆，成为第一个进入埃塞俄比亚哈勒尔（Harar）的欧洲人。这支探险队遭到索马里人的袭击，导致一名成员死亡，他们的联合指挥约翰·汉宁·斯毕克（John Hanning Speke）身负重伤，伯顿自己也被长矛刺穿了脸颊。他后来写过一些书记录这次经历。斯毕克和他的探险队前往此地的目的之一是考察贸易合作的可能性，此外，他们还秘密计划要找到尼罗河的源头，这是当时人们最为关心的事情之一。经历了几场病痛后，他们终于发现了坦噶尼喀湖（Lake Tanganyika）。这时伯顿已经病得很严重，无法继续前行，半失明的斯毕克只好独自一人继续寻找维多利亚湖，据说此湖离尼罗河的源头非常近。回到伦敦后，两人发生了激烈的争吵，斯毕克起身离开。那天晚些时候，他前去打猎，回来后便上楼开枪自杀了。后来，格兰特、贝克、利文斯通和斯坦利等人带领的探险找到了尼罗河的真正源头，以此终结了20世纪全世界——至少是英国的第二大争议。当时的第一大争议是围绕达尔文的《物种起源》展开的。

伯顿渴望得到一个能发挥他学术兴趣的职位，很幸运，他临危受命，被任命为西非领事（总部设在费尔南多波岛的克拉伦斯港）。200多年来，西非海岸一直以奴隶出口而闻名，大量奴隶因罹患疟疾而丧命于此。用一句著名的话来说：

当心！小心贝宁湾，

那里进去的人多，出去的人少。

尽管多多少少还是有船只偷渡到古巴和巴西，但多亏了英国海军，奴隶贸易实际上已经受到限制。关闭沿海堡垒、开放内陆，这使西非乃至整个非洲陷入一场大混战。法国人、荷兰人、英国人、西班牙人、巴西人开始了后来被称为"瓜分非洲"的运动：在空白的地图上用线条按照部落、文化和生态环境直接进行领土分割。那时候，没有谁熟悉非洲内陆地区，但随着新药奎宁缓解了肆虐的疟疾，探险者们开始沿着大河探索，商人们开始寻找新的商品，传教士们梦想着数百万人的皈依，这些变化对政府的治理提出了新要求。在西非，国王们决心控制海岸，回乡的奴隶们威胁要动乱，中间商想缩减商品出口份额（尤其是棕榈油），欧洲国家（主要是英国）希望建立法律和秩序。

然而，达荷美并不那么容易搞定。很多人曾到过那里——传教士、海军军官、执政官、商人等，他们都企图让国王盖佐站在自己一边。直至1858年盖佐被一名约鲁巴狙击手刺杀，这些努力仍旧收效甚微。1860年，随着新国王格莱(Glele)的上台，事情变得更加棘手。来自拉各斯[1]的领事和教会传教协会报告说，达荷美即将再次攻打阿贝奥库塔。战争一旦爆发，将毁掉

---

[1]拉各斯：尼日利亚旧都，也是尼日利亚最大的港口。1861年起，拉各斯归属英国，1914年成为统一的尼日利亚的首都。

已经持续几十年的商贸和传教工作。达荷美政府曾考虑派遣军队，经慎重考虑后干脆吞并了拉各斯。英国外交部决定派一支海军前往阿波美[1]（Abomey，位于今贝宁南部）说服国王格莱签署一项条约：停止奴隶制和活人献祭，与阿贝奥库塔和平共处。格莱断然拒绝了这些要求，认为不能因为外国人的到来而改变自己国家几个世纪的传统，而且他的国家在历史上曾四次被奥约王国侵略。英国海军见状，只能撤退。

至于伯顿，他已经迫不及待地开始学习丰族的语言，并阅读了关于丰族的一切资料。在现代人类学家和历史学家竭力填补这个文化研究的空白之前，伯顿对丰族所见所记录所理解的程度可谓是无人能及。

伯顿由五名"抬吊床的人"抬着向北进发，还有六名警卫和二十名达荷美人护送。他收到了格莱开出的礼物单：一顶长达40英尺的丝绸帐篷、一根银制烟斗、两条分别刻着狮子和鹤的银腰带、两个镀金的银制支架、一件带护手的锁子甲。格莱还要求了一辆马车，其规格必须符合维多利亚女王和他这样的长官的身份。英国外交大臣约翰·罗素（Lord John Russell）勋爵告诉伯顿，把马车和马匹运送到西非海岸是件棘手的事情，"从当地的自然环境和气候来看，马匹能否存活都是个问题"。伯顿立刻做出保证："如果为维护两国未来的关系有必要这样做的话，英国政府应毫不犹豫地完成。"

---

[1] 阿波美：位于贝宁南部，17—19世纪是达荷美王国的首都。

很快，伯顿便在两条沼泽密布、树木繁茂的河流之间的高原上，找到了那个人口不到 20 万的小国家达荷美。首都阿波美大约有 2 万居民。200 年来，君主们严格管控着他们的妻儿。为避免继承权纠纷，他们适时提名继承人，并且偏爱女性管理者。虽然这样做仍然无法避免纠纷，但比起相邻的其他部落，这个国家太平多了，11 位达荷美君王（1650—1894）的平均在位时间为 22 年。

这里的女性备受青睐。在这个政治体制中，每位官员都由一名女性监督，女性负责追踪其行动、政策和财政情况。即使君王也有这样一个"影子"，不过其"影子"为男性。没人知道这个管理模式是何时以及如何演化而来的，或许可以追溯到王国建立早期的孪生君主统治。这种制衡机制，让杰斐逊和美国其他开国元勋大为赞赏，或许也给英国妇女争取女性权益的运动提供了某种借鉴。

好几个欧洲人在其著作中描述过这个奇怪的社会，但伯顿是第一个对其进行详细记录的人，他的评论尖刻、诙谐，甚至有些粗俗。第一天，在离首都几英里的地方举行了一场招待会，会上有专门负责做鬼脸和装聋作哑的小丑。在伯顿看来，他们每个人"像职业哭丧者一样活跃"。会上还有行进列队、致祝酒词、展示旗帜和礼炮鸣响。一个被达荷美征服的前奴隶王国维达（Whydah，今贝宁维达 Ouidah）的总督，脱下毡帽自我介绍。伯顿曾听说过他的名声，他在书中写道："他的外表让人反感，他的内心充满罪恶，他对金钱贪得无厌，专事巧取豪夺。"

接下来是歌手、鼓手和吟游诗人的表演。在伯顿看来，这是"……一场真正野蛮的表演，在高高的杆子上，面包盘一样的小木碗里盛放着八个人的头盖骨……"

沿着一条鹅卵石铺成的小路前行，就来到宫殿的院落。守卫们撑着五颜六色的华盖，这是身份的象征。有八扇门通向一个大约30米长的茅草棚，茅草棚前端很高，后端则几乎与地面平齐。所有官员的级别都被一一介绍，其中一个"很老，脸长得像极了狒狒"，穿着"一件长长的外套，看起来像一只被放大了的蓝知更鸟"。最后是皇家招待会，国王格莱"身高六英尺以上，体格健壮，看起来柔韧敏捷，头发像花椒那样一粒一粒的"，毛发稀疏、牙齿健全、视觉退化。波顿猜测，肯定是因为招待会沉闷乏味，格莱不停地抽着长烟斗。他坐在一条铺着红白相间的布和靠垫的长凳上，身后坐着他的妻子们。"如果皇室成员的额头上出现了汗迹，要马上用最柔软的布轻轻擦掉。"格莱站起身使劲地和伯顿握了握手，通过王国首相和翻译问候了维多利亚女王，以及她的大臣、民众和他所记得的曾经的所有来访者。人们摆好凳子，举杯祝酒，鸣枪庆祝。

伯顿在外面的一个华盖下进行记录，这让国王龙颜大悦。二十四把红、绿、紫、白相间的华盖排成一排，为君王夫妇遮风挡雨，散尾葵将男士兵和女卫士分隔开来。一个被称为阿库图（Akutu）的女人坐在一张很高的椅子上，像"一条巨大的老海豚"，她是卫队队长（伯顿尽可能地使用女性化名词），与她对应的男卫队队长身形高大，坐在首相的另一侧。"女战士们在跳舞的日子结束后就马上增重，她们中的一些人擅长迅速增重。"

"最大的亮点是国王最近召集的一群年轻的亚马孙女战士；这支女子卫队大约有 200 人……显然是由军队中最高大、最优秀的女性组成。"每名女战士都用蓝色或白色的布条束起头发，穿着无袖背心和蓝色、粉色或黄色的裙子，腰上紧紧地扎着腰带、弹药包、子弹带，肩上扛着子弹袋，黑色猴皮袋里则装着弯刀和燧发枪。

一些亚马孙女战士载歌载舞，另一些军官们则匍匐在尘土中，"用手把泥土一把一把地撒在头上和手臂上，以此表示他们的等级低于大臣"，所有半野蛮社会中都是这样。在国王面前，即使是级别最高的军官也都跪着（或滚着、趴着）前进，口中大喊："万王之王！"

随后还有更多的歌舞节目，具体情形如下：

十二个刀锋女战士排成一列，从国王身边走过……在宝座旁站定。她们像举旗帜一样高举着武器，摆出骇人的姿态。她们的刀大约 18 英寸长，形状酷似欧洲的剃须刀，装在一个大约两英尺长的木柄上。我忍不住想，虽然有结实的弹簧固定，但这刀对使用者和被斩首的人来说都充满了危险性。这种便携式断头台是由已故国王盖佐的弟弟发明的。也许因为它既不实用，又是新发明的产品，因此在后来的战斗中再没见过其身影。

随后,女战士们又演唱了许多歌曲,有一首是这样的:

我们不愿听到阿贝奥库塔尚在,
很快我们就会看到它倒下。

接下来,国王披上长袍离开,"所有不平整的土地都被弄平,所有的树枝和石头都被移除,以免伤到国王的脚趾"。宴会就此结束。

1863年末,伯顿见证了一年一度所谓的"民俗"。在这场庆祝活动中,处决仪式给已故的前国王送去了"阴间的新随从"。"在一个30米高的棚子里,有一个类似于英国乡村教堂的塔楼",20名穿着白色长衫的囚犯被绑在柱子上献祭。他们被照看得很好,脸上一副麻木不仁的表情。在一个像帐篷一样的棚子里,存放着前国王盖佐的遗物。国王被妻子们簇拥着坐在那里,头顶上有好多把彩色阳伞为其遮阳,亚马孙女战士们蹲在旁边,"枪管向上",大约有2500人在一旁围观。伯顿和他的同伴们坐在白色阳伞下。国王讲话、唱歌、跳舞,用食指擦了擦额头,把汗水洒向兴高采烈的观众。演讲、庆典、唱歌、奏乐、舞蹈、宴会、阅兵仪式、偶像游行,宣誓打败阿贝奥库塔,各种活动足足持续了五天时间。他们中有许多驼背者,甩着鞭子把人群分成好几部分。在某一个时刻,国王把用作货币的宝螺壳扔进人群,马上引发了一场混战。"如果有人在庆典中被杀死或致残,我们都不会知道;有人光荣地倒下……有人失去了眼睛和鼻子;达荷美人……像鬣狗一样咬人(我就见过一只留有齿痕的手),他们还会像泼妇一样抓人。"

伯顿给活人献祭加上了注释。的确,国王死后,会有一个由其妻子、太监、歌者和鼓手组成的陪葬团为其陪葬。当时英国也有类似的习俗,有一年,"我们在利物浦把四个杀人犯当着十万人的面绞死在同一个绞刑架上",又在纽盖特监狱前绞死了五个海盗。在达荷美,"我相信,行刑过程并不残忍"。那一年,大约有 80 人被斩首,其中一半是"女性,她们在王宫里被亚马孙女战士杀死,这一场景男性不许观看"。加上那些因被怀疑沾染巫术而遭到杀害的人,伯顿估计每年的死者大约有 500 人。他在书中说,他在海关停留的最后一夜有 23 人被杀。"这种做法源于孝道,长期以来已经为民众所接受,受到有权势的祭司们的大力拥护……我相信格莱勒(即格莱,伯顿在书中拼写为 Gelele,应该是 Gele)即使想废除活人祭祀也做不到;即使他有能力做到,他也不愿意这么做。"

在谈到亚马孙女战士时,伯顿指出:她们扮演着"妻子"和卫士的角色,"每个女孩在结婚前就被带到格莱身边,如果她愿意,可以留在宫里。"但现在她们大多成了战士,"妇女具有男子般的强壮体格,使她们在吃苦耐劳、艰苦劳作方面毫不逊色于男人"。这支部队约有 2500 人(在与阿贝奥库塔交战后数量大大减少),可以细分为五个各具特色的兵种:火枪手（每人都配有一名携带弹药的随从）、猎象手（勇者中的勇者）、飞刀兵、近战武士（部队的主力）、弓箭手（为数不多，大多配有火枪，主要做侦察兵）。伯顿曾目睹这支部队行军，她们容貌丑陋老相、脾气暴躁、臀部肥大。他完全还可以再加几笔——她们意志坚定，极其忠诚，随时愿意为国王（和国家）牺牲，这些正是战争中所需要的品质。

"女战士们像男兵一样，把背包放在篮子里，里面装着她们的褥垫、衣服和能吃一两个星期的食物（大部分是加了辣椒的烤谷物和豆饼）。她们腰上捆着两种不同形状的弹药袋，身体两侧挂着水葫芦、物神袋、子弹包、火药葫芦、扇形小弯刀……火石、钢铁和火绒，还有三脚凳或四角凳。"

据说这些女性都是单身，在法律上都是"国王的妻子"——这并不是说国王和许多女战士发生过关系，只是少数几个国王临幸过的已被免除兵役，其他人确实都是单身，至少在女卫兵团服役时是单身。与这些"国王的妻子"通奸会招致可怕的惩罚，甚至被处死。然而，这项规定并没有什么威慑作用。伯顿在书中说，有150名女战士被发现怀孕，与她们的情人一起受审，其中8人被处决，其余的被监禁或降级。一些知情者表示，强迫她们禁欲加剧了她们的凶猛程度。伯顿还说，亚马孙人更喜欢"第十位缪斯[1]女神的特质"。如今，第十位缪斯女神是漫画书中的女主人公，是宙斯的女儿。在伯顿时代，那些接受

---

[1] 缪斯：希腊神话中主司艺术与科学的九位女神的合称。

过古典教育的权贵们熟知九位缪斯女神中哪位主持艺术，也知晓柏拉图和后来的许多作家将萨福称为"第十缪斯女神"[1]。萨福是来自莱斯博斯岛的女诗人，因其在拉普里埃的《经典词典》中隐晦表现出的同性恋情而闻名于世。伯顿想表达的意思是，达荷美亚马孙女战士是女同性恋者，但他并未提供任何证据。

无疑，她们都是国王的女人。另一位见证者、海军军官弗雷德里克·福布斯（Frederick Forbes）称，亚马孙女战士曾告诉他说，"国王是我们的再生父母，我们甘愿做他的妻子、女儿、士兵、鞋履。"她们组成了一支精锐部队，补给充足，还配有奴隶。她们与家人隔绝，完全效忠于国王和国家。她们为自己的力量和勇猛而自豪，唱道：

让男人们留在家里，
种植玉米和棕榈树！
我们女人啊，
在战场上挥舞弯刀和锄头，
我们要带回敌人的内脏！[2]

乍一看，亚马孙女战士似乎是维护妇女权利的先锋，但事实并非如此，因为这些女人说自己已经变成了男人。其中一名

---

[1] 有一句隽语："有人说有九位缪斯；但他们应该停下来想一想，看看莱斯博斯岛的萨福；她是第十位缪斯。"原书注。

[2]A. le Hérissé 于 1911 年录制。我是从法语翻译过来的。原书注。

女战士告诉福布斯："我们以前是女人，现在是男人。"或者正如20世纪20年代一位传统的亚马孙女战士在接受采访时所言，在她杀死第一个敌人并将其开膛破肚后，就有人告诉她："你是个男人。"对她们来说，通向自我进步的道路是顺从，而非反抗。[1]

勇猛的女战士会受到认可和鼓励。作为训练的一部分，亚马孙人需要穿越荆棘发动攻击。用1830年一位葡萄牙旅行者的话来说，"她们穿过荆棘时，皮肉会被撕裂"。另一些人有幸目睹了为国王盖佐和他的继任者格莱表演的袭击、追捕奴隶和战斗的节目。原本激昂的军事表演，最后往往会变得非常残忍。1850年，在一年一度的海关庆祝活动上，两名访客，英国商人兼领事约翰·比克罗夫特（John Beecroft）和海军军官弗雷德里克·福布斯看到，四名五花大绑、嘴巴被塞得严严实实的囚犯被装在一个大筐子里。有人抬着他们穿过围观的人群，将他们放到一个平台上。四名亚马孙女战士倾斜筐子，把囚犯投给嗜血的暴民，让暴民将他们撕扯致死。女战士也常常执行斩首任务。在1889年和1890年，法国游客曾看到，在某个年度仪式上，亚马孙女战士用刀和手撕碎了一头牛，并将内脏掏出来在自己身上涂抹。也许对这些女战士而言，这只是一种"麻木训练"，让她们对流血司空见惯。

伯顿绝非天生的外交家。他立刻退还了所有的礼物，并直

---

[1] 出自罗宾·劳的《达荷美的亚马孙人》。原书注。

截了当地告诉格莱他的想法——必须停止追捕奴隶，废除奴隶制。但他忽视了这样一个事实，如果结束奴隶交易，势必会破坏国王与巴西奴隶贩子的关系，国王用以维持军队和官员的经费就会不足，从而从总体上破坏王国的经济。闻听伯顿之言，格莱非常震惊。与邻国和平相处？绝不可能。奥约帝国曾四次入侵达荷美，达荷美的前任国王也被约鲁巴人射杀。从道德层面讲，伯顿的理由很充分，但正如在场的一位黑人牧师所言，他"满腔热情但脾气暴躁"。后来格莱自己评论说："女王派来这样一位专员，就是想把一切都搞砸。"但事实上，女王确实派了这样一位专员。接下来，英国与达荷美之间不再缔结条约，不再互换礼物，也不再有使团互访。没过多久，伯顿在西非的生活在混乱中结束了。

伯顿离开一个月后，格莱带着10000—12000名士兵（其中包括3000名亚马孙女战士）向阿贝奥库塔复仇。经过22天的行军，他们精疲力竭地来到阿贝奥库塔，而奥约人正在修整一新的城墙后严阵以待。达荷美士兵虽然斗志高昂，但只有四名战士成功地爬上了土城墙，他们都被奥约人杀害。关于此役，还有一个广为流传的故事：一位亚马孙女战士为了表示对敌人的蔑视，坐在离城墙不远的铜锅上，转过身开始抽长烟斗，子弹在她周围呼啸而过。最后，一名狙击手将她击毙。奥约人派出突击队员砍下了她的头，在城里四处展示。战斗在一个半小时内结束，格莱侥幸脱逃，但失去了他的帐篷、宝座和鞋子。1000人被俘，约2000人阵亡，其中包括700名亚马孙女战士。

在接下来的 25 年，阿贝奥库塔一直骚扰达荷美，偷袭不断，但从未获得胜利。

那些年，格莱在他的国界线之外发动了好几场战争。1879年，他摧毁了约鲁巴人的小镇梅克（Meko），俘获了3000名俘虏，砍掉了4000人的头；1883年，曾两次攻陷城墙长7000米、壕沟宽5米、人口约两万的小镇克图（Ketu），将其君主斩首，两年后又将其新国王斩首。

与此同时，在格莱的势力范围之外，更强大的势力正在集结。法国人声称对位于格莱领土边缘的诺沃港（Porto-Novo）和科托努港（Cotonou）拥有统治权。格莱先是认可了，但后来又改变了主意，派人前去附近的村庄劫掠。一个法国代表团前往阿波美进行谈判，但没有取得任何结果，因为那时国王格莱已经奄奄一息。代表团的负责人让·巴约尔（Jean Bayol）震惊地目睹了一个场面：一位 16 岁名叫南西嘉（Nansica）的"迷人的"亚马孙新兵第一次杀人。她下手的对象是一名囚犯，他被绑在一个大筐子里。南西嘉连挥三次剑砍下他的头，并割下了头和躯干之间最后的连接处。据一位目击者说，她用手指擦掉了剑上的血，再将手指舔干净。

1890 年初，法国在科托努建立了一支由 359 名非洲人组成的分队，指挥官为法国人。这支分队规模不大，但配备了八挺勒贝尔（Lebel）连发步枪，可以在 300 米开外用高速子弹射击。这些子弹似乎是达姆弹（该名称来自印度加尔各答的一座军工厂），弹头柔软，进入人体后迅速膨胀，会留下可怕的伤口。

温斯顿·丘吉尔（Winston Churchill）在1898年目睹了印度西北边境的战斗后，记录了这种子弹的威力："达姆弹虽然不会在体内爆炸，但极具扩张性……在击中骨头时，子弹会'竖立'或散开，造成致命的身体创伤，肢体被它击中就需要截肢。"勒贝尔步枪的威力远远超过了亚马孙女战士兵团使用的前上膛火枪。

法国人逮捕了一些丰族官员，并在自己的贸易站前立起栅栏。3月4日黎明前最黑暗的时刻，数千名达荷美人，包括一个"团"的亚马孙女战士发动了突袭，他们撬开栅栏向内开火。巴约尔看到一名年轻的亚马孙女战士在被击中前将一名白人中士斩首，他认出她就是"迷人的"南西嘉。法军还有一艘停泊在岸边的炮艇支援，强大的火力迫使达荷美人撤退。这次达荷美人损失了120名男子和7名女子，另外可能还有数百人无法统计。丰族人的传说中有这样一段传奇：一个亚马孙女战士被一名非裔法国士兵（另一个版本说是一名"法国军官"）缴械，但她用锋利的牙齿咬穿了他的喉咙。

六周后，大约350名法国士兵和500名非洲当地民兵在波尔图诺沃（诺沃港）往北约7公里的阿楚巴村拦截了达荷美军队。达荷美人在数量上占有巨大优势，他们击败了非洲民兵，但法国士兵组成一个方阵，一边步步后退，一边用勒贝尔步枪猛烈扫射。超过600名达荷美人在这次冲突中死亡，其中包括许多亚马孙女战士，而法军只损失了8人。这就是第一次法达战争。

第一次法达战争后，达荷美与法国签署了一项条约，承认后者对科托努和波尔图诺沃（诺沃港）的统治权，但显然这种条约会引发更多的暴力事件。达荷美的新国王贝汉津（Behanzin）开始从德国商人那里购买现代武器，包括最新型的温切斯特霰弹枪——这种枪被他们称为"战胜西方的枪"。

1892年的第二次法达战争最终消灭了亚马孙女战士。战争来得很快，3月，丰族战士袭击了位于瓦美河上的一个村庄（归波尔图诺沃管辖）。法国人派了一艘炮艇前去调查，但炮艇也遭到袭击。法国提出了抗议，但国王进行了反驳，法国于是宣战。事实上，国王是这么说的："你们若要打仗，那就来吧，我们准备好了。"这种态度成功地引发了战争。法国人认为他们也准备好了，他们的军队由外籍军团、工程兵、炮兵和骑兵组成，人数超过2000人，另外还有2600名搬运工。7月初，炮艇炮轰了瓦美河上的村庄。两个月后，法国人抵达达荷美边境一个名为多戈巴（Dogba）的村庄，该村庄位于瓦美河上游80公里处。9月19日，4000—5000名丰族士兵发起了进攻。

这只是开端，在接下来的7个星期中共发生了23次战争，约2000名，甚至更多亚马孙女战士投入战斗，她们在大约1万名士兵中脱颖而出。一位法国军官后来写道："哦，那些亚马孙女战士！她们引起了士兵的强烈好奇心！"另一个人记录道，丰族人"被他们的祭司和亚马孙女战士们激起了强烈的愤怒"。在勒贝尔连发步枪的威力面前，他们的攻击无疑是自杀式的。在瓦美河上游24公里处，在丰族军队几次猛烈进攻之后，法国人第一次用刺刀还击，其威力远远超过了丰族人的剑和大刀。

在近身战中，亚马孙人殊死搏斗。据说，一名女战士咬掉了一名海军陆战队员的鼻子，在他痛苦的尖叫声中，一名中尉迅速转身用剑砍倒了这位女战士。

在倒数第二场战役中，法军伤亡42人（5名白人阵亡，20人受伤，其余都是非裔士兵）。一位参战者这样描述：

> 一个年轻漂亮的亚马孙女战士，眼睛由于突如其来的痛楚而变得呆滞。一颗勒贝尔步枪的子弹击中了她的右大腿，血肉横飞。在她左乳内侧边缘可以看到一个非常小的洞，而同侧的肩胛骨下有一个裂开的伤口。

另一个人说："当子弹碰到骨头，骨头就会粉碎开裂，周围的肌肉立刻会被绞碎——这是让人毛骨悚然的场面。"

10月6日，在通往王宫所在地迦拿（Cana）的最后40公里的道路上，另一场战斗留下了95具尸体，其中有16具是亚马孙女战士的，而法军的只有6具。丰族军队的情报却给出了更糟糕的结果：434名亚马孙女战士中，只有17人幸存。由于法军行军缓慢（每天仅前进一公里），几乎每天都有袭击发生。10月26日至27日，法国人挥舞刺刀越过战壕，亚马孙人奋起反击，"发出可怕的叫声，挥舞着他们的大弯刀"。一些战士醉倒在散兵坑里，显然是战前喝了酒壮胆。据报道，在11月初最后一次负隅顽抗中，国王召集了大约1500人，其中大部分是亚马孙女战士。经过四个小时的战斗，达荷美人撤退，战场上横尸遍野。11月4日是最后一战，这次刺刀战几乎消灭了所有残存的女战士。

但达荷美人绝不会投降。国王在损失了2000—3000人后，纵火烧毁首都向北方逃去。11月17日，法国在阿波美上空升起了三色国旗。法军损失了52名白人和33名黑人士兵，另有200人死于疾病（主要是痢疾和疟疾）。

国王试图召集残存的军队，但此后再没发生过战争。两年后，他的兄弟贝汉津被推选为国王。贝汉津向法国投降，他和他的五名妻子一起被送到了马提尼克岛。1900年，法国废除了达荷美的君主制，开始直接统治达荷美。

随后出现了大量有关战争的报道，其中不乏对亚马孙女战士的赞美之词："勇猛至极""非常勇敢""野蛮坚韧""非凡的勇气、凶残""勇猛果敢""看到妇女们受到如此良好的领导，有着如此严明的纪律，着实令人大吃一惊"。英国少校利昂斯·格兰丁（Léonce Grandin）在他的两卷本战争回忆录中总结道，"她们为战斗带来了真正的愤怒和血腥的热情，她们的勇气和不屈不挠的精神激励了其他部队"。

其实也有许多亚马孙女战士得以生还，但她们未能很好地适应后来的生活。许多人终身未婚，认为婚姻是一种奴役。而那些结了婚的人，历史学家奥古斯特·勒·赫里塞（Auguste le Hérissé）在二十年后这样形容她们：似乎"保留了她们以前的状态，留着一些好斗的脾气……尤其是对其丈夫"。另一位作家的朋友如此描述 1930 年在贝宁最大的城市科托努发生的事件：他曾看到一位老妇人拄着一根棍子，嘴里嘟囔着什么。接着她听到有人扔石头，以为是步枪在射击。她的腰身马上就挺直了，脸也明亮起来。她缓慢前行，假装上膛开枪，向一个她假想中的猎物猛地扑了过去，然后突然停下来，弓着腰，摇摇晃晃地走开了。一位路人解释说："她以前是个女战士。在国王时代这里有女兵。她们的战争很久以前就结束了，但她以为自己仍然在继续战斗。"

1943 年，南非雕刻家、人类学家伊娃·迈耶罗维茨（Eva Meyerowitz）说，她曾见过"唯一活着的亚马孙女战士……一个非常老的女人，徘徊在前皇宫的庭院里"[1]。可能还有其他的亚马孙女战士幸存。如果年仅 16 岁便被杀害的南西嘉有同龄的朋友的话，如果她们能活到 80 多岁，她们就能活着看到她们的达荷美成为法国的保护国。大约 60 年后，这个保护国独立，便是今天的贝宁。

---

[1] 见皇家地理学会的《地理杂志》。原书注。

11

长着翅膀的亚马孙女战士：俄罗斯的夜间女巫

现实世界里从来不缺女战士。网站上甚至还给她们做了排名，名单里有些人曾经参加战斗，有些是伟大的领袖，有些具有远见卓识，也有些（如圣女贞德）三者兼而有之，但她们和亚马孙女战士还是不同。亚马孙女战士的典型特征与她们的个体特征无关，最重要的是她们是一个群体，这才使得她们与众不同。几乎所有关于她们的事迹都只存在于传说中，甚至连她们真正的原型——斯基泰亚马孙人（Scythian Amazons）——也并非一支军队或国家，她们是受尊敬的战士和杰出的领袖，是她们所属社会的一部分。

几十年前，有许多人难以接受亚马孙人不存在的事实。19世纪晚期，亚马孙人似乎经历了某种复兴运动。直到1860年，基于《圣经》的传统观点仍坚持人类是由上帝创造的，而地球只有6000年的历史。显然，这种观点根本就没有考虑到史前社会的发展，而亚马孙人的时代正属于史前社会。并不是每个人都相信《创世记》，但因为缺乏证据和理论框架，很少有人敢否定其理论。后来，达尔文声称缓慢的生物进化与一场地质革命相关，《创世记》中的说辞不攻自破。从生物进化的角度看，人类的发展史应包含相当漫长的史前社会时期。19世纪晚期，社会人类学家开始相信母系社会是父系社会发展的基础，亚马孙人就是母系社会的一个极端案例。维多利亚时代，一群夸夸其谈[1]的男性学者开始痴迷于研究这些假想的史前社会中存在的滥交现象。他们寻找的是一种可以解释文化进化的模式，正如"适者生存"可以解释生物进化一样。但这是一厢情愿的想法。文化可能是相似的，但相似性并不意味着它们存在关联（比如，拉菲托认为休伦人和亚马孙人存在联系）。研究人类学历史的作家马文·哈里斯（Marvin Harris）认为，这是"社会科学史上最激烈且最无用的讨论之一"。但是这个话题并没有销声匿迹。在20世纪的大部分时间里，考古学家和女权主义者继续对此话题进行讨论，他们指着史前"生育过的"女性的雕像（乳房下垂、小腹隆起），声称在早期农业社会的3000年（前6500—前3500年）中，欧洲人敬奉"大母神"，社会的基本形式是以村庄为基础的母系社会。但此说法缺乏足够的证据，仅凭雕像来推测社会结构显然是不够的。

放眼全世界，人类学研究者在其所研究过的数百种社会、原始国家、部落和氏族中，从来没有发现过真正的母系社会。

---

[1] 夸夸其谈用以形容一群教授，就像以窃窃私语形容一群椋鸟一样。

的确，过去和现在倒是存在过一些男女地位平等的社会，我就曾住在一个这样的部落——厄瓜多尔的瓦奥拉尼（Waorani）部落——里。这样的部落里人人平等，同时也拥有世界上仅存的"简单"社会：只有少量的人工制品和最基本的社会结构。但其中没有女战士。显然，亚马孙女战士作为一个群体只存在于传说，或是达荷美王国中。

然而事实并非如此。最近有一个关于女战士的例子，这些女战士是处于巨大压力下复杂庞大的社会的独特产物。

在讨论这些问题之前，有必要问一个问题：如果环境压力再大一些，是否其他一些女性群体也可能会变得暴力？我想到了两个组织：一个是基督教妇女禁酒联盟（Women's Christian Temperance Union），该组织曾在美国大力倡导禁酒，并连续13年（1920—1933年）获得成功；另一个是为大西洋两岸的女性争取投票权的妇女参政组织。这两个群体中的许多人都富有战士精神，下定决心忍受痛苦，倾其所有，为其事业献身。这两个组织都不支持暗杀，更不用说全面战争了。毕竟，她们也是自己想要改革的社会中的一部分，她们只是想改良社会，而非通过暴力征服获取胜利。

除了瘟疫和饥荒，破坏力最大的就是战争了。1937年，苏联已经深陷战争二十多年，先是1914—1917年与德国的战争，然后是1917年的布尔什维克革命，后者是一场可怕的内战、一场阶级战争，席卷整个国家。这是一个严酷的时代，数百万人被送到前线，数百万"人民的敌人"被送到西伯利亚的集中营。

但对于大部分没有因为家庭成员被逮捕而蒙羞的年轻女性来说，社会主义让她们获得了平等的地位，能够自由地育儿、接受教育、离婚、工作，也在金钱、地位和自信方面，给她们提供了前所未有的机会。

1917年革命前的最后几天，俄国还在与德国作战的时候，一位名叫玛丽亚·波切卡瑞娃（Maria Bochkareva）的农妇提议组建一个"死亡女兵营"，以便帮助前线士兵提升低落的士气。玛丽亚曾在一次行动中指挥着大约300名新兵，但后来她因反对布尔什维克而从历史中消失。航空业的发展给女性带来了新的机遇。苏联政府认为，商用飞机是把这个幅员辽阔的国家紧密团结在一起的最好方式，而远程轰炸机是保卫国家的最佳工具。到1941年，苏联已经建立了超过100所军事飞行学校。虽然遭到保守派指挥官的反对，但仍有25%到30%的飞行员为女性，只是她们没有正式登记服兵役。

玛丽娜·拉斯科娃（Marina Raskova）就是一名飞行员，她为革命而生，漂亮、聪明、意志坚强。开始她在一家化工厂工作，婚后生了一个女儿，后来离婚在空军学院重新开始工作。这份工作令她产生了前所未有的浪漫幻想——飞行，那个时代许多年轻男女都怀着这样的幻想。当时飞行员比飞机多，但领航员不够，这给了拉斯科娃机会。22岁时，她成为苏联第一位女领航员，成为苏联宣传活动的完美素材。苏联的宣传机构热衷于通过歌颂许多不同领域的"英雄"来宣传国家的成功（包括航空领域）。女性飞行员被塑造为出色的英雄，这不仅促进了航空事业的发展，同时也大大宣传了成功和平等这些社会主义理念。拉斯科娃参加了两次打破纪录的飞行，接下来在1938年9月，她又进行了一次伟大的尝试，从莫斯科到远东的共青城（Komsomolsk），不间断地飞行6500公里，这个长度是地球周长的1/6，飞行将创造新的不着陆飞行的世界纪录。这次冒险将成为一部宣传史诗，随后传遍全国，斯大林个人对此也很有兴趣。在一架名为"Rodina"的远程轰炸机[1]上，作为领航员的拉斯科娃和另两名女飞行员组成了女性战斗航空团，拉斯科娃坐在一个透明座舱内。

但事与愿违。飞机在飞行中遭遇恶劣天气，十小时后与地面失去无线电联系，在随后的大规模搜救行动中，两架救援机相撞坠毁，16人丧生。公众对这些事情一无所知。拉斯科娃借助最简单的地图，试图用六分仪和指南针在陌生的区域手动导航。飞机在西伯利亚广袤的森林上空盘旋，在低空的云层中寻找适合降落的地方，而此时燃料即将耗尽。飞机迫降，拉斯科娃跳伞，安全着陆。她穿得还算暖和，但只有半块巧克力可以充饥。她朝着自己认定的飞机坠毁的方向走去。随后十天，她只能靠浆果、蘑菇和半块巧克力为生。她丢了一只靴子，身体也越来越虚弱，仅靠一根棍子跟跄前行。在崩溃边缘，她看到救援飞机在头顶盘旋，于是她跟着救援机，在一片沼泽中找到了"Rodina"号。她们的这次历险全程5947公里，用时26小时29分，创造了新的世

---

[1] 这是一架Ant-37型飞机，重新设计后又被命名为DB-2。它只是原型机，从未大规模生产过。

界纪录。这三个女人带着一条折叠式独木舟，一路或步行或划船，终于回到文明世界。举国上下一片欢腾。她们随后被送回莫斯科，乘坐一辆敞篷车前往克里姆林宫，一路都有满怀崇拜的人向她们献花。斯大林亲自接见了她们，并做了一场鼓励受压迫妇女奋起反抗的演讲。三人都获得了"苏联英雄"的称号，这是女性第一次获此荣誉。凭借惊人的美貌、传奇的生存故事以及畅销书《领航员笔记》（Notes of a Navigator），拉斯科娃成为当时最受欢迎的女性，全世界都为之倾倒。

后来的某一天，拉斯科娃很突然地离开了这个世界。1941年6月22日凌晨4点15分，德国轰炸机袭击了66座苏联机场，开启了代号为"巴巴罗萨"（Barbarossa）的入侵行动。到中午时分，超过1000架停在地面的苏联飞机被摧毁，在接下来的三个月里，苏联共损失了6500架飞机。希特勒对他的参谋长阿尔弗雷德·约德尔（Alfred Jodl）将军说，"我们只管把门踹开，这幢腐朽不堪的建筑自会轰然倒塌"。可后来的事实证明，想让这幢建筑倒塌并非易事。斯大林成了民族的救世主，工厂和民众依靠铁路和公路向东转移。到了10月，德国人已抵达莫斯科郊区，但寒冬的降临拯救了莫斯科，正如1812年拿破仑的军队被挡在莫斯科门外一样[1]。

在这种危难时刻，许多女飞行员——主要是飞行俱乐部的成员——写信给拉斯科娃，说她们想要参加战斗，并抱怨没人

---

[1] 指1812年的俄法战争。

肯带上她们。于是拉斯科娃决定组建一个女子飞行团。凭借着她的名气、传奇般的坚韧和当时的地位，她已经有了通往最高层的绿色通道。1941年10月初莫斯科即将失守，国防部（也许是斯大林本人）批准了拉斯科娃的提议，不过关于这一点说法不一[1]。于是世界上第一个女子战斗飞行团成立了。成立女子飞行团并非因为飞行员短缺，因为大量飞机被炸毁，事实上当时苏联的飞行员很多；也不是为了宣传效果，苏联对此进行的宣传很少。飞行团几乎完全是因为一个强大的女人不屈不挠的坚持才成立的。

该飞行团包括战斗机团、重型轰炸机团和夜间轰炸机团，全部由女飞行员、女领航员、女机械师、女装甲师和女后勤人员组成。拉斯科娃召集了几十名志愿者，并给她们发放了制服——都是男性制服，有厚重的大衣和超大号的靴子。10月15日，斯大林下令从莫斯科撤出政府部门和兵工厂。在接下来的两周里，200列火车和8万辆卡车载着500家工厂的货物向东驶去。在斯大林的命令下达两天后，122航空集团军（也就是拉斯科娃率领的300—400名年轻女性）穿着不合身的制服，经过早已停工的轨道列车和房门紧闭的商店，来到卡扬斯基车站，挤进货车车厢，前往位于伏尔加河（Volga）东南方800公里处的恩格斯镇（Engels）。她们花了八天的时间抵达该地。

---

[1] 飞行员伊夫杰尼亚·兹古伦科说，玛丽娜·拉斯科娃……为了这件事情去找斯大林。斯大林对她说："你得知道，后代不会原谅我们牺牲这些年轻女孩。"这是她这个迷人的女人亲口告诉我们的。（引用自海伦·凯撒（Helene Kayssar）和弗拉吉米尔·帕兹纳的《纪念战争：美苏对话》（OUP, 1990）；引用自雷纳·彭宁顿。原书注。

部队列车缓慢地向西行驶,她们在边境线上待了几个小时,而其他列车则载着伤员、政府工作人员和重型机械向东往伏尔加河以外的地方驶去。这里环境恶劣,没有厕所,食物只有黑面包、鲱鱼和水。拉斯科娃从一节车厢走到另一节车厢,鼓舞大家的斗志。许多女兵都还很年轻,她们的平均年龄只有20岁。但没有人抱怨,因为她们是在更为严酷的环境中长大的。所有的人都梦想着能为斯大林、祖国和玛丽娜·拉斯科娃而奋斗。

之所以选恩格斯镇,是因为这里离前线有一段安全距离,还有一所飞行学校。这是一个阴森的小地方,房子是用黏土混着稻草或灌木砌成的,此外只有四幢石头建筑。妇女们住在营房的一个大房间里,每个人都有一张床、一张草垫和一条毯子。对于飞行员训练来说,这种条件已经非常好了。镇子往西是伏尔加河,河面很宽;在其他各个方向,平坦的草原上连一棵树都没有,一直延伸到地平线。事实上,这里完全是一条天然的巨型跑道。

因为每个人都想飞行,接下来的决定就很难做出:军械师和机械师都想当领航员,领航员想当飞行员,飞行员又想当战斗机飞行员。她们成立了三支分队,分别名为:586战斗团、587重型轰炸机团和588夜间轰炸机团。具有空中特技比赛经验的顶尖飞行员成为战斗机飞行员,曾驾驶过民用航空机或担任过飞行教官的人将驾驶重型轰炸机,而那些经验最少的人则成为夜间轰炸机飞行员。在拉斯科娃看来,性格有时比经验更重要,她花了很多时间说服、安慰和解释自己的决定,让那些反对她的人信服。

艰苦的军旅生活就这样开始了，女飞行员们在男性教官的指导下训练了几个月，包括阅兵场上的训斥、清晨点名、党员干部的教化、训练机飞行、导航训练、枪支训练、设备维护，以及禁止留长发、化妆、穿花哨的服装和与男性交往——这条禁令并不总是奏效——等。这里没有牙膏，没有卫生纸，也没有洗发水。她们拿到手的只有男士军装，没有胸罩或女士内裤，甚至连男女通用的款式也没有。偶尔，她们会用破降落伞缝制内衣裤（因为它们是丝绸做的），这种衣物还挺受欢迎。对于20多岁的年轻人来说，一直未能参与真正的军事行动让她们感到烦躁不安。1941年12月，寒冷的新年将至，她们没有飞机，进攻的德军在400多公里之外。她们那时并不了解战况，也不知道在被围困的列宁格勒和高加索之间两千多公里的路上有数十万人死亡。

拉斯科娃亲力亲为，向大家证明了她是一位真正的领袖。她监督了三个分队的所有训练，每天24小时值班。一位飞行员写道："我们没见过她有任何疲劳的迹象。在我们所有人看来，这位女士似乎拥有前所未有的精力。"当一个团队建议她休息一下时，她回答："战争结束后我们就可以休息了。"她可以倒头就睡，也可以说醒就醒。她很坚定，但说话总是轻声细语。她的一个下属米古诺娃（Ekaterina Migunova）在1976年的一次采访中说，"我不记得她曾对谁吼过或者大声地说过话，她也不曾粗鲁地打断过下属……她从不因为情绪不好而惩罚任何人。"在追求自己目标的过程中，拉斯科娃表现得就像是一种自然力量。她请求优先为她的女兵们配备一流的新雅克-1战斗机,而自己最后才分到飞机。她的放松方式是弹钢琴,而且她弹得非常好,难怪女人们都很崇拜她。

第一架战斗机雅克-1于1942年1月抵达。这是苏联自己研发的喷火战斗机,以其设计者亚历山大·雅克夫列夫(Alexander Yakovlev)的名字命名。同年夏天来了20架佩-2俯冲式轰炸机,该轰炸机是由弗拉基米尔·佩特利亚科夫(Vladimir Petlyakov)设计的[1],都配有无线电,这都要感谢拉斯科娃的坚持不懈。这两个分队都雇用了一些男兵当机械师和管理人员。不过,我们的注意力主要集中在最具亚马孙女战士风格的女夜间轰炸机团上,在它参加的战事中从头到尾只用女兵,由指挥官耶夫多基娅·贝尔山斯卡娅(Yevdokiya Bershanskaya)率领。

女夜间轰炸机团的任务是在夜间飞越敌人的防线,轰炸油库、战壕和补给站。她们驾驶的是脆弱不堪的双翼飞机,这种飞机主要用于飞行训练。每架飞机都有两个开放式驾驶舱,一个供学生或飞行员使用,另一个供教官或领航员使用。它是用胶合板打造的,上面覆盖着被称为"高支精梳棉"的密织棉,实际上就是结实的床单,这使得它成为一个飞行的火药箱。它由一台100马力的小发动机驱动,最高时速为120公里,上边没有无线电,没有制动。这其实就是一架最基础的飞机:小型、

---

[1]她们开始时使用过时的双座苏-2轻型轰炸机,但在6月升级为佩-2轻型轰炸机,机上有三个位置供飞行员、领航员和炮手/无线电操作员使用。原书注。

廉价、轻便、机动、低速，有点像希区柯克电影《西北偏北》（North by Northwest）里的那架飞机，影片中加里·格兰特（Cary Grant）开着一架作物喷粉机飞进玉米地，然后又飞了出来。这是伟大的飞机设计师尼古拉·波利卡波夫（Nikolai Polikarpov）的作品——他比自己预计的还要专注于工作，一生中的大部分时间都待在监狱里接受秘密警察的盘问。这架飞机被命名为U-2轻型飞机——不要将它与后来的U-2战略侦察机混淆，后者是1950年代美国的间谍飞机，与波利卡波夫的作品截然不同。这架U-2轻型飞机在1943年被重新命名为波-2，它非常适合在超低空缓慢地运送伤员和空降物资，因为它可以从森林空地起飞，降落在道路上。该机型从1929年到1958年的30年间共生产了3万架。战争爆发时，航空俱乐部拥有数百架U-2轻型飞机，它们很快就被征召到前线投入工作。

波利卡波夫本人提出，他的U-2轻型机适用于夜间轰炸，可以滑翔到敌方领土上空，从机翼下投放二或四枚炸弹。但行动在俄罗斯的冬天来临才开始，而在那样的严寒里，在一个开放的驾驶舱内，人的身体几分钟内就会被冻僵。如果赤手去触摸金属，皮肤马上就会被粘在金属上并脱落。积雪会遮住地平线，让人产生错觉，分不清飞机是在上升还是下降。这些女飞行员在夜间飞行，看不到地面，只能依靠基础仪器做出判断，她们甚至可能将路面的一盏灯误认为星星，从而迷失方向，走向死亡。当然，飞机上也没有配备降落伞。参谋长伊丽娜·拉科波尔斯卡娅（Irina Rakobolskaya）在接受雷纳·彭宁顿（Reina

Pennington）的采访时曾解释说："这种设计的初衷是这样的，如果你的飞机在敌方领土上着火，与其跳伞被俘还不如死掉。如果你是在自己的领土上被攻击，那么你可想办法迫降。"

机上4枚50公斤重的炸弹是重型轰炸机最大载重量的十分之一，这么做只能给敌人一些轻微的伤害。这样真的值得吗？值得。正如轰炸机的官方指导所说，"骚扰敌人，剥夺他们的睡眠和休息时间，消磨他们的斗志，把他们的飞机炸毁在停机坪上，烧毁他们的油库，破坏他们的弹药和粮食供应，扰乱他们的交通系统，打断他们总部的工作"都是至关重要的工作。这样一来女人们再也不会心生怀疑了。"我们都是女运动员，身体协调性很好。"她们中的一员加林娜·布洛克-贝尔佐娃（Galina Brok-Beltsova）说道，当时她只有17岁。2016年，91岁的她接受了意大利电视台的采访，她说道："我们很健康，能控制自己的身体。但最重要的是，我们都想取得胜利，我们是一个集体。"

但这确实非常危险，在行动还未真正开始之前就已经很危险了。3月10日，狂风裹挟着冰雪造访了训练中的飞机，风雪遮住了地平线和跑道灯。两架U-2轻型机坠毁，共有两名女飞行员死亡。遗体被发现后，拉斯科娃马上安排了葬礼，棺材上放满了鲜花。共青团团委书记尼娜·伊瓦基纳（Nina Ivakina）在日记中写道："我们轻轻地把棺材和我们的朋友们一起放在卡车上，她们昨天还在欢笑嬉戏。伴随着《葬礼进行曲》的旋律，我们慢慢地陪着我们亲爱的小猎鹰踏上最后的旅程，前往墓地。"拉斯科娃在葬礼上发表了演说:"安息吧,亲爱的朋友们!我们将替你们实现梦想。"

5月,在德军向斯大林格勒挺进之前,夜间轰炸机团又投入了战斗。拉斯科娃带领队伍从恩格斯镇飞往莫洛佐夫斯卡娅(Morozovskays)附近距前线230公里的一个村庄,在那里她们将并入位于斯大林格勒和黑海之间的南线第四空军夜间轰炸机师。抵达时,师长德米特里·波波夫(Dmitrii Popov)对她们进行了检阅。他向第四军的康斯坦丁·维尔希宁(Konstantin Vershinin)将军抱怨道:"我收到了112个小公主,我该拿她们怎么办呢?"维尔希宁回答:"德米特里耶维奇,她们不是小公主,她们是羽翼丰满的飞行员。"

拉斯科娃被召回莫斯科接受新命令,她走前给队员留下了鼓舞人心的话语:她们必须证明女性也能像男性一样战斗,"那么在我们国家,女性也将被欢迎参军。"那是夜间轰炸机团的飞行员们最后一次见到她。6月,经过一个月的强化训练,她们已经准备好行动——从离前线只有30公里的克拉斯诺登附近的新基地起飞——此举旨在抗击向罗斯托夫和斯大林格勒挺进的德国人,这是守住俄罗斯南部的关键。

然而事实证明没有什么能阻止敌人逼近的脚步。罗斯托夫城(Rostov)已经在火焰中燃烧起来,无穷无尽的难民穿过未收割的麦田向东行进。夜间轰炸机团跟随苏联军队撤退,飞过一个又一个基地,先是在无边无际、毫无特征目标的草原上飞行,利用星星、教堂或火车站来判断方向,之后又在北高加索山脉的薄雾中航行。她们白天训练，晚上飞行。每次飞行任务为一个小时，这是燃料能维持的最长时间。即使在盛夏，每晚也要执行100多次任务，每个飞行员要飞5次或者更多次，有时候甚至高达10次。

压力一直存在。尽管探照灯的灯光刺眼，尽管防空炮弹的爆炸声震耳欲聋，尽管她们被火药味呛得咳个不停，她们还是坚持在没有任何导航仪器的黑暗中寻找道路，集中精力投下炸弹，然后在煤油灯或汽车前灯的引导下，回到一个陌生的地方。她们极度缺乏睡眠，在任何能睡的地方都抓紧时间睡觉，这里睡一个小时，那里睡一个小时，在驾驶舱里、在机翼下、在废弃的农舍里。她们是怎么做到的？首先，她们都是志愿者，如果想的话可以随时离开，但没有人这么做。还有另一个原因：她们急于证明她们能做男人能做的任何事情，甚至比男人做得更多更好。她们做了详细的记录，波琳娜·格尔曼（Polina Gelman）记录了她参加过的860次飞行任务。某种程度上来说，她们生活在一个紧密团结的集体里，就像赛车比赛中的维修站一样配合默契。机械师可以在五分钟内给飞机加油并重新武装，她们觉得这个速度比任何男兵飞行团的速度都快，而且损失也少得多。因此，女兵团的士气一直高涨。真娅·鲁德内娃（Zhenya Rudneva）在信中安慰父母说："击落一架飞机真的很难。可是，即便出了事又怎样？你们会为你们的女儿是一名女飞行员而感到骄傲！在空中飞行真的是一种快乐！"战争结束后，她们都对自己以前的言行感到惊讶。赖莎·阿罗诺娃

（Raisa Aronova）回忆说："有时连我自己都难以置信，我们这些年轻女孩能在战斗工作中承受如此巨大的压力。显然，我们的道德力量是不可估量的。"办公厅主任伊莲娜·拉卡波尔斯卡娅（Irina Rakobolskaya）将其归结为集体团结："女性在独立团队作战时会比男性更高效。友情越深厚，事情越简单，责任就越大。"

德国人厌恶U-2轻型机至极。它们经常像幽灵一样从低空飘过来，速度几乎和猫头鹰一样，每小时80公里，低得连探照灯都照不到，空气从机翼支柱上方流过，发出轻轻的嗖嗖声，几秒钟后它们便消失了，只留下一片燃烧的弹药堆、一座被炸毁的桥梁，或一条被炸开的裂缝。还没来得及反攻，战事就已经结束了。后来得知这些狡猾的对手是女性，德国人便称其为"纳奇森"，意为"夜间女巫"。俄罗斯女飞行员很喜欢这个名字。的确，从一开始她们就像是夜间飞行的女巫一样。

1942年8月，德军封锁了通往斯大林格勒的道路。这座意义非凡的城市眼看即将沦陷。希特勒认为它肯定会沦陷，于是在8月23日下令对该城进行大规模空袭，计划将其付之一炬。斯大林却说它绝不能沦陷，绝不能倒下，"一步也不能后退！"这是他在1942年7月发出的军令。要守住这座城市，至少要留出足够的时间让军队集结，以便包围德国人。"夜间女巫"扮演了她们的本色角色，从萨尔斯克（Salsk）起飞越过顿河（Don）轰炸德军，再向东朝他们的前面飞去。

1942年9月，在高加索地区，她们奉命摧毁保罗·冯·克莱斯特（Paul von Kleist）将军的指挥部，这可能是她们最光辉的时刻。作为"雪绒花行动"（Operation Edelweiss）的一部分，克莱斯特将军率领 1000 辆坦克穿过高加索地区，前往石油重地巴库（Baku），苏联 80% 的石油都产自这里。他还在格鲁吉亚的特列克河（Terek）上设立了指挥部。德军渡河途中，"夜间女巫"发起了攻击，杀死了 130 名德国人，但未能杀死克莱斯特本人。她们的进攻只是苏联反击德军大规模入侵的一个注脚。德军的进攻将会逐渐停下，最主要的原因是德国在其他战线的损失以及由此导致的这条战线的补给不足。

在北方，斯大林格勒正处于极度危险之中。拉斯科娃第一战斗机中队的八名女飞行员被重新分配到两个空军飞行团里保卫斯大林格勒。她们如同生活在无知无畏虚张声势的泡沫中，完全不知道这座城市正在发生着什么样的灾难，但一想到要与男人们展开平等的战斗，她们就激动不已。她们要驾驶着她们的雅克-1型战斗机去战斗，就像亚马孙女战士驾驭着她们的战马一样。但这次任务短暂而令人失望，一个团的指挥官让女飞行员们远离一切危险，而另一个团在两周后就解散了。女孩们一共只执行了两次任务，但在这么短的时间里她们损失了 16 名机组人员和 25 架飞机。

在伏尔加河边距斯大林格勒 300 公里处萨拉托夫的军事基地，拉斯科娃的第二中队取得了惊人的成功。9 月 24 日晚上，探照灯发现了一架双引擎的容克 Ju-88 轰炸机。瓦莱丽娅·霍米亚科娃（Valeriya Khomyakova）驾驶她的雅克-1 型战斗机发动袭击，机关枪扫射中，对方的飞行员应声倒下，飞机向右倾斜、俯冲，撞击地面后爆炸。随后检查了坠机现场，四名机组人员已经跳伞，但由于离地面太近，降落伞无法打开，四人的尸体散落在飞机残骸周围。这是拉斯科娃的女战士第一次歼敌，也是在夜晚第一次由一名女飞行员击落敌军的轰炸机。第二天早上，她们的早餐是伏特加和西瓜。斯大林同志奖给这个团2000卢布现金，拉斯科娃还前往莫斯科，从著名的革命家、国家领导人米哈伊尔·加里宁（Mikhail Kalinin）手中接过一枚勋章——红旗军事勋章。这次成功大概两周后，形势突然发生了逆转——飞行员瓦莱丽娅·霍米亚科娃在掩体里不住地打瞌睡，起飞时眼睛还没来得及适应黑暗，该飞机一起飞即坠毁，霍米亚科娃也身亡了。指挥官因此事受到指责并被开除，取而代之的是男性指挥官。586团作为唯一一个全部由女战斗机飞行员组成的空军团的时代结束了。

  与此同时，"夜间女巫"仍在斯大林格勒和高加索前线之间执行任务。在斯大林格勒，探照灯成了一个大问题。德国人在可能遭到轰炸的目标周围严密地布置了高射炮和探照灯，飞机列队直线飞过去会被高射炮撕成碎片。"夜间女巫"想出一个办法来解决这个问题。她们三人一组飞行，两架飞机先飞过去引起德国人的注意，当探照灯对着她们、高射炮即将开火之前，两名飞行员突然分开朝相反的方向飞行，操纵着飞机疯狂地甩掉探照灯。这时，第三名飞行员穿过由她的两名队友清理出来的黑暗航线，出其不意地轻松击中目标，然后再飞出来，重新加入另外两架飞机。她们不断交换位置，直到飞机上携带的炸药投完为止。这样冒着敌人全部火力的配合行动非常危险，需要钢铁般的意志，但效果却出奇地好。

在高加索地区，她们袭击了德军前线。这条前线穿越了格鲁吉亚与俄罗斯北部边境。她们成功了，毫发无损，因此受到了表彰。到战争结束时，这批女飞行员中共有24人被授予"苏联英雄"的称号，人数比其他任何一个轰炸机团都多。11月，她们的指挥官叶夫多基亚·贝尔山斯卡娅（Yevdokiya Bershanskaya）收到了第四军司令康斯坦丁·韦尔希宁（Konstantin Vershinin）的来信："贝尔山斯卡娅同志和全体无所畏惧的雄鹰，祖国光荣的女儿们，勇敢的飞行员、机械师、军械兵和政治工作者！"除了表扬和奖章，司令还送来了"一些必要但非标准的军需品"——女性内衣。

都过去这么久了，为什么现在才送来这些？韦尔希宁提到了一件事：两名女枪手从航空照明弹中取出降落伞给自己缝制了内裤和胸罩。有人谴责她们破坏战斗成果，军事法庭判处她们十年监禁。但维尔希宁明白，祖国母亲承受不起这样的人才浪费。"给那两个犯了错的女孩机会，让其继续正常工作。以后恰当时候她们可以上诉，取消她们的犯罪记录。"这些内衣挽救了女飞行员的生命和职业生涯。

现在被困在斯大林格勒的不再是苏联军队，而是德国第六集团军。苏联军队在伏尔加河下游的城市里占据了几小块土地，四周的建筑物承受着枪林弹雨，上空还在进行可怕的空战。这种情况一直持续到伏尔加河结冰，可以用卡车运送补给品为止。1942年11月19日，苏联军队带着大批大炮、坦克和步兵开始反攻。到12月中旬，25万德国军队被包围。炸弹、子弹、冻伤、疾病和饥饿造成了大量伤亡。

在拉斯科娃的指挥下，第587女重型轰炸机团奉命从几个不同的机场出发，前往斯大林格勒。1943年1月4日，拉斯科娃从位于斯大林格勒以北750公里的阿尔扎马斯基地出发与她们会合。那天浓雾弥漫，天气非常糟糕。她知道她的轰炸机上的仪器不足以应付这种浓雾，但她非常渴望加入轰炸机团。和她在一起的还有其他三人——领航员、炮手兼无线电操作员，以及中队的首席机械师。她计划在中途到彼得罗夫斯克降落，等雾散了再起飞。她还引领着另外两架飞机，分别由柳芭·古比娜（Lyuba Gubina）和加利亚·利马诺娃（Galya Limanova）驾驶。在彼得罗夫斯克上空，天气似乎好了很多，视线清晰起来。拉斯科娃继续向南飞行，但与另外两架飞机失去了联系。后来雾越来越浓，夜幕即将降临，后边两架飞机只能设法迫降，机组人员虽然受了伤但没有危及生命。一直没有拉斯科娃的消息。两天后浓雾散去，一个搜索队找到了她的飞机。显然，她试图驾机飞到浓雾之下，但俯冲到了伏尔加河陡峭的右岸，她和领航员当场死亡。机尾断裂，另外两人受了伤。一条沾满鲜血的毛巾表明，这两人在被冻死之前曾试图止血。

她们的遗体被一架U-2轻型运输机运到萨拉托夫。在那里，主管接到命令，将其中三名死者葬在当地，并把拉斯科娃的遗体修整好，于夜间运至莫斯科。就这样，她那破碎的头颅被缝合在一起（但修复效果不够好，无法在公众面前展示）。拉斯科娃去世的消息传遍了全国，数百人排着长队瞻仰她紧闭的灵柩。她曾经领导的那些女飞行员、领航员、炮手和技术人员如今分散在不同的部队里，听闻这个消息都泪流满面地聚集到一起。"夜间女巫"团的一个女飞行员想到：尽管其他两个团不再全由女性组成，但自己所在的588团仍然效忠于拉斯科娃的理想，并且全部成员都是女性。她的心中得到些许安慰。

举国哀悼拉斯科娃的离世。《真理报》的头版做了如下描述：这是第一次国葬，葬礼大厅中，黑色的条幅从天花板上垂下，围绕在拉斯科娃的骨灰盒两边，政界高层人士都出席了葬礼。仪仗队抬着骨灰盒沿着克林姆林宫的城墙缓缓行进，鸣枪三响，飞机列队飞过，所有这一切宣告了"玛丽娜·拉斯科娃，苏联的英雄、伟大的俄罗斯飞行员，她的辉煌职业生涯就此终结"。

之后，被称为拉斯科娃第二的真亚·季莫费耶娃（Zhenya Timofeyeva）担任指挥官，率领女子重型轰炸机团与被围困的德国第六集团军作战。那时，第六集团军被困在斯大林格勒一片积雪覆盖的焦墟中。好几次空袭都由男性飞行员驾驶飞机执行，直到1月30日，女飞行员才被允许单独执行任务，以便为后续的坦克和步兵袭击做准备。第二天，希特勒直接任命弗里德里希·保卢斯（Friedrich Paulus）为将军，再三重申决不能投降，理由是德国历史上从来没有元帅投降。但保卢斯已经别无他选。2月1日，一名德国士兵从第六集团军总部，即斯大林格勒中央百货商店的地下室爬出来，挥舞着白旗示意投降。两天后，消息传到了德国人所有的聚居区，一切都结束了。此次战争中，俄方死亡人数超10万，德方死亡16万人，另有9万人遭到俘虏。在东线，战争的形势已经开始扭转。苏联军队开始向西推进，女子重型轰炸机也与之同行。

在高加索地区，"夜间女巫"开始向北向西移动，进入被战争摧毁的区域。她们第一次得以近距离观看战争——仿佛这些女性一直以来只生活在自己的世界里，播下伤害和死亡的种子，直到现在才目睹战争。再往前走到拉什瓦特卡，在特列克河上他们的老前线基地以北400公里处，领航员娜塔莎·梅克林（Natasha Meklin）和她的飞行员伊琳娜·塞布罗娃（Irina Sebrova）第一次看到了德国人的尸体。这个地方刚刚被解放，村子里的火都没有熄灭，到处都是人和马的尸体。她见到的第一个死去的德国人很年轻，梅克林记录道，他"脸色苍白，皮肤蜡黄，头向后仰……金色的直发被雪冻住了"。她内心五味杂陈：沮丧、厌恶、怜悯。她突然意识到自己之前的所作所为产生的巨大影响："我还要继续轰炸，明天、后天、大后天，直到战争结束。"

春天来了，草原一片泥泞，飞机和油罐车难以行驶。第296团吸收了拉斯科娃留下的女战士，大家共用幸存的15架飞机。这对战斗机飞行员莉莉娅·利特维亚克（Lilya Litvyak）来说是可以接受的，因为和她共用一架飞机的那个男飞行员和她一样是小个子，所以不需要调整踏板。她随后爱上了另一名飞行员阿列克谢·萨洛玛廷（Alexei Salomatin），获准与其结了婚，生活得很不错。虽然阿列克谢有点鲁莽，而她说话很犀利，但他们仍是一对受欢迎的夫妇，所以当部队行进时，其他人尽量让他们待在一起——即使只能待在一个又一个废弃的破农舍里。

在国家的大肆宣传下，年仅20岁的利特维亚克成为明星。1943年2月，她曾驾驶过一架斯图卡（容克Ju-87型俯冲轰炸机），同年3月，又驾驶了一架斯图卡和一架Ju-88型战斗轰炸机。在一次对战中，她的大腿中了一颗子弹，飞机受损，她设法安全着陆。在一篇杂志文章中，她被称为"复仇女孩"，一个完美的女英雄——"20岁的年纪，是少女生命中最可爱的春天！她细细的金发和她的名字莉莉娅听起来一样柔软"，这种纤弱与她的战斗精神形成了鲜明对比。"当我看到尾翼上有纳粹标志的飞机时，我只有一种感觉，那就是憎恨。这种情绪似乎让我把射击按钮握得更紧了。"几天后，她离开了医院，仍然一瘸一拐，但很开心。她渴望能与在莫斯科的家人共度美好时光。她的哥哥说，她那时穿了一件用德国降落伞做的裙子，上面装饰着一些来自德国高射炮弹的绿色黏胶片。她的战斗能力非常强，缝纫技术也不错。

同年5月，利特维亚克到乌克兰附近的帕夫洛夫卡（Pavlovka）值勤，坐在驾驶舱里等待行动。她的爱人阿列克谢·萨洛玛廷正在初夏的天空中驾驶雅克飞机训练一名新飞行员。两个女机械师坐在利特维亚克的飞机的翅膀上和她聊天。

突然，她们听到一阵飞机引擎的轰鸣声，紧接着飞机跑道的另一端传来"砰"的一声巨响。有人看到一架雅克飞机从距地面很近的云层中翻滚而下。三个女人马上跑到坠机现场。果然是萨洛玛廷，他死于自己的年轻鲁莽，或者正如官方报告所说，死因是因为"过度自信、自尊心太强和缺乏纪律性"。

在接下来的两个月里，莉莉娅·利特维亚克多次与死神擦肩而过。苏军进行了两次大规模的反击，向北进攻，在库尔斯克周围展开了史上最大规模的坦克战；向南沿着米乌斯河，试图突破德军重整旗鼓后形成的防线。她数次成功行动并侥幸逃生：6月，她和同伴萨莎·叶夫多基莫夫（Sasha Yevdokimov）点燃了德国的两个观测气球；6月16日，她引导一架新飞机飞向空中时偏离了航线，导致跟在其后的飞行员坠机身亡；当天下午，她和叶夫多基莫夫被四架德国梅塞施米特（Messerschmitt）飞机追击，返回基地时才发现她们的机身上有好几个弹孔；五天后，她的雅克飞机被一架梅塞施米特飞机击中，好在她安全迫降。

8月1日，利特维亚克继续向西挺进到顿巴斯地区的克拉斯尼卢奇（Krasnyi Luch，此地在今乌克兰，盛产煤炭），三次驾驶飞机支援伊留申伊尔运输机（Ilyushins）攻击德国地面部队。当她将蓝色贝雷帽塞进地图盒里，穿着卡其色上衣、深蓝色飞马裤，脚蹬皮靴，爬进雅克飞机准备进行第四次突击时，她的机械师尼古拉·门科夫（Nikolai Menkov）力劝她不要这么做。他后来回忆起当时的情景，仿佛那生动的一幕历历在目。

227

他说:"这么热的天气执行这么多次任务太痛苦了。你真的打算飞这么多次吗?我们还有别的飞行员可以去。"

利特维亚克答道:"德国人开始用起替补人员了!他们还嫩点儿,我想再给他们点颜色看看!"她像往常一样神采奕奕地说了声再见,关上机顶盖就起飞了,她的飞机和另外5架雅克飞机护送8架伊留申伊尔运输机前往前线。在接近前线时,他们击落了两架梅塞施米特飞机,当他们转身返回时,另一架梅塞施米特从云层中出现,向他们的雅克飞机开火,然后离开了。别的飞机上的两名飞行员看到她的飞机失去控制,猜测她中枪了,不知道是身亡还是重伤。她没有跳伞,也没有人看到地面发生爆炸。回到基地,每个人都期望着奇迹发生,但最后希望破灭了———天后,在苏联军队的协助下,叶夫多基莫夫和机械师门科夫搜查了他们认为飞机可能坠毁的村庄和沟渠,但一无所获。两周后,叶夫多基莫夫牺牲,从此再无人去寻找利特维亚克的下落了。军方在给她母亲的官方信件中写道:"失踪,无迹可寻。"

失去一位女英雄往往会引发诸多传说故事,尤其是她还是一个苗条、活力四射、金发碧眼的21岁女孩。一名被释放的囚犯说,他见过遭到囚禁的利特维亚克。还有传言说,一架飞机降落在德国境内的一个村子里,飞机上的女孩被德国人赶走了,还有人说德国人将她埋葬。政治官员提出疑问:她会不会投敌了?一名被释放的囚犯称她加入了德军。但那是一个奇怪的时代,战俘们被自己祖国的人民囚禁起来,被迫"坦白从宽",利特维亚克的外貌、能力和名声招来这个群体的妒忌。

事实上，没有任何证据支持上述传闻，相反的证据倒是不少。20世纪70年代，村里的男孩从一个洞里拽出一条草蛇，随后又在洞里发现了头盔的碎片和降落伞布料做的内衣，但这些东西都被就地掩埋。调查仍在继续，争议依旧不断。直到今天，利特维亚克还是杳无音讯。

要纪念她，就得记住她在两年服役期间所取得的成就：她是曾击落敌人66架飞机的女飞行员——11或12次独立获胜，4次与团队合作获胜。正如其死亡充满争议一样，这些数字也引发异议——她还是杀敌最多的女飞行员，这一切都极其了不起。

莉莉娅·利特维亚克失踪的前一天，在其驻地以南大约400公里处，第46卫队夜间轰炸机航空团的"夜间女巫"飞行团，经历了成立以来最糟糕的一夜。俄军沿着塔曼半岛（隔开黑海和亚速海的半岛）将德军击退，而德国人要把这里作为基地，试图夺回失地。那天晚上，当探照灯划破黑暗时，15架苏联U-2轻型飞机起飞了。奇怪的是，高射炮却一反常态，安静得出奇。飞行员很快就知道了原因，原来德国人部署了一架夜战机[1]，在聚光灯下完美地瞄准了移动缓慢的U-2轻型飞机。一位侥幸返回的"夜间女巫"说，每一架U-2都被照得"清晰得像被蜘蛛网抓住的银色飞蛾"。

生还的飞行员塞拉菲玛·阿莫索娃（Serafima Amosova）

---

[1] 驾驶者名叫奥菲尔德韦贝尔（上士）约瑟夫·科乔克，他是一名飞行高手，计划对付那些麻烦的"夜间女巫"。他成为"夜间猎人"，组建了一支小型部队，专门对付没有防御能力的"夜间女巫"。1943年9月，他的飞机撞上了苏联一架DB-3轰炸机，因降落伞无法打开而死去。

记录了当时的情况:"探照灯亮了起来,高射炮开火了,一枚绿色的火箭从地面射出。高射炮停止发射,一架德国战斗机飞过来,在我们的四架飞机飞过目标上空时击落了它们。我们眼睁睁地看着这几架飞机像蜡烛一样燃烧。我们降落后,报告了遭到德国战斗机攻击的情况,当天晚上我们就被禁止飞行。我们被安排住在有折叠木床的校舍里。你可以想象,当我们看到八张叠得整整齐齐的床时,心情有多悲痛——那是几小时前阵亡的战友们的床。"

塔曼战役的胜利给"夜间女巫"带来了更多的荣誉,她们被重新命名为第46"塔曼"卫队,一直战斗到战争结束,与陆军一起向西挺进,分别前往白俄罗斯、克里米亚、东普鲁士和波兰,并于1945年5月抵达柏林,取得最终胜利。1945年10月,由于妇女需要重新融入社会,她们的飞行团才被迫解散,之后她们或成为母亲,或在工厂工作,追寻新的国家理想。

下面要讨论一些统计数据。[1]

1942年6月至1945年5月,第588/46卫队夜间轰炸机团服役三年,共涉及多少人?其战绩如何?关于这方面的问题有许多数据可查,但其可靠性都值得怀疑。2.4万架次?这个数字并不算大——三年时间里,每晚最多40架飞机,每架飞机上都有两到三名机组人员,每人飞几架次。投下多少炸弹?也许

---

[1] 这些数据主要来自雷纳·彭宁顿的《翅膀、女人和战争》一书。

有3000吨。有人认为有2.3万吨,但这肯定是无稽之谈,因为U-2/波-2轻型飞机最大载重只有300公斤。在整个战争期间受到褒奖的33名女飞行员中,有24名被授予"苏联英雄"的称号。在124名"夜间女巫"(飞行员和领航员)中,有26名在战斗中丧生。

12 神奇女侠：
一位亚马孙公主的
神秘起源

"成为神奇女侠之前，她是戴安娜，亚马孙部落的公主。"这是 2017 年出品的超级大片《神奇女侠》中的故事情节。和以往的超级英雄一样，这部电影的情节也涉及拯救世界。如此看来，这部电影充其量也只是有点趣味，完全没有任何实质性的意义。确实如此，但神奇女侠可比你想象的要重要得多。亚马孙女战士如何成为今天的超级英雄（或超级女英雄）并不是这部电影想要表达的内容，但这一过程本身也是一个故事。要说清这个故事，先要回到 100 多年前由男性主导的美国，那里有几个叛逆的女人和一个男人。令人惊讶的是，从某种意义上说，这位男士也是一位女权主义者，梦想着让神奇女侠成为女性权力和独立的象征性偶像。54 岁的哈佛大学历史教授吉尔·莱波雷（Jill Lepore）说："女权主义造就了神奇女侠，而神奇女侠重塑了女权主义。"

起初，一些激进的讨论、事件和人物引发了妇女权利运动。

第一次世界大战前后，另一些事件和人物融入这一主题，形成了最初创作神奇女侠和她的亚马孙部落起源的语境。接下来，请留意我们现已熟悉的那些议题，包括希腊人、幸福永恒的女性家园、两性平等、拒绝婚姻、对秘密/谎言和真相的痴迷、爱国主义、奴役和一件鲜为人知的珠宝。这个公开在大众面前的故事既引人入胜，又隐藏着秘密。

以杰出的夏洛特·帕金斯·吉尔曼（Charlotte Perkins Gilman）为例，她是一位女权主义社会学家，撰写了《妇女与经济》（Women and Economics，1898）和其他几本话题严肃的著作，主张维护妇女权利。对于她的读者来说，她很有幽默感。她出生在康涅狄格州的哈特福德（Hartford），为了实现自己的理想，她离开了丈夫查尔斯·斯泰德森（Charles Stetson），带着女儿凯瑟琳去了加州。离婚后，她和前夫协商让女儿和他同住，查尔斯后来迎娶了凯瑟琳最好的朋友。夏洛特与其堂兄乔治·吉尔曼（George Gilman）再婚后搬回纽约，在那里继续自己的演讲和写作事业。到1915年，她出版了6本纪实文学和3本小说，她的女权主义和社会主义观点赢得了广泛的尊重。她工作极其努力，亲自为自己的杂志《先驱》（Forerunner，1909—1916）撰稿。她这本杂志上连载了三部乌托邦小说，表达了其反传统的观点：女性和男性一样勇敢、富有创造力、慷慨、善良；男性的统治地位并不是天生的；文化性可以战胜生物性；革命应当发生，且应是女性非暴力行动的结果。

《赫兰》（Herland）写于1915年，是她连载在《先驱》上的小说之一，讲述了三名男性冒险家偶然发现"一个不为世人所知的位于亚马孙河流域的国家"——这是书中唯一提到亚马孙的地方——的故事。这个国家中没有男性，只有女性；女性单性繁殖，且只生女孩；部落就是一切。这些女性是与传说中的亚马孙人不同，她们渴望合作，而非战斗和征服。这里没有家庭（吉尔曼认为家庭造就了不平等和不人道），所有的妇女一起照顾孩子们。她们向三位惊恐的闯入者解释自己的生活方式，作者通过这三个冒险家来讲述美国社会的奇闻逸事。其中一个女人天真地问，为什么那些孩子最少的美国人却有最多的仆人？特里是三位男人中最有男子气概的，他抱怨说，这个国家里即使年轻漂亮的女人看上去也不性感，因为她们缺乏顺从性和脆弱感。事实上，这些女性已经产生性欲，且其性欲较普通女性更为旺盛。但男人想和她们发生关系，必须要在平等的基础上进行。

吉尔曼晚年在丈夫去世后搬回加州，和前夫的遗孀一起生活。1932年，她被诊断为乳腺癌晚期。三年后，她完成了自传的写作，随后使用氯仿自杀。

在吉尔曼创作的时代，争取妇女权利是一个重要的社会话题。现在读大学的女性越来越多，有所谓的"七姐妹"女子学院[1]。大学中不乏要求获得选举权的"妇女参政主义者"，即"新

---

[1] "七姐妹"女子学院：霍利奥克山学院（第一座，建于1837年）、巴纳德学院、布林莫尔学院、拉德克利夫学院、史密斯学院、瓦萨尔学院和韦尔斯利学院。原书注。

女性",她们通常被称为"亚马孙女战士"。1908年,美国第一所女子学院霍利奥克山学院(Mount Holyoke)的校长玛丽·伍利(Mary Woolley)协助建立了全国大学平等选举权联盟(National College Equal Suffrage League)。她是一位女权主义者,致力于性别平等,她在美国领导了一场类似于英国的艾米琳·潘克赫斯特(Emmeline Pankhurst)掀起的女权运动。在这场运动中,玛格丽特·桑格(Margaret Sanger)在《叛逆妇女》(Woman Rebel)杂志上率先提出了避孕措施,其副标题颇具挑战性:"没有上帝,没有主人。"在美国也有人因传播避孕信息而被逮捕,遭到审判、监禁,因而绝食抗议。玛格丽特·桑格的妹妹埃塞尔·伯恩(Ethel Byrne)是美国第一个被强制喂食的女囚犯。桑格向法庭担保她不会再触犯法律,伯恩因而获释,但她却因此永远不原谅姐姐。桑格不顾官方的反对继续推行自己的计划。在1920年8月允许妇女享有投票权的第19号修正案通过后,她出版了《女性和新种族》(Women and the New Race)一书,提出了更大程度的平等和节育等要求,她的口号是"女性反对性奴役"。这也是她来往于国际间的原因,她曾去往英国鼓吹自由恋爱。由于工作和生活都需要金钱支持,于是她嫁给了石油大亨J.诺亚·斯利(J. Noah Slee),又与H.G.威尔斯[1](H. G. Wells)开始了一段旷日持

---

[1]H.G. 威尔斯即赫伯特·乔治·威尔斯(1866—1946):英国著名小说家、记者、社会学家和历史学家。他创作的科幻小说《时间机器》《莫洛博士岛》《隐身人》等提出了"时间旅行""外星人入侵""反乌托邦"等概念。

久的友情——这种友情不时会升级为爱情。

伊丽莎白·霍洛韦（Elizabeth Holloway，当时被称为赛迪·霍洛韦）是蒙特霍利学院的新女性之一，她的男友威廉·莫尔顿·马斯顿在哈佛读书。马斯顿聪明、英俊、好动、雄心勃勃，他在进行实验心理学的研究，还涉足无声电影的创作。他持这样的观点：说谎会使血压升高，如果在审讯中测量血压，就可以知道一个人说的是真话还是谎话。他和霍洛韦曾做过一个实验：以霍洛韦创作的犯罪故事为框架，设定了一些关于虚构犯罪的问题，通过血压是否升高来识别说谎者，然后将他的实验结果与模拟陪审团的判决结果进行比较。他的实验在107项测试中，有103次是正确的，正确率高达96%。而陪审团的正确率才约为50%。由此，测谎仪得以发明。马斯顿的论文以上述实验和后来的一些实验为基础，对未来的测谎研究起到了基础性的作用[1]，尽管它最终被证明不是那么可靠，也从未被法庭接受。马斯顿和霍洛韦于1915年结婚，两人都去念了法学院，他在哈佛的剑桥学院，而她在拉德克利夫大学的波士顿学院。

1918年，马斯顿前往纽约的厄普顿集中营（Camp Upton），长达六个月在那里诊疗炮弹休克患者。那里的图书管理员名叫玛乔丽·亨特利（Marjorie Huntley，原姓威尔克斯，Wilkes），是一个坚定的妇女政权论者。他们开始了一段婚外情。1921年马斯顿回到哈佛获得博士学位，这段婚外情并未就此结

---

[1] 马斯顿，"欺骗的收缩压症状"，2 J.Exper.《心理学》，第117页（1917年）。原书注。

束。马斯顿和霍洛韦都读过玛格丽特·桑格的《女人和新种族》。霍洛韦热衷于希腊文，对女同性恋诗人萨福极为钟爱（可能是字面意思上的这种爱，也可能是性别意义上的爱）。我们将会看到，所有这些都对神奇女侠的创作产生了影响。

奥利芙·伯恩（Olive Byrne）是被列入人物名单的第四个人，她是埃塞尔·伯恩的女儿，玛格丽特·桑格的外甥女。她在塔夫茨大学学医，学费由她姨妈的富翁丈夫J.诺亚·斯利支付。她很激进也很机智，非常受欢迎。她手腕上戴着两个沉甸甸的银镯子，一个来自非洲，一个来自墨西哥。奥利芙·伯恩有一个爱吃糖的、胖胖的朋友，奥利芙还帮她辅导数学（这与我以下要讲的内容相关）。奥利芙把头发剪短，像个男孩，穿得也像个男孩，她的许多女性朋友通过她获得避孕药。

1925年，塔夫茨大学聘请威廉·马斯顿担任心理学助理教授，当时他32岁，体重超重。奥利芙·伯恩后来这样描述他，"……不胖，只是全身都很宽大。"她还说，"他是我见过的最真诚的人。"他也同样被她迷住了。她的实验心理学成绩是全A，很快就成为他的助手，主要负责研究他所谓的"迷恋"，也就是我们所说的"束缚"，因为束缚和服从是大学入学仪式的一部分，每个参加入学仪式的人似乎都乐在其中。马斯顿对研究顺从和支配这两种人类的基本情感非常感兴趣。不久之后，奥丽芙·伯恩搬到了马斯顿和霍洛韦家里。

故事正在朝着一个相当奇怪的方向发展。马斯顿有了一个妻子、一个情妇，现在又有了比他年轻很多的第三个女人，住在他和妻子的家里。这本应是一场灾难，但在这个有趣的时代，在心理方面、社会方面和性关系方面都充满了各种新奇和实验性的体验。每周，他们四个人——丈夫、妻子、情妇（如果她在的话）、助手兼第二个情妇——和其他五个人一起在波士顿马斯顿的姑妈卡罗琳·济特利（Carolyn Keatley）的公寓里碰面。济特利是一名护士长，她坚信这是一个新时代的开始、一个水瓶座时代、一个和平与爱的时代[1]。一些记录表明，这座公寓是一种性训练诊所，旨在探索支配和服从的相互作用。马斯顿对他所谓的"爱的束缚"特别感兴趣——通过捆绑和束缚来诱导顺从。

他们通常是三人性爱，偶尔也四人一起。看上去他们都在追求独立，可要面对男性支配、婚姻、孩子以及事业上的种种困难，又如何能做到这一点？这不仅是他们的问题，很多杂志文章都讨论过这一问题，但至今仍没有令人满意的答案。接下来霍洛韦又面临一个特别的问题：她怀孕了，但她并不想辞去《大英百科全书》编辑的工作。四人形成了这样一个解决方案：马斯顿继续维持和情妇的关系，霍洛韦生下孩子，奥丽芙·伯恩放弃博士学位来照顾孩子。只要这些安排不被外人知晓，那

---

[1] 随着地轴的旋转，十二个"时代"彼此跟随交替，就像孩子的陀螺旋转一样。在秋分的黎明时分，十二星座依次出现在太阳后面，整个周期大约需要 26000 年。占星家对此进行了解读。每隔 2500 年左右，当一个星座让位给另一个星座时，一个新时代就开始了。由于没有统一的标准，占星家们就我们是否处于新时代而争论不休。但他们普遍认为水瓶座比好战的上一个星座双鱼座更好，它预示着和平、理想主义和不墨守成规。原书注。

就没有什么问题了。

出于职业的要求，保密至关重要。这四个人的合作方式一旦暴露，将会成为一桩丑闻，甚至是毁灭性的丑闻，不仅因为这个家庭内部的安排，还因为他们在学术上的互相吹捧已经到了职业腐败的地步。马斯顿的新书《正常人的情绪》（*Emotions of Normal People*）在很大程度上被媒体和学者们所忽略，但在《变态与社会心理学杂志》（*Journal of Abnormal and Social Psychology*）上发表了一篇精彩的相关评论，那是奥利弗·伯恩写的——事实上，她与马斯顿合作创作了这本书。马斯顿自己在学术界没有什么成就，后来他在哥伦比亚大学的讲师职位没有获得续聘，表面上看是因为这个职位被取消，但其实更有可能是因为他那种古怪的情趣。霍洛韦想帮助他，请他为《大英百科全书》写了一篇文章《情感分析》（*Analysis of Emotion*）。除此之外，他没有其他工作可做，而且他快要当爸爸了。马斯顿很高兴地向他的女人们表示感谢。

此时电影技术迅速发展起来，他回到了电影行业。在哥伦比亚大学时，他有一个朋友—沃尔特·皮特金（Walter B. Pitkin），现在是心理学家、记者、《大英百科全书》的美国编辑，也是霍洛韦的老板。皮特金和马斯顿以前经常一起去看电影，并讨论电影中的角色心理和情感所受影响及其原因。1928年1月，马斯顿和伯恩在纽约一家剧院做了一个实验：通过监控血压来测量六个漂亮女孩在观看无声电影《肉体与魔鬼》（*Flesh and the Devil*）时的兴奋程度。"爱情测量仪"的实验被广泛报道。当时,好莱坞环球影城(Universal Studios)总裁卡尔·莱姆勒(Carl Laemmle)正在寻找一位心理学家,希望他能帮助观众适应即将到来的有声电影时代,同时设法避开严格的审查制度。得知"爱情测量仪"实验后,他邀请马斯顿到好莱坞担任公关总监。马斯顿、霍洛韦、伯恩和他刚出生的孩子在好莱坞待了近三年,其间马斯顿参与了《秀船》(Show Boat)和《化身博士》(Dr. Jekyll and Mr. Hyde)等影片的拍摄。马斯顿聘请皮特金做故事编辑,两人合写了一本书——《声音画面的艺术》(The Art of the Sound Picture)。该书为如何创作吸引大众的剧本提供了一些建议(即要给剧本增添"性爱激情"的味道)。

而在好莱坞,这个四人小团体又向欺骗和特立独行迈进了一步。奥利芙·伯恩嫁给了一个名叫威廉·理查德的人,而此人实际上就是威廉·马斯顿。他们有两个孩子,都沿袭了那虚构的"父亲"的姓。奥利芙告诉孩子,他们的"父亲"在第一次世界大战中死于毒气。三个孩子现在都由伯恩照顾,而霍洛韦则在家工作挣钱养活他们。后来环球公司明白他们真正需要的是一种监测观众反应的方法,选择了一种测谎仪。

于是,马斯顿一行人回到纽约,住在河滨大道的一所公寓里。玛乔丽·亨特利偶尔也会过来和他们同住。没过多久,霍洛韦又生了一个女孩,然后回去继续工作。其他人则在马萨诸塞州的克利夫顿维尔和科德角的家里度过了一段时间,四个成年人和四个孩子与其说是组成了一个家庭,不如说更像是形成了一个公社。1935年他们搬到了纽约州的赖伊，霍洛韦仍旧每天上班来养这个家。每个人都尽了自己的一份力，也都很喜欢孩子。马斯顿和霍洛韦正式收养了奥利芙·伯恩的两个儿子，于是这俩孩子就有了两个母亲。这一切都进行得出乎意料地顺利。这些混杂着女权主义、爱、承诺的秘密行为，其核心人物是一个体重21英石6磅（136公斤）的身型巨大的男人。

奥利芙·伯恩在一家很有前途的周刊《家庭圈》（*Family Circle*）找到了一份特约撰稿人的工作。她以奥利芙·理查德的笔名写的第一篇文章是对马斯顿的简介，她假装从未见过马斯顿，在文中她描述自己的孩子的口气如同第一次见到他们一样，真真假假、亦假亦真。这篇文章被贴切地称为《测谎仪》（*Lie Detector*）。至于马斯顿本人，他偶尔从事写作，但在尝试了科学、法律、电影、广告、写作以及大量的自我推销工作之后，他还是没有找到一个适合施展自身才华的职业。

与此同时，玛格丽特·桑格一直在为节育的合法化而斗争。1937年，她请人给她寄了一箱日本避孕套，结果这些避孕套被美国海关当作淫秽物品扣押并销毁。上诉后，法院裁定：如果是医生开的处方，就不属于淫秽物品。之后没多久，美国医学协会承认节育合法。

1937年11月10日，马斯顿抓住机会推销自己的新书，这是一本名为《尝试生活》（*Try Living*）的励志书。他在纽约哈佛俱乐部（Harvard Club of New York）召开新书发布会，宣称"女性的情感发展和爱的能力是男性的两倍……显然，她们将统治企业、国家和世界……在接下来的100年里，我们将看到一个美国母系社会的开端，一个心理层面而非生理层面的亚马孙民族。"这样的言论大受媒体热捧——"心理学家称，被忽视的亚马孙人将在100年内统治人类"(《华盛顿邮报》)、"女性统治被宣布为事实"(《洛杉矶时报》)。

也是在这一年，一种新的文化现象出现了——漫画书。它们最初是由报纸连载漫画或"幽默"连环画拼凑在一起的廉价杂志，后来，它们被几家零售商用来促销——以5美分的价格购买漫画，所购商品就可获得5美分的折扣。这个行业由麦克斯韦·查尔斯·盖恩斯（Maxwell Charles Gaines）掌控，他敏锐地意识到，如果有一个良好的漫画市场，他就可以出版自己的漫画并直接销售，这样就可以最大限度地获利。他创立了全美出版公司（All-American Publications）以践行自己的这一创意。自此，一种新的艺术形式异军突起，它是书籍和电影相结合的产物。随后，随着出版业利润的爆炸式增长，其他人也纷纷效仿。许多网站都在追踪漫画书的题目、公司、编辑、作家和艺术家，创作者的激情将20世纪40年代变成了漫画的黄金时代。1938年，漫画期刊《动作漫画》（Action Comics）在第八期推出了《超人》（Superman）——其原版杂志现在售价超过300万美元。到1939年夏天，《超人》已经有了自己专属的漫画书，可是很快就出现了几十个竞争对手，其中之一就是《侦探漫画》（Detective Comics）中的《蝙蝠侠》（Batman）。《蝙蝠侠》载于该刊的第27期，今天很多收藏者愿意出100万美元来购买这一期杂志。当时每本漫画书仅售价10美分，但卖出了数百万本。它们的读者说那些从来没有买过书的孩子，也包括马斯顿家的孩子。

漫画书的繁荣与第二次世界大战几乎同时发生。突然之间，超人看起来不再像一个正义战士，而更像是一个纳粹冲锋兵。还有一些教育家也反对漫画，漫画中有很多暴力场面。有人开始质疑，漫画是在宣扬法西斯主义吗？漫画书的盛行会不会是一场荼毒儿童思想的卑鄙的文化运动？

正是奥利芙·伯恩给了马斯顿漫画书的灵感。在《家庭圈》的一篇文章中，她将马斯顿描述为唯一能告诉美国母亲们漫画利弊的人。她的手段和之前如出一辙：谎称自己只是涉世未深的记者，并不认识伟大的心理学家马斯顿。她引用他的话说，"超人是一个优秀的榜样，能发展'国家力量'来保护'无辜的爱好和平的人们'"。还有，"只要书里不出现残忍的酷刑，漫画书还是不错的"。

麦克斯韦·盖恩斯（也有人叫他查理）试图纠正他人对漫画的批评。他决定成立一个编辑顾问委员会来进行这项工作，他认为，其中必须有一位心理学家。恰巧，他读过奥利芙·伯恩在《家庭圈》上的那篇文章，看到了解决自己问题的曙光，于是他向马斯顿提供了侦探漫画公司顾问委员会的心理学顾问这一职位。

马斯顿想要塑造一种与以往完全不同的超级英雄，一种不是通过暴力而是通过爱来征服世界的超级英雄。据一位知情人士透露[1]，58 岁的伊丽莎白·霍洛韦对此曾评论道："很好。但要让女性来做（超级英雄）。"无论此言是真是假，马斯顿因为三年前在哈佛俱乐部宣布女性将会统治世界，现在仍处于有利的舆论地位，他告诉盖恩斯，现在社会需要的是一位女性超级英雄，一个现代版的亚马孙女战士。

几年后，马斯顿在《美国学者》（American Scholar）杂志上发表了一篇题为《为什么有1亿美国人阅读漫画》（"Why 100000000 Americans Read Comics"）的文章，将自己的经历和观点写了下来。首先，他指出了潜在的漫画读者数量惊人——有15亿读者热衷于2300家日报的连载漫画，25亿读者喜欢读周日报纸的漫画版。"对于绝大多数美国人来说，漫画已经是他们一周七天从早到晚的精神食粮。"评论家们说漫画只适合那些"头脑鲁钝的人"。但实情并非如此，因为漫画唤起了人类最本质的一些东西，"在嘈杂的意识中，它们唤醒了人类最原始但也是最强烈的反应……图片比文字更能讲好故事"。的确，漫画一直如此。随着现代印刷技术的发展，漫画已经超越了所有的滑稽故事和冒险连载。"在漫画中，人们的情感愿望得到满足"，这就是超人的魅力所在。但关于超人还有一个问题，他们是不可战胜的，这可太不戏剧化了！有没有可能给孩子们塑造一个更有建设性的榜样呢？

---

[1] 玛格丽特·兰姆，《神奇女侠是谁》，《波士顿杂志》，2001年秋季版。原书注。

从心理学的角度来看，漫画最大的问题就是故事中压倒一切的阳刚之气。男性英雄身上缺乏温柔的品质，而这种品质对于一个正常的孩子来说就像生命的气息一样必不可少。假设你的孩子的理想是成为超人，用他非凡的力量帮助弱者，但这种理想中缺失了人类幸福秘方中最重要的成分——爱。坚强应对是明智的，慷慨大方也很重要，但按照男性独有的标准，温柔、可爱、深情和诱人都是娘娘腔。"啊，那些都是女孩子的东西！"年轻的漫画读者哼了一声，"谁想当女孩？"——这就是问题的关键。如果我们的女性原型缺乏出众的武力、体力和权力，那么即使女孩看了也不想继续再当女孩。她们不愿意做女孩，不愿意像那些塑造出来的好女人形象那样温柔、顺从、爱好和平。女人的坚强的内在因为她们的软弱表面而遭人轻视，最显而易见的补救办法就是创造一个女性角色，兼具超人的力量和善良美人的魅力。

马克斯·盖恩斯对此表示怀疑，其他漫画中也有女主人公，但似乎并没什么出彩之处。

马斯顿反驳道："她们不是女超人——在力量上，她们并未超过男超人，她们只是在女性魅力和爱的品质上更胜一筹。"

"好吧。"盖恩斯说，"如果女英雄比男英雄还要强大，那就更没有吸引力了。"

"不。"马斯顿回答,"现在男人实际上已经屈从于女人了。如果遇到一个比自己更强大、更有魅力的女人,他们就会心甘情愿地臣服于她!"

最后盖恩斯勉强同意一试。"博士,之前美国所有的大财团都不看好《超人》,但我仍选择了它。现在,我想给你的神奇女侠一个机会,但你得自己写连载。在出版六个月后,我们将把你的女英雄交给漫画读者投票决定。"

神奇女侠的首次亮相是在1941年12月的《全明星漫画》(All Star Comics)的第八期,马斯顿是该形象的心理学顾问和创作者,他在创作中所用的笔名是查尔斯·莫尔顿。《神奇女侠登场》的开头是一个奔跑的身影,穿着一件有星条旗图案的运动款裙子,那裙子看上去好像是用美国国旗做的。她的手腕上戴着手镯,黑色的卷发上是一顶王冠。漫画的开篇用易读的大写字母和许多感叹号将过去和现在联系在一起,暗示了神奇女侠与希腊众神的联系,但是却忽略了一个事实——在希腊神话中,亚马孙人既非希腊人也非希腊的盟友,而是希腊的宿敌:

> 最后,在一个被男人的仇恨和战争所撕裂的世界里,出现了一个女人。对她来说,男人的问题和技艺只是小儿科……她的敏捷性和力量比最优秀的男运动员和摔跤手还要强百倍……她像阿佛洛狄忒一样可爱,像雅典娜一样聪明,有着墨丘利的速度和赫拉克勒斯的力量。她似乎从天而降,人们只知道她的名字是"神

奇女侠"。

她住在人迹罕至的天堂岛,这个岛上只有女人。一架飞机失事后坠毁于天堂岛,公主和她的朋友把受伤的飞行员送往医院。女王希波吕忒(原文中用希腊文拼写)来询问事情的经过。该男子的证件显示他是美国情报部门的史蒂文·特雷弗(Steven Trevor)特工。公主负责照顾他,后来爱上了他。女王告诉公主这是个错误,并向她解释了背后的原因。一个惊人的故事就此展开。故事模式中规中矩,当然其后还有许多内容。

"在古希腊时代,我们亚马孙人是这个地球上最重要的民族。在亚马孙地区,女性统治着一切,一切都是那么美好。"但大力神赫拉克勒斯的到来破坏了这一切。希波吕忒向他挑战,她知道自己不会输,因为她有一条爱神阿佛洛狄特送给她的魔法腰带护佑。最后她赢了,但赫拉克勒斯却骗走了她的腰带,开始奴役亚马孙人,用手铐锁住她们。阿佛洛狄忒帮助希波吕忒拿回了腰带。随后,亚马孙人解放了自己,坐船去寻找新的家园。但从此以后她们一直戴着手镯,这手镯不仅可以充当盾牌抵挡伤害,而且还可以提醒她们,她们曾被男人锻造的手铐牢牢束缚,警告她们要"永远远离男人"。后来她们发现了天堂岛,那里"没有贫困、没有疾病、没有仇恨、没有战争"。而正是那根腰带使她们获得了永生。

因为对阿佛洛狄忒的承诺,美国人史蒂文·特雷弗必须回家。亚马孙人骄傲于"我们比男人更强大、更聪明,我们的武器更好,我们的飞行器也更先进！"，用一个魔法球显示了史蒂夫的世界。公主也用这个魔法球学习"现代和古代所有的艺术、科学和语言等知识"。从魔法球中，希波吕忒看到史蒂夫其实是德国人阴谋的受害者，邪恶的冯·斯托姆（von Storm）在幕后操纵一切。斯托姆的同伙曾用一句经典的话来赞美他："先生，你那些恶毒的想法令人耳目一新。" 该怎么办才好？希波吕忒向阿佛洛狄忒和雅典娜求助。她们告诉她，现在的世界一片混乱，"你们要维护美国的自由和解放"。因此，必须把史蒂夫送回去，和他一起回去的还有"最强大、最聪明的亚马孙女战士，你们中最优秀的神奇女侠！"。一系列的比赛结果显示，公主就是那个最好的亚马孙战士。希波吕忒让她穿着得体的美国式服装——这是漫画中可笑的细节之一——送她上了一架隐形飞机，还以其教母月亮女神的名字为她命名："让大家都知道你是戴安娜！"

于是，神奇女侠戴安娜放弃了她的继承权，离开天堂岛，带着她爱的男人回到了美国——她学会了热爱并保护这片土地，并将其视为自己的故土。

对于大众市场的漫画而言，这是一个相当不错的背景故事。自那以后，漫画历史学家们详细地记录了漫画所有的修改，如何重新发行，如何重启故事情节，还添加了许多其他的元素，其中之一是将天堂岛更名为忒弥斯希拉（Themiscyra），因为这是希腊神话传说中亚马孙人的故乡。整部故事就是马斯顿人生经历的大杂烩，在接下来即将登场的冒险故事中还能看到更多马斯顿的人生细节。故事与希腊的联系源于亨特利对希腊语言和文学,尤其是对萨福的热爱。天堂岛那伊甸园般的幸福场景让人想起在吉尔曼《她的国》中塑造的完美的女性社会。最重要的是那些女权主义者所施加的影响,尤其是玛格丽特·桑格,她为平等、节育和性自由所做的努力——当然,马斯顿并不能将这些全都公之于众,但这足以确定神奇女侠的一条人生规则——作为一名亚马孙女战士,神奇女侠不能结婚。马斯顿看出霍洛韦靠挣钱养孩子是很困难的,所以他才安排奥利芙·伯恩来帮她分担重担,这在传统婚姻中是绝不可能的。马斯顿认为婚姻是奴役,就像赫拉克勒斯奴役亚马孙人一样。戴安娜的手镯是从奥利芙·伯恩平时戴手镯的习惯中得到的灵感,手镯有几个作用:首先它象征着一段被男性压迫的记忆,其次它保护着戴安娜;但手镯又代表着软弱,因为如果它们被锁在一起,便意味着更多的束缚和力量的减弱。手镯成了神奇女侠的特征之一,因为希腊人物,无论是神还是人,通常都有作为其性格特点的特征,比如丘比特的弓、雅典娜的猫头鹰(代表智慧)或阿佛洛狄忒的鸽子(代表和平)。另一个特点是她的金套索(或称"真理套索"),它能迫使被套索抓住的人屈服、说出真相。这实际上就是一个测谎仪,比马斯顿花了大半辈子研发的那些测谎仪更有效,但这也是一种束缚,他一直痴迷于此。

传统的漫画中,少女经常会被邪恶的坏人加害,从而陷入困境。可神奇女侠用她的"真理套索"就能使别人顺从。现实中,真相,或者说真相的缺失,是马斯顿和他的女人们生活中的一

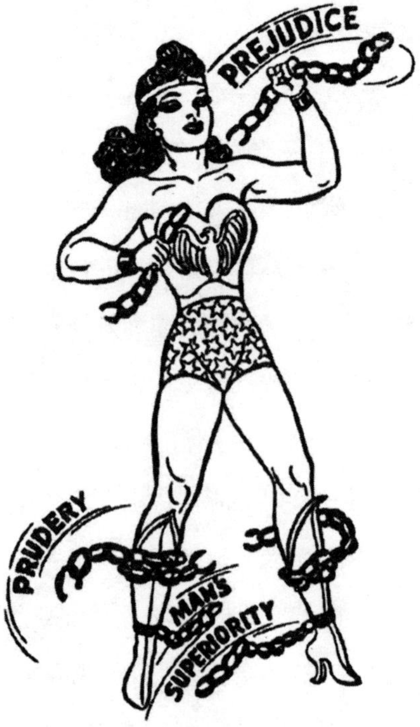
PREJUDICE
PRUDERY
MAN'S
SUPERIORITY

个主要问题。马斯顿喜欢歪曲事实来抬高自己，他们四个人用这种隐秘的状态来掩盖其非传统的生活方式，而拜恩之所以可以在《家庭圈》工作，是因为她隐瞒了一个事实——她是马斯顿两个孩子的母亲。神奇女侠有自己的秘密生活，就像奥利芙·伯恩"嫁"给了虚构的威廉·理查德，成为奥利芙·理查德（Olive Richard），同样，神奇女侠也必须隐藏自己的身份。她的目的是在医院照顾史蒂夫·特雷弗，所以她从护士那里买了证件，用了这个护士的身份戴安娜·普林斯（Diana Prince），在医院里工作。

故事里的许多细节都来自马斯顿和他的女人们的真实日常生活。伊丽莎白·霍洛韦告诉DC漫画公司，对于一个来自只有女性的孤岛的女性而言，最合适的感叹词是"受苦的萨福！"。就像奥利芙·伯恩一样，戴安娜·普林斯/神奇女侠也有一个喜欢糖果的胖胖的朋友坎迪（Candy）。

神奇女侠的主题和细节可能只是作者随意从他的记忆和潜意识中抓取一些东西创作而成，但是其中也不乏一些隐藏的秘密创作计划。马斯顿希望神奇女侠可以成为"那种针对应该统治世界的新型女性的心理宣传"。当然，他首先要打破一些束缚，他的文章开篇的一幅漫画明确了这一目标，它让人回想起伍利和桑格的时代：

《神奇女侠》大获成功。五个月后，盖恩斯列举神奇女侠和另外七个男性角色，让读者们进行比较。神奇女侠以40比1的优势领先于最接近她的对手，获得了全部选票的80%。马斯顿写道:"读者用自己的选票表明,'我们爱一个比男人更强大的女人,她用自己的力量帮助别人,她用真正的女人的爱的魅力吸引了我们!"1942年1月,神奇女侠作为真正的漫画主角,成为继超人和蝙蝠侠之后,第三位拥有自己独立系列的超级英雄。从那以后,关于她的作品源源不断。[1]

要看她的影响有多大,我们要快进二十年。先忘掉20世纪50年代,那是女权运动的荒野,对神奇女侠系列来说也是如此,在这一阶段的大部分时间里她都扮演着不那么精彩的戴安娜·普林斯。但到20世纪60年代,女权主义者站出来勇敢地抗争。一个由思想家和活动家组成的女性组织要求平等、自由、堕胎权,这不亚于一场政治和社会革命。在这个组织中有舒拉米斯·费尔斯通(Shulamith Firestone)、贝蒂·弗里丹(Betty Friedan)、格洛丽亚·斯泰纳姆(Gloria Steinem)、贝拉·艾布扎格(Bella Abzug)、雪莉·奇泽姆(Shirley Chisholm)。由艾丽丝·保罗在1917年起草的《平等权利修正案》于1972年6月获得国会通过,成为一项正式法律。这其中,神奇女侠起了很重要的作用。7月,首位进入国会的黑人女性雪莉·奇泽姆(Shirley Chisholm)仍在积极争取民主党总统候选人的提名,此时神奇女侠登上了《女士》杂志的封面,而杂志内的插页海报则是翻印的原版《神奇女侠登场》漫画书。

---

[1] 威廉·马斯顿因患小儿麻痹症于1947年去世。马乔里·亨特利于1986年去世。奥利芙·伯恩和伊丽莎白·霍洛韦在一起度过了余生。伯恩于1990年去世,霍洛韦于1993年去世。他们共同生活的秘密,以及他们在创作神奇女侠时所扮演的角色,直到2014年才由吉尔·莱波尔公之于众。原书注。

女权主义者还以"神奇女侠竞选总统"为口号发起了一场游行。这是一个令人兴奋的时刻，但持续时间并不长。保守派马上进行了反击，女权主义者们开始彼此争斗。尽管关于女性的历史研究在学术界蓬勃发展，但女权主义却停滞不前。激进者指责温和派阴谋破坏这一事业。正如吉尔·莱波雷（Jill Lepore）针对神奇女侠所指出的："如果你已经是一个拥有隐形飞机的亚马孙女战士，你还需要去提升女权意识、争取同工同酬吗？"

尽管如此，神奇女侠仍然大受欢迎。20世纪70年代，琳达·卡特（Lynda Carter）领衔主演了改编自DC漫画的电视剧《神奇女侠》，饰演主角神奇女侠/戴安娜·普林斯，大获成功。后来，她多次在电视剧和电影中饰演其他角色，都反应平平，但神奇女侠的扮演者足以让她成为一个标志性的人物。2016年，在神奇女侠首次亮相的75周年，联合国任命她为关注妇女和女性权益的荣誉大使。她的海报以丰满的胸部、暴露的星条旗为特征，这足以引发人们的抗议。但神奇女侠本身比任何一个任命或抗议都重要得多。琳达·卡特年轻漂亮，她那种不带攻击性的"女性的美、力量、善良和智慧"，足以使神奇女侠成为一个理想的偶像。同年，神奇女侠登上大银幕，在《蝙蝠侠大战超人》（*Batman v. Superman*）中短暂露面，为其2017年在以她的名字命名的大片中饰演主角做了一次热身。当我创作这本书的时候，她的未来似乎一片光明，连同她作为亚马孙公主戴安娜的伪希腊血统也是无人质疑。

Acknowledgements

致谢

衷心感谢：阿拉木图的卡尔·拜帕科夫（Karl Baipakov）、布里斯托尔大学的娜扎德·贝格哈尼（Nazand Begikhani）教授、哈梅尔·亨普斯特德的马术训练中心的扎娜·考辛斯·格林伍德（Zana Cousins-Greenwood）、叙利亚库尔德斯坦的努金·德里克（Nujin Derik）、德国独立欧洲骑射学院的佩德拉·恩戈兰德（Pettra Engeländer）、巴塞罗那格罗布的泽维尔·乔丹娜（Xavier Jordana）、伦敦大学亚非学院的伊莎贝尔·卡瑟（Isabel Käser）、匈牙利卡波斯瓦卡波斯梅洛的拉约什·卡萨（Lajos Kassai）、贝尔法斯特女王大学的艾琳·墨菲（Eileen Murphy）、柏林文化基金会的赫尔曼·帕辛格（Hermann Parzinger）、伦敦的阿尔祖·佩斯门（Arzu Pesmen）、埃克塞特大学的里卡尔达·施密特（Ricarda Schmidt）、叙利亚库尔德斯坦的塞纳姆·史莱肯尼（Sinam Sherkany）、伦敦的阿拉丁·塞纳克（Sinayic）、美国西雅图的凯蒂·斯特恩斯（Katie

Stearns）、伦敦的亨利·瓦因斯（Henry Vines）和汉普郡的布伦达·厄普德格拉夫（Brenda Updegraff）完美的编辑，以及牛津费利西蒂·布莱恩经纪公司的所有人。